巧婦當家 3

風 文創 524

半巧 著

目錄

第五十一章

「哼，臭小子！」華老對崔九冷哼，捏鬚近到床前，抬著一雙精利之眼打量了下趙君逸，便坐下讓人伸出手來。

趙君逸聽話的將手伸出。

華老只用三指診脈，片刻便鬆手，轉眸看著崔九。「上回你著人喚我配緩解之藥，可是給他的？」

「正是。」崔九嚴肅正色道。「君兄此次為本王冒險探事，怕露出蹤跡牽連本王，才會過度耗損內力引得毒發。一切，都是因為本王而起啊！」他作出一副愧疚難安之樣，神色誇張，讓一旁的趙君逸無語，也令華老咬牙切齒。

「若不是冷兒生前千叮嚀萬囑咐，求我保你一世平安，你以為老頭子會讓你這般差遣？」

「是是是！外甥孫都知呢。」他一番話說得極溜，已像是說了幾十年般熟練。「知舅公疼母后，亦是知舅公這些年來為外甥孫所行之事。待外甥孫功成名就時，必定對舅公百般回報。」

華老冷哼了聲。「大話別多說，老頭子也不要那什麼虛的，只盼著有生之年還能安於一隅就成。」

「外甥孫肯定不讓舅公失望。」

聽了他的保證，華老不再作聲，再次診了下趙君逸的脈後便寫了方子，著人去抓藥。

「若想根除，得用到靖國寒藥。」

「已著人去尋了。」崔九答後，又道：「他還有腿傷未好，還請舅公……」

老頭看了他一眼，上前粗魯的掀了趙君逸的被子。

趙君逸眼中冷光一閃，見他探手輕摸腿部，沈著臉輕抿了下薄唇，道：「有勞。」

華老在摸過他的腿後，問道：「可有接過？」

「只有赤腳郎中用板子夾過。」當年趙老頭撿他回來時，並無太多錢財為他醫治，見一路過的赤腳郎中要價便宜，便草草的綁縛一下了事。

「嗯。」華老點頭。「重接不難，你這腿雖說夾過，到底沒正骨，怕是得重敲再接；不過這要比當時摔斷還痛苦，可受得了？」

「無妨。」再痛他都忍過，何況這點小痛？

「既是如此，那待你身子調好之後，再來正骨吧！」

崔九見他提箱要走，就不解的問了句：「現下不能敲嗎？」

華老回頭橫眼看他。「如今他正虛弱，要是敲了他骨頭，兩廂痛苦，會流失更多精氣，你想令他性命不保不成？」

崔九縮了下脖子。他何時這般想過了？不過是想他早日好罷了。

「無妨，現下敲吧。」平淡的嗓子響起，華老回頭瞪他，卻聽他又堅定道：「還請華老現下就為君某治腿！」

「你可知強行治療會有何後果？」

「自是知了。」男人冷臉相回。他若不順道治腿，要等到傷好再治，怕是返家的時間又會耽擱許久。

他別的都不怕，唯獨怕了她的眼淚，更怕她期望落空，真找了別人。「還請華老儘管放心醫治，君某定能承受。」

華老回頭瞪了崔九一眼，崔九卻嘀咕著。「可不是我相逼的，是他自願的。」

進入三月中旬，春光越發明媚起來，遍地都是長高的小草配著各色的野花舞動。

如今隨意放眼過去，都是水秀山青，那綠油油的麥苗地，就像被施了魔法般瘋狂的成長，還有那田間施肥施得足的，已開始抽穗了。

李空竹他們家的房子，也差不多到了快上頂的時候。看著越離越近的上梁日，她每天都會望著村頭，盼著當初那個說只走幾天的男人快快回來。

不是想他，而是想揍他！

李空竹挎著野菜籃回村，一面想著晚上給驚蟄包野菜餑餑吃，一面咬牙切齒的盤算，等到男人回來適合用什麼方式揍他？

正朝著家來，卻意外發現王氏站在自家門口不停的打轉。李空竹見此，趕緊上前喚了聲。「嬸子，妳這是？」

王氏回頭，尷尬的笑道：「那個啥，那個……」

她正尋思著該怎麼開口，李空竹卻正打算開門讓她進去。王氏見狀，搖搖頭，拉著她近前來，張了張口，有些難為情的道：「當初賣地之人在我家門口鬧哩，妳叔正鎮著，想請妳過去問個明白。」

如今那南山嫁接的桃枝長了起來，一些人看桃枝活了，哪還有再幹的理？一個個凶神惡煞的指責陳百生是故意欺騙大家，拿著好處騙他們把地給賣了。

李空竹好笑的搖頭，道：「嬸子妳等我一下，我把籃子放下後就隨妳去。」

王氏連忙點頭。「快點啊！妳叔怕是撐不住了。」

「嗯。」李空竹迅速的進了院，將籃子放進廚房後，又去主屋一趟，取了些東西。待再出來時，就笑著招呼王氏。「走吧，嬸子！」

隨著王氏來到她家，還未近前，就聽到那高亢不已的咒罵聲是不絕於耳，其中還摻雜了點陳百生喝斥的聲音，可顯然有些力不從心，他還未說完話，就有人起鬨的叫著。

「你他娘的拿了好處，卻坑得俺們將地低價賣出、吃苦受罪。陳百生，我告訴你，你今兒個要不拿個說法出來，俺們可是能直接聯名要求除了你這個不掌事的里長！」

正近前的李空竹聽得挑了挑眉，一邊的王氏更是直接就黑了臉。

「陳栓子你他娘說話當放屁，沒長牙是吧？俺家何時拿了好處？俺當家的當時不過想著那些地兒也沒啥用，賣了能給各家一點存銀，總比年年荒著好吧？怎麼？如今看人家的苗兒活了，就想翻臉不認帳？當初，人家嫁接的時候，就數你們看笑話看得最歡呢！」

王氏不服氣的大喝，讓一群圍在外面的人都將頭轉了過來，待看到站在一旁的李空竹時，皆怒目仇視不已。

陳栓子正想說話，不想他一旁的婆娘卻搶著搭腔。「說得好像妳家多無辜一樣，妳個死婆娘成天跟在人屁股後面轉，妳會不知那苗能活？沒得好處，當初能那般積極的趕著，讓我們兩天不到就賣了地？哼！這時候裝無辜，當初拿銀子的時候，可不知多舒坦哩！」

「妳個死婆娘，妳他娘的再亂說一句！」王氏氣急，捋袖子直指她鼻，那樣子就像是她再多說一句，就準備跟她幹一架。

那婆娘畢竟不敢真的動手，躲在男人身後，哼唧著翻了個白眼，道：「做都做了還怕人說？」

「妳！」王氏有些啞口無言，又覺得實在冤得很。

她要是知那苗兒能活，她會這麼做嗎？還不是想幫他們拿些銀子。如今一個個沒良心的居然敢冤枉她，這讓她怎能不氣？可氣的同時，又覺得李空竹怕是故意拿他們家當槍使。

想著，就不由得看向一旁神色未有多大變化的李空竹。心頭有些不舒服，面上也就黑了下來。「趙老三家的，妳既然來了，就解釋一下吧！」

李空竹知她這句趙老三家的喊出，怕是起了埋怨，就笑道：「嬸子放心，我既是來了，自然會說清楚的。」

「還要咋說清楚？如今地契都被妳騙到手了，誰人敢硬搶了去？到時妳臉大，連族長都能給面兒，還讓我們這些人咋活？」

「可不是，當初還覺得她被趙家另兩房欺負挺可憐哩，如今看來，根本就不值得咱們可憐了去！」

大家見她還有臉笑，女人皆不忿的妳一句、我一句的咒罵；而那些男人不好跟著罵，卻也比劃著拳頭威嚇。

「就是，呸！賤人！」

李空竹面上帶笑擠上前，給陳百生行禮道：「叔，俺是真不知會給你整這般大的麻煩，就像當初俺也不知那苗兒能活，不過就是試著嫁接。先頭幾天沒見啥變化，本以為不成了，這才準備另闢蹊徑買這些地。可如今那枝頭活了，當然就更好，畢竟這以後於村中也能長期得利哩！」

「我呸！妳個賤人吹吧！得利？那是他娘的灌妳一人吧！」下面的人一聽這話，覺得她是故意推託，大罵著她不要臉、欺詐。

李空竹眼神一冷。她當初雖有私心想買下那桃林，可也想著以後桃林經營起來，要給村裡人一些補償。沒承想，還是引起了公憤，既然這樣的話……

她當即就把地契拿出來。「這地契就在這裡，雖然寫成一張了，可地頭卻沒變動。各家若真想要回去，屆時請帶著銀兩買回去，我也不要多，當初出多少錢賣給我，你們就拿多少錢來贖！」

她轉身又跟陳百生道：「叔，到時就煩勞你再多跑幾趟，把這地契再分成原來那樣。」

眾人一聽她這話，還覺不信。「妳能有那好心？」

「這話說的。」李空竹挑眉輕笑。「我都拿地契來了還有假？雖說我愛財，可也不想就此蒙冤。當初叔嬸兩人確實不知那芽兒能活，我自己也沒想到；如今既是活了，我自然高興。這地你們想要拿去便是，我再另買了地嫁接就好，何苦要與你們為仇為敵？」

眾人聽罷，互相對視了眼。雖說那芽兒能成活，可那嫁接的方法他們卻不知，他們鬧這一齣，不過是想多要點銀子。看那山頭那般大，若真是嫁接了好果，到時果子熟了，怎麼都得雇村人幫忙摘啊。

見她這般乾脆，一些人不太想贖地，可要是低價賣又實在不甘，猶豫未決間，李空竹已將那地契交給了陳百生。

「叔，你看看可對？」

陳百生點頭接過，心頭有些不是味兒。

自己這個里長，不說當得有多好，可至少從未起過貪念，一直為村裡想。哪承想，不過是讓他們賣了荒地換現銀，如今見不得人好，竟找他來發難。這些人，當真令人寒心！

想到此，他沈臉道：「一會兒我翻翻舊時的地帳，重寫好後，他們只管拿銀子來贖就成。」

「嗯哩！」李空竹笑了笑。「趁如今天還沒熱，這銀子拿回來也好。我與惠娘姊先前買了地種山楂，倒是可試著再嫁接到山楂樹上去，不過就是再出個五十兩買個幾枝回來罷了，有了先例，這回定是容易得多。」

眾人聽她拿五十兩去買幾枝桃枝，皆嚇得倒吸了口氣。

王氏見她還了自家清白，也就消了氣，聽了這話，也是驚得不行。「五十兩？妳上回捐的香油有五十兩？」

這、這、這得多大的腦袋去花這冤枉錢啊！

「妳、妳……」王氏舌頭直打結，不知該說啥好。

李空竹笑得很親和。「嬸，我知道妳心疼我掙錢不易，但那桃兒可不一般。將來我可不想再賣些小來小去的，累死不說，還掙不了兩個。」

還掙不了兩個？五十兩啊！一般人家一輩子也存不到，她居然這般說。

眾人眼神變幻不已。李空竹卻不再管，只低頭跟王氏耳語幾句後，便笑著要告辭回家去。

眾人看她就要這麼走了，趕緊高叫著想喚住她。「那個，趙老三家的……」

不想這話音未落，王氏就扠腰大喝起來。「怎麼！如今又想巴著人家了？可惜人家還看不上了。不是說俺家拿了好處嗎？既然這樣，就都拿錢來把地贖回去啊！」

聽著越來越遠的人聲，李空竹心下卻沒有一點可惜。因為她知道，那些人不懂嫁接，也不懂後期的照顧、授粉，地回了他們手中，也不過是荒地一塊罷了。

還有那桃枝，可得花五十多兩鉅款，這些人根本沒誰願意去冒險。如今她只要回家慢慢等王氏回覆好消息就行了。

下晌時，李空竹用挖來的小葉芹和著豬肉剁碎，包了餃子。待李驚蟄下學回來後，將餃子端進屋，又替他添了醋。

李驚蟄邊吃，邊說著昨兒回李家村時，郝氏交代後天李梅蘭訂親讓她過去的事，主要是讓她過去撐場面。

自姊夫走後，他幾次回家，娘都會問姊夫究竟去了哪兒？

他起先還會按著大姊交代的，說是在府城闖著。可看著娘越來越急的樣兒，他還是忍不住起了疑惑，特別是那天娘說著說著就流淚了，愣是把他嚇了一大跳。

要知道，娘那一哭，就拉著他的手足足哭了半個時辰。

回來時，他跟大姊說了這情況，大姊的反應卻淡得很，只說沒啥大事。現在大姊應了二姊訂親日要回門撐場，他也想回家去，看看娘和大姊究竟是咋了？

「我那天能去不？」

「你若想去，就跟先生請個假吧！」李空竹沾著醋，吃著鮮亮的野菜餃子，直覺得這味兒不錯，在吞完嘴裡的後，又連吃兩個下肚。

想到先生，李驚蟄突然有些不想耽擱課業，可娘那急哭的模樣還掛在心頭，二姊的訂親宴又不能不去，便點點頭，說著明兒就去跟先生請假。

待到李梅蘭訂親這天，李空竹並未早早就去，而是去山上巡了幾圈，見差不多快晌午頭了，才提著兩盒禮品，領著李驚蟄向李家村走去。

到李家的時候，正到晌午頭，男方家已經過了訂親禮，眾人坐在屋子裡準備開席。

聽到李空竹叫門，郝氏也顧不得陪客，急急的從屋裡跑出來。看到他們時，那眼圈直泛紅的道：「來了啊！快、快進來！」

李空竹不動聲色的看了她一眼，喚著李驚蟄把禮盒遞給她時，見她伸著脖子向外瞧，問：「女婿呢？還沒回哩？」

「沒哩。」

下一刻就見她僵了臉色。「你們兩口子是不是吵架了？」若真是吵架，趙君逸不要女兒了，那她們身上的毒可咋辦？

「誰知道。」李空竹聳了下肩，抬腳就向屋子那邊行去。

郝氏聽得眼睛都瞪大了，拉著李驚蟄落後兩步，正想纏磨著問他時，卻見他有些煩的皺眉道：「早前不是說過了嗎？俺姊夫在府城闖蕩呢。」

「你個死娃子！」郝氏見他不耐煩，就忍不住拍了他腦袋瓜一下。「你娘我都急死了，你咋還這麼敷衍？」

「我沒敷衍啊！」李驚蟄不解的問她。「娘，妳急啥啊？俺姊夫跟大姊沒事。」

「我能不急嗎？」

她正要開口，那邊已步到臺階上的李空竹卻衝著這邊喚了聲。「娘、驚蟄，你倆幹啥哩？咋立在那兒不走了？」

「來了！」李驚蟄將禮盒一把扔給他娘後，就向自家大姊跑去。

兩人步上臺階，屋子裡幫著忙活的柱子娘卻跟了出來。

柱子在見到驚蟄後，很高興的過來跟他打招呼，驚蟄亦是開心的回應。隨後，兩人就那樣不管不顧的聊了起來。

柱子娘出來，拍了自家娃子一把，喚他叫人。

待他有禮的跟李空竹見禮，柱子娘就拉著他們進屋，對後面慢吞吞的自家嫂子提醒道：「大嫂，那肉菜趕緊炒出來吧！人都齊了，得快點開席。」

「來了！」郝氏聽此，暫時壓下心頭的慌亂，大步的走過來，一行人才相攜著進了屋。

一進去，一屋子的男男女女皆有，其中最顯眼的就數與李二林坐在上首的兩人——正端著架子的中年男子與一旁眉目清秀的粉面青年。

李空竹猜想著這兩人的關係，滿臉不確定。

那邊柱子娘見此，在她耳邊低聲道：「那端著的是未來親家舅舅，旁邊的就是那任家小哥哩。這些全是那邊來送定禮的。」

李空竹點頭，向他們行禮，見那群人正在上下打量著自己，就淡淡回了個笑。這時，柱子娘在一旁招呼著趕緊擺席。

第五十二章

李梅蘭聽見要擺席了，就從屋中出來相幫。行走擺盤間，一雙泛著水光的眼珠，不停掃向那端坐的粉面男子。

見男子亦是興奮的尋眸看來，她又趕忙故作紅臉的低眸走過。

李空竹將兩人的傳情看進眼裡，只面無表情的待這邊將席擺好，就領著李梅蘭，隨著婦人們去了東屋用席。

一進去，就見先頭坐在堂屋的幾個女人，已先行端坐在炕桌邊上了。

柱子娘端著托盤催她們快上桌。

李空竹點頭過去，李梅蘭則垂眸跟在後頭，給幾人行禮。「各位嫂嫂、嬸子安好！」

那些女人聽了她這話，將她上上下下掃了遍，又都癟了下嘴。其中一個削瘦精明的女子更是尖酸道：「我說咋生就給迷得非要訂親，難怪，瞅瞅這小模樣……姊妹倆，還真是像。」

李空竹挑眉，眼角掃向那邊蹲著的李梅蘭，見她一臉憋得通紅，心底就有些興味。

柱子娘擺好了酒，打著眼色，低聲跟李空竹道：「妳娘性子弱，妳來幫著招呼點。」

「知道了，嬸子妳跟俺娘也快來吃吧！」

「俺們不急。」柱子娘擺擺手就走了出去。那邊的李梅蘭乘機起身，也跟著坐在李空竹的身邊。

「這規矩不會也是跟著姊姊學的吧！」那削瘦女人見李梅蘭沒等她們發話，便乘機起身，不由得又諷了聲。

另幾個婦人抿嘴點頭，並不搭腔，可眼中的幸災樂禍尤為明顯。

李空竹笑著給幾人斟滿酒。「要真是一樣，怕以後也是個能幹的，畢竟她大姊的店鋪在那兒擺著，修的五間大瓦房也要竣工了。」

說著，笑著舉起酒杯道：「今兒開始，就是親家了。後兒個家裡正好房子上梁，還務必請這位嬸子過來，賞臉喝杯酒才是。」

「哼！」她撇嘴。「不過滿身的銅臭味，也能與我姪兒的書香比？」

李空竹微笑，見她並不執杯相碰，便揚杯跟其他人示意了下。「隨意！」

仰頭喝下杯中酒後，才道：「如今我們亦是在全力追趕。家中小弟剛啟蒙不久，往後若有啥不懂的，還得請了她這位二姊夫多多指點才是。」

聽到二姊夫幾個字，李梅蘭羞得臉都紅了，低頭在那裡不停扭著手帕。

那削瘦女子看了，眼神登時犀利起來。「憑一副賤樣入了高門也就算了，還想著提拔……」

她損話未完，旁邊一婦人就趕緊扯住她的衣袖，只見她很氣憤的回頭瞪了那人一眼。

「怕什麼，她都敢做出來了，我又有何說不得？」

李空竹訝異的挑眉。這話說的，難不成這親事還另有隱情？轉眸去看身邊已然白了臉的李梅蘭，想著她那狠戾的心機，心下算是明瞭幾分。

她就說哪有人訂親會讓女方出三十兩嫁妝的？這分明就是刻意為難，不想讓她攀上去。如今雖說攀上了，可人家話裡話外可不是在說銀子，分明就暗指她是用了手段上位。

笑咪咪的吃著菜品，李梅蘭這性子，她如今算是又見識到了一面。

前不久，她還罵自己給她丟臉，哪承想，不過一轉眼，她竟也步上了那勾引後塵，只不過原身是倒楣的眾所周知，後者的她是被婆家看不起罷了。可這兩件事，又有什麼區別呢？

暗暗嗤笑著，她並不理會太多，繼續吃著這場充滿硝煙味的酒席。

待好不容易挨著吃完飯，在柱子娘與郝氏收拾時，李空竹就乘勢起身與李梅蘭回了她的閨房。

兩人一回屋，受了一肚子氣的李梅蘭，就忍不住哼道：「如今滿意了？看看妳做下的那些醜事，讓人直接翻出的損人哩。」

她用帕子氣鼓鼓的搧著風，走去炕邊，一屁股重重的坐了下去，看著李空竹的臉上是說不出的怒氣。

李空竹心下好笑。「我的醜事？我咋聽著像是某人不知檢點呢？」

「妳……」

她面色扭曲，李空竹卻衝她比了個噓。「當心外面聽到，不然這好不容易騙來的親事，怕是要黃了。若才訂親就黃，也是怪沒面兒了去。」

李梅蘭咬牙絞著手帕。「妳又能好到哪兒去？男人不見了，妳個破鞋又能得意多久？」

「多久？那就不是妳該管的事了。」李空竹坐去梳妝檯前，對著鏡子理了下髮，滿意後，才又轉頭看著她道：「妳我都有著毒未解哩，有時還是謹慎點為好，誰知他下一刻還能不能回來？又是以何種身分而回？」

李梅蘭愣了一下。何種身分？那種男人能有什麼身分？

李空竹笑而不語，手拄下巴，等著外面的喧鬧過去。待聽到賓客盡歡的道別後，她才起身，在李梅蘭的仇視眼光中走了出去。辭別了李二林夫婦，不顧郝氏的強意挽留，她在柱子娘的幫助下，租牛車回了家。

回程的路上，李驚蟄一臉的欲言又止。看著自家大姊坐在車上的愜意樣兒，就想到了娘又暗中拉著他哭的臉。「大姊——」

「嗯？」李空竹轉眸看他想說不敢說的樣兒，就忍不住笑了下。「有啥事你便說。」

李驚蟄看了眼趕車之人，搖搖頭，還是覺得不適合。「沒啥哩。」

李空竹笑著摸了下他的頭。「記住了，要信大姊。可是知道？」

李驚蟄愣了下，想著娘那些小動作，怕是大姊早就瞧出了。見她仍笑得溫柔，他心頭有些懊惱，認真的點頭道：「俺知了！」

李空竹淡笑的點點頭，又轉頭愜意的看著田間綠油油的麥苗。

回到家，剛坐下還沒多久，就聽到熟悉的叫門聲。李空竹出來開門，見惠娘身著嫩綠襦裙，一面衝她不斷招手，一面往後看。

尋著她的視線看去，只見著李沖站在她的身後，手拉驢車站在那裡等著。

看她疑惑的看來，惠娘趕緊過來拉了她的手向那驢車走去。「來來來！」行到驢車那兒，惠娘放下握她的手，輕掀車簾，讓她瞧瞧裡面。

李空竹愣了下，轉回眸看著她時，震驚得不知該說什麼好。

「當是借妳的銀，我把嫁妝全當了，趁如今天氣不是太熱，乾脆全一起嫁接了吧。」

「惠娘姊！」李空竹喉頭哽咽。

惠娘趕緊止了她，道：「別別別，這是我也有分兒的東西，心頭實在有些忍不了。」那些枝沒成活還罷了，既是成活了，焉有空著的理兒？

李空竹聳了下鼻子，只覺感動萬分。那車裡不是別的，正是另一批新鮮的桃枝。她抹了下有些紅的眼眶，嗔怪著道：「幹麼去買了桃枝也不相告一聲？如今可是三月中了，也不知還能不能活哩？」

「能的！」惠娘急急的點頭。「這不是看桃枝都活了嗎？我哪裡能舒得了心？回去思來想去好些天，又怕妳不同意，才瞞著妳把嫁妝給賣了。」

李空竹確實不知該說啥好，拉著她的手直讓她先進屋再說。

李沖則將驢車拴在門口後，亦是跟著進了院，不過並不是與她們會合，而是打著水向驢車上灑去。

進了屋，李空竹與惠娘說了買山地鬧出的事。惠娘聽罷當即就氣得直拍桌。「還有這樣的事？真是笑死人了，一塊破地，誰也伺候不了，如今人家有用了，就想要加價？天底下哪有這麼好的事情？」

李空竹搖頭。「不管怎樣，這地依然會到我們手中，我這就去跟王嬸子再通知一聲，就說又來了桃枝，等不了了，我們要另運到別地嫁接去。」

「對對對，運到別地去，不他娘的放這兒了。」

李空竹不厚道的噗哧了聲，看著她樂。「惠娘姊，我還是頭回見妳說粗話哩。」

惠娘沒好氣的瞋了她一眼。「還不是被那幫子刁民給氣的。」

李空竹笑著點頭，直說現下就要去找王氏。惠娘怕她再受欺，起身要跟著去，李空竹便攔了她出門去。

到的時候，正好王氏跟陳百生兩口子都在。聽了她們的來意，王氏很震驚了一把。不是因她們不要地而震驚，是因為桃枝而震驚。聽著又要嫁接了，就想到那天李空竹說的五十兩。

下一刻，她立刻起身，說是去通知村中那些賣地的人。李空竹跟惠娘目送她走後，便與陳百生閒聊，等那群人再次上門。

果然，不到兩刻鐘的時間，那些持地的人家，就陸續地匆匆前來。進門後一看她們都在，那臉色不再凶神惡煞，而是腆著臉的討好。

陳百生看著漸漸圍滿屋子的人，就皺眉喝了一聲。「這事也掛好幾天了，如今人家就想要個答案，你們還贖不贖這地？若是要贖的話就趕緊拿銀子來，若是不贖的話就簽個保證，別回頭再看人嫁接的枝兒活下來，你們又要地了，那可就是缺德損人的事了。」

有人還有些不大甘心的笑道：「地在咱們手中也沒大用，俺們不大想贖哩，只是想著，她們都要做大買賣了，怎麼著也不能這般低價買我們的地才是。」

「當真是笑死人了！」惠娘不待陳百生開口，直接冷哼道：「我怎麼低價收你們的地了？山地本就是一兩半一畝。別管我在這山頭種什麼、靠著什麼發財，那都是這個價。要實在不願意，也行啊，我們也沒逼你們，把銀子還來便可，地我們不要了！這兒買不到，別的村可是大把的地。」

眾人聽了她這話，知她是跟李空竹合夥的生意人，見她氣勢凌人，不知怎的心頭有些發虛，皆向李空竹瞧去。

卻見李空竹只淡笑的看著他們，對於他們的眼神視若無睹。「當初買地時，我就有私心，想著買村裡人的地，讓村裡人賺些銀；如今，還是覺得惠娘姊的提議好，去別村買，至少沒這麼多事。咱們還是換地吧，枝子等不了，正好先前種山楂的地挺多的，要是來不及買新地，就先移個二十畝來嫁接吧。」

「嗯。」惠娘轉頭又對陳百生道：「還請里長把地契拿出來，這幫人若不願贖的話，那麼，我只好請衙門來主持公道了。」

一聽衙門，眾人臉色皆不好了，有那心急的，當場就說了不贖，要簽了保證。

這有人起頭了，自然也有人跟著扛不住，陸陸續續都跟著說不贖，願簽了保證。不過幾盞茶的時間，已有八成人都同意了不贖。

另有兩成還想著掙扎，惠娘也不搭理，不客氣的讓陳百生當場幫著寫了保證。讓那八成人按了手印後，直說剩下的兩成地也不要了，地契不贖的，直接等著衙門來宣判吧。

說完，她拉起李空竹就要走。餘下那兩成人見她這般強硬，生怕吃了官司，就趕緊又將其拉住，好話說盡才挽回惠娘的同意，讓他們也寫了保證。

簽了保證，眾人心頭雖還有些不舒服，到底不敢再放肆了。

李空竹見這巴掌也打得差不多了，就笑瞇著眼，給了個甜棗。「林子太大，自是免不了要雇人看護，屆時若有心的，倒是可來試試。還有就是結了桃兒後，也是免不了要雇人的，屆時說不得人人都有銀賺哩。」

聽她說以後要雇人，眾人心裡的氣全沒了，個個拍胸脯說屆時定要相幫。少數有心人更是盯上了她們這一批嫁接，熱情的向她們毛遂自薦，李空竹只當沒聽到般，笑瞇了眼跟王氏道別。

地的事情徹底搞定了，李空竹她們回到家，當天下晌就拿著剪子向南山而去。見狀，有剪子的人家，都趕緊討好的跟上來。

見此，李空竹也不攔著，乾脆就直接指揮他們幫忙剪。待半天完活後，又另算了工錢給他們。

有了這頭批嘗到甜頭的，就有了二批黏上來的，李空竹直接讓李沖去指點他們，而她和惠娘則直接在家裡開始削起芽苞來。因人多力量大，四十來畝的地頭，竟然不到兩天就剪光了。

彼時李空竹家中的房子要上梁，嫁接的事就只好交給惠娘兩口子。

為著保密，惠娘居然還跑去人牙市場買了一家四口回來。兩口子都三十出頭，女兒十三，兒子十歲，看著很老實，又個個粗手大腳，一看就是長年幹粗活的。

來時，因著沒地兒住，李空竹只好把陳百生在村頭的舊房買下來，安排給這家人。有了這家人的幫忙嫁接，李空竹便騰出手，全力辦起了上梁席。

男主人不在家，上梁席那些流程都是她親力親為。上梁、拋梁、shan梁，她都儘量做到盡善盡美。

完活後的酒席，也是實打實的豐盛，葷菜更是吃完還有得添。這一輪做下來，頓時讓不少村民對她大加誇讚，連那上梁做活的工匠，也都說還是頭回碰到這般大方的雇主。

一旁的趙猛子他們家已經上完了瓦，如今是免不了被人拿來做比較，有那嘴把不住門的，直接就道出了趙猛子家的吝嗇。「那肉菜裡連點油星都沒有，就兩條白肉片子晃蕩著，手慢的還吃不著。不是都跟著人發財了嗎？看看人家，咋還這小氣得緊哩？」

這話一出，是直接氣得跟著來吃席的林氏差點沒翻了臉，要不是麥芽兒在一邊叫著肚子不舒服，令一家人緊張的護了她回去，怕是這場宴席就要鬧了起來。

怕兩家人生了嫌隙，趁散席時，李空竹找了趙猛子解釋一下，說她這是想拉人緣，讓他理解。

趙猛子倒是沒覺得不快，嘿嘿笑著撓頭道：「俺們都知道，嫂子妳放心，俺媳婦可一直信著妳哩。」

李空竹謝過他的理解，又說房子後期上瓦的事還得要他幫忙。

趙猛子也是憨直的答應下來。那邊王氏叫著幾個媳婦子把剩菜都端了回去，末了，回頭問李空竹可還有要幫忙的？李空竹直接搖頭謝過，讓她跟著回去。

待到席終人散，李空竹看著那已經完成了大半的五間大房框子，聞著空氣中還瀰漫著的火藥硝煙味，踩著那入泥的爆竹皮，拾級上去，摸著那嶄新的青磚，心頭沒來由的升起一股落寞感。

忙了這般久，心頭空了下來，還是止不住的會想起某個男人。她低了眸，喃喃自語了聲。「究竟死哪兒去了？」

變國城郊某處，一輛寬敞的馬車正緩緩的向環城的方向行駛著。

車上之人，有著清俊無雙之顏，此刻的他，正輕蹙入鬢劍眉，緊抿淡粉薄唇，一雙極深的鳳眼不時滑過焦躁。

坐在他身邊的老者，為他續著溫水。「你也別不耐煩了，如今你腿才接好十來天，若不是知你有內力護體，你以為老夫會這般任你胡來趕路不成？」

趙君逸沒有說話，淡瞥了他一眼，額頭因車行過了個小坑，冒起了細密的汗珠。

老者一看他那樣，就忍不住搖頭。「你最好平心靜氣，若是連內力都護不住了，這條腿也就白接了。」

沒有吭聲的閉眼斜靠在倚枕上，男人心頭是止不住的煩躁不堪。離開已經一月有餘了，如今他心頭每天無一刻不惦記著那個女人，想著她的胡鬧，想著她的笑、哭。只要每想一次，心頭就止不住的悶鈍。

也不知從什麼時候開始，他竟然萌生退意，不想去復仇了，想就此與她安穩和美的度過餘生，想一起就那樣祥和的與她白首到老！

瘋了似的想法一生出，就再也控制不住的在腦中不斷打轉。

「還有多久能到環城？」忍了忍，還是禁不住的開了口。若不是華老硬讓自己坐車，以他的腳程，怕是不出五、六天就能到環城。

「急什麼？」華老瞪眼看他，拿出藥瓶，倒了兩粒藥出來。「再急也得視情況來。都走在路上了，還怕不能到了地方？」

究竟是怎樣的女子，竟令他這般不管不顧？不是說是君家人嗎？平日裡跟個冷面神將似的，如何為了那女子，就跟換了個人？若不是知他不是好色之人，就是打死他也不相信這樣一個人，居然也會為了女子，不顧傷勢的拚命要回家。

趙君逸拿起藥，仰脖吞了下去，自動忽視他那番話。「若我單獨上路……」

「少來！」華老哼道。「先不說你的腿還走不得，若不是我治好了那半面爛臉，你這身子就跟那快餓死的餓殍一樣差，別硬逞能。不然，怕是你有命回，也無福享。」

聽他話有深意，趙君逸不悅的掃他一眼。「我有毒在身。」

「呵！」華老顯然不信的捏鬚冷笑一聲。「只要不懷有身孕，你每次那點毒素還威脅不了那女子。」

趙君逸登時黑了面。華老則老神在在的又命著那趕車之人道：「車行再慢一分，沒見都疼出汗了嗎？」

「是！」車外之人抹額擦汗，這車行的速度已是快趕上走了，還要如何再慢啊？

近三十畝的桃花枝，李空竹他們愣是日夜交替接班，用兩個日夜就嫁接完了。剛嫁接好的當晚，天空像是給他們鼓勁般開始飄起了小雨，減去了陽春的日曬熱意。

彼時的惠娘跟李空竹，兩人累得連手指也不想動的癱睡在炕上，聽著淅瀝瀝的小雨聲，兩人皆開心的露了個笑容。

「看來連老天爺都幫著我們哩。」惠娘有氣無力的哼唧了聲，李空竹亦是好不到哪兒去的跟著輕嗯了聲。

現下的她，就是天下金子也擋不住讓她想好好睡一覺的心。惠娘歪頭看她，見她竟不知不覺睡著了，輕嘆了聲後，亦是跟著閉眼睡了過去。

第五十三章

嫁接的這兩天，房子已經上了瓦，如今因下雨，那修了一半的院牆只得先擱置了。趁雨天有空，李空竹在歇了半天後，於下晌時跟惠娘提著掃把向新房這邊來了。兩人把屋中堆積的木屑渣滓全掃在一堆，用簸箕撮了出去。

正待準備給那已經打好的炕燒柴時，那買來的兩口子卻跟了過來。

男人姓于，李空竹她們喚他一聲于叔。婦人同夫姓，叫于家的，不過李空竹還是尊稱一聲于嬸。

對於買人李空竹有些無奈，惠娘說的保險起見，她雖說贊同，可這一買就是一家四口人，到底不好安排。

放手給于家的去燒炕，李空竹另安排于叔上山巡視。「如今還未搭棚子，得跑勤快點。雖說村中大多數人還是很純樸，但難免有人生了別的心思。」特別是那已經抽條的二畝地，尤其要嚴加看管才好。

于叔聽後點點頭，便要馬上去巡山。

李空竹見此拿了串錢給他。「去村中問問誰家有賣蓑衣，去買套回來披著，別淋濕了受寒。」

「是！」

不待他行禮，李空竹便讓他快去，隨後又跟于家的交代些事後，便跟惠娘回家去了。

小雨一直淅瀝瀝的下了兩天才放晴。待曬了一天太陽，地乾了點後，李空竹的家也建到了最後階段。

李沖這兩天常幫著跑鎮上，只因在鎮上訂做的家具也都完成了。

待圍牆正式完工後，李空竹也把家裡佈置得差不多，找惠娘幫忙看了個良辰吉日，終於在三月二十六這天正式入住新家。

進新家得請酒燎鍋底，李空竹只請了王氏、麥芽兒跟惠娘這三家人。再加上買來的于叔一家四口，十幾口的人，分男女兩桌坐在院中吃席。

彼時幾家吃得歡暢，村口卻緩緩迎來了一輛寬大的馬車入村。

馬車一進村，立時引起了小兒們之間的嬉鬧追逐，那些不下地幹活的老者正聚在樹下閒聊，看到馬車，亦是好奇的上前探看。

趕車的劍濁，對攆著車打轉的小兒們有些不悅的皺眉，抬眼時又見那邊迎來好些上了年歲的老者，只得向車中人請示。「華老？」

車裡的老者正與一清俊男子小眼瞪著大眼，聽到問聲，就不悅的哼了聲。「怎麼？」

劍濁擦了汗，還沒來得及說，那邊行來的老者們卻先一步開口問道：「你們是從哪兒來的？有事不成？」

趙君逸聽著熟悉的鄉音，放於靠枕上的長指不經意的輕動了一下。

華老聽了趕緊掀開車簾看向外面。見那發問者身邊，有好些都是跟他一般的年紀，個個精神矍鑠，雖只著了布衣，可那閒情悠然拄枴弄孫的樣兒，卻令他有種說不出的嚮往。

「我們要去趙君逸家，老哥兒可是知道？」不知怎的，華老覺得這些老者尤為親切，忍不住裝作不知的故意問了一句。

老者聽罷，恍然大悟。「去趙老三家啊，如今他家搬了新家，現下在新家正擺著燎鍋底的酒哩。」

搬了新家？趙君逸訝異的挑眉，華老回頭瞧他面帶疑惑，趕緊再問。「那老哥兒可知他們如今的新家在哪兒？」

「離這兒不遠，就在那兒，西北面的那個方向，你看著哪家是五間大瓦房的，就是那家了。」

「謝了啊！」華老笑咪咪的拱手道謝，老者不在意的揮揮手。

「可是聽到了？」

「是！」劍濁聽此，趕緊轉了馬頭，向那老者指的方向緩緩而去。

外面吵鬧的小兒見狀，依然不停吵鬧追逐著。

車裡的趙君逸在訝異過後又閉了眼，清俊蒼白的臉上看不出絲毫變化，只是放於一旁的手指不經意的輕輕蜷曲起來，心頭是止不住的澀然。

此時李空竹他們所在的新房這邊，一群人酒至正酣，麥芽兒因懷著身孕吃不了油膩，只意思了幾口便有些不舒服。起了身，跟著告了聲罪，說是想回去了。

李空竹讓她在這邊歇歇，她卻直接拒了，說是反應大，怕把新地兒給弄髒。

無法，李空竹只得起身相送。那邊的趙猛子見狀，亦是跟著起身，麥芽兒卻阻了他，讓陪著一起喝完。

趙猛子有些不放心的撓撓頭。「俺先送妳回去吧，一會兒再過來喝也是一樣。」

「是這麼個理，反正都是相熟的人家，沒啥忌諱。俺們兩家離得又近，就先讓他送妳回去吧！」李空竹聽得點頭，跟著勸了一句。

麥芽兒心頭確實也希望自家男人陪著，就點頭應允下來。

李空竹給兩人開門，送兩人出去時，正逢一輛馬車靠過來。

看到馬車，三人很好奇了下。這時代能坐上馬車的可不是一般人，連一般商賈都不能隨意買馬車，只能用騾車代步。

三人愣怔著，卻見那馬車已經緩緩停了下來。

那趕車的車夫看著不過二十出頭的樣子，方正臉，此刻正一臉肅然的緊勒韁繩，隨即又沈聲向裡面稟道：「華老，到了。」

「嗯。」裡面的老者應了一聲，又饒有興味的向另一人看去。

此刻的趙君逸已然睜開眼，面上沒什麼表情，眼瞳卻有些不期然的緊縮了下。伸著長指輕彈了下衣服上的縐褶，微微輕顫的指尖不經意的洩漏了他此刻緊張的心情。

想伸手摸臉，卻又覺矯情的住了手。「走吧。」整理再久終究也要面對。

華老聽此，點點頭，衝外喚道：「劍濁。」

「是！」喚劍濁的車夫，趕緊跳下車來。

那邊李空竹他們正準備上前問咋回事，就聽到裡面傳來的沈著喚聲，便又相互對視了眼，立在那裡，靜靜的等待。

華老最先由劍濁扶著下車，又吩咐他去把放在車底的木輪椅拿過來。這一連串的動作搞得李空竹他們越發莫名其妙了。

屋裡正吃著的眾人也聽到外面傳來的聲響，皆跟出來瞧。見到外面的馬車時，都有些吃驚，詢問的看向李空竹時，卻見她亦一臉疑惑的搖搖頭。

村中的小兒們因為追車，引了一些大人跟過來。眾人亦都紛紛好奇著，不知是哪一路的神仙，居然駕著馬車來到趙老三家的門口。

那邊的劍濁拿出木輪椅，便將車簾掀起，扔上了棚頂，接著跳上去，對著裡面的人恭敬的叫著。「趙公子。」

一句趙公子，令一旁站著的李空竹心頭莫名的跳動了下。

裡面的趙君逸看了眼蹲著之人那寬闊的背脊，眸子閃動了下，並未相理的伸手拍拍他。

劍濁訝異的回頭，卻聽他輕淡不容置疑的聲音傳來。「扶我。」

劍濁點頭，改換了身姿，雙手伸出，接過他伸來的胳膊，用力將他扶得半站起來。

趙君逸這一起身，帶動了腿上的傷筋，一股鑽心的疼痛立刻鑽入了腦仁，令他忍不住的蹙眉了下。

外面的華老見狀，趕緊大喝道：「你逞什麼能！」趕了十來天的路程，雖說已經極慢了，可那一路的顛簸還是抑制了腿的癒合，如今若再不加以保護，這腿怕真要廢了。

趙君逸雖只說了兩個字，外邊的李空竹卻在那熟悉的聲音自車中傳出時屏住了呼吸，心跳頓時有了半秒的停頓。

隨著一顆心緊揪的吊在半空，女人眼眶亦抑不住的紅了起來。她有些喘不過氣的將手伸到心口，緊了緊半握的拳頭，下一刻，竟在所有人驚訝的視線中，向那馬車跑過去。

華老的話才喝完，就見一嬌小身影快速的衝過來，擠過了他，跑近車前，手巴著車門框，向裡面望去。

這一望，女人紅著眼眶愣了一下。

只見裡面的人兒，清雅俊朗，瘦得有些過分的臉上看不出一絲瑕疵，一雙極漂亮的鳳眼在看著她時，眼神立即變得幽深，緊抿的淡粉薄唇依舊是記憶中的模樣。

「當家的?!」極輕的聲音飄出，心中確定，卻仍然不敢肯定，怕是作夢，又怕是空歡喜一場。

半彎著腰的男人，將半個身子倚在一旁扶著的劍濁身上。自她跑來時，一雙眼就一瞬也不瞬的緊盯不放。她瘦了一點，也漂亮了很多。未到家之前無盡的想念著，如今近在咫尺了，那種想念非但沒有消退，反而愈加濃烈起來。

聽著她熟悉至極的軟糯聲音，男人心間扯動了下，喉頭滾動。半晌，一聲極淡的聲音飄了出來。「嗯。」

一淚，不期然的從李空竹眼中滑落下來，那種肯定得到了回覆，令她那揪在一起的心豁然開朗起來。

抹著洶湧的眼淚，下一刻女人又一個大白眼翻了過去。咧著嘴冷哼出聲道：「還以為死外面了哩，我都要準備整衣冠塚了，也準備要另找人了……」

話未說完，那邊先一步明白過來的惠娘跟麥芽兒兩人，聽得趕緊跑過來，不待她說完，兩人同時伸手去捂她的嘴。

惠娘還很苦口婆心的在她耳邊小心嘀咕著。「姑奶奶，妳說的這是啥話啊？一會兒讓人傳出去，妳這名聲怕是又要落回谷底了。」

李空竹聽得愣了一瞬，下一刻有些羞愧起來。實在是有些忘我了，還以為是私下兩人鬥嘴的時候呢。

兩人看她明白過來，才輕吐了口氣，鬆了捂嘴的手。

李空竹沒好氣的瞪了眼裡面挑眉勾唇的男人，下一刻又露出一口貝齒的嬌笑叫著。「當家的，你從府城回來了啊！快快快，快下車來吧！」

那故意嬌嗔發嗲的聲音，搞得周遭熟悉她的人，登時起了一身的雞皮。

車裡的趙君逸卻是心頭一鬆，心下笑了起來。果然，還是那個她啊！

待劍濁將趙君逸扶出來，一旁一直被晾了良久的華老，終是得到了用武之地，推著輪椅重擠了過來。「讓開！」

李空竹幾人聽罷，皆看過去，見是位老者，三人趕緊行禮的讓開去。

華老瞥了眼李空竹，隨又衝著劍濁道：「把人揹下來，他的腿不能再受了震動。」見男人蹙眉似想反抗，就怒道：「難不成你想廢了腿不成？」

李空竹這才注意去看男人長袍下的腿，見那以前跛著的右腿，此刻正用木板加固著，就怔了下。「這是……」治腿了？

「如妳所見！」華老哼了聲，正逢劍濁將人揹下來。

等人入了座，劍濁伸手就要去推，不想李空竹趕緊接手過去。「我來！」

劍濁看了華老一眼，見老者點頭，才鬆手。

李空竹推著那木製的車輪，對站在一旁的李沖道：「李大哥，煩請你幫著拿塊板子來鋪在石階上，我當家的的腿不方便哩。」

李沖聽得趕緊點頭向院裡行去，不一會兒就拿了塊修房剩下的厚實木板出來。他將木板放於階梯那裡後，李空竹趕緊推著輪椅上了臺階。

另一邊的趙猛子也趕緊過來幫手，連人帶椅的抬進門檻去。

就這樣，李空竹在眾人不可思議的目光中，推著趙君逸進入新家的院子，再上了屋階，又將其推進如今煥然一新的寬敞主屋。

外面已經哄鬧起來。大多數人簡直不敢相信，趙君逸居然把臉治好了，還治了腿！看那容顏，簡直就跟那畫中下來的佳公子般，氣質非凡。

一些就算結了婚的村婦，經由剛剛那一瞥，都止不住的心頭發顫，更遑論一些跟著來看熱鬧的半大女娃子了。

李空竹不理會外面的吵鬧聲，把人推進主屋後，就請抬人的趙猛子兩人出去。喚著惠娘跟于家的幫忙招呼收拾外頭的事，隨即一把快速的將房門關起來。

剛進屋的趙君逸正四下打量著屋中的一切擺設，突聽女人「啪」的一聲猛的關了房門，下一刻，不待他反應，便一臉凶惡的向他狠撲過來。

她直接勒著他脖子，將臉湊過去，在他那曾經荊棘密布，如今光滑細緻的左臉處，很凶殘的磨蹭了一番。

待把他的臉和她的臉都蹭得起了紅意後，才止了動作，冷聲哼道：「你這幾天倒是走得挺短啊，咋不再多留幾天？說不定屆時回來，就能喝我另一宗的喜酒了。」

男人眼中的無奈滑過，扯過她勒脖的手，將之扯到面前。

「幹麼——啊！」猝不及防的被他一個單手勾進了懷，李空竹驚叫了聲，下一刻就想要起身。

「別動，會疼。」難得帶著一絲撒嬌意味，男人將頭埋入她的頸間，汲取她身上獨有的馨香。

李空竹心頭麻跳了下，感受到脖間的癢意，又不自覺的縮了下。「你腿傷著哩。」說著還是不放心想撐起來。

「不妨事，這是左腿。」還沒等她反應，又道：「若妳動，會帶動右腿。」

李空竹聽得心下好笑，轉眸伸手將他的頭托起來。「難得你如此清冷之人，居然還做起了如此溫柔之事。這是想求我諒解？」

見她挑眉作傲嬌樣，男人勾動嘴角，亦是挑眉輕笑出聲。「若是呢？」

呃，美男計？李空竹腦中空白了下。以前這廝雖也經常對她挑眉勾唇，可從未有這一刻這般魅惑過，且還離得如此近……

莫名的，李空竹的小臉不自然的泛起紅暈來，小心肝也開始不自然的怦怦怦狂跳起來。

「如何？」

呃，大腦當機的某人機械的轉眸與他對視起來。見他眼中有笑意滑過，發覺上當的女人，下一刻紅著臉的伸了手，作勢就要去打他。

男人伸手握住她揮來的小手，女人見掙扎不過也就順了他去。看著他近在咫尺的俊顏，她又伸出另一未被握之手，輕輕的撫了上去。一寸一寸，似要在那上面找出以前存在過的痕跡般，比劃得尤為小心，亦看得尤為仔細。

男人眼神暗沈，粗了氣息，直接又將她這手捉下來束著。

兩手被禁錮在同一大掌中，李空竹也不惱，只嘻嘻笑，很得意的靠向他的懷裡，一會兒又紅了眼眶。「走了這般久未有一點消息，你當真是壞到了極致。明明說好的幾天，便是因著有事耽擱了，又為何也不肯與我捎信一封，報聲平安？空留了我獨自一人猜測，你可知那種求解不得的無助？」

男人喉結滾動，輕應一聲後，再一句對不住出口。

李空竹沒有相理，只埋首在他胸口繼續自說自話。「一月有餘看似很短，卻經歷很長。山地被我接了桃，又買了新地，還建了房，迎著忙碌的日子又伴隨著糟心的事件，雖說有時無助，卻好在有友人相助。」

她雖是一人擔了男人的支柱，可就算這樣，還是有覺得無力的時候。每每這時，她總會想著。「趙君逸，你欠我很多，你可是知道？」

「知道。」對於沒個男人在家，她能撐起這般多、承受這般多，他確實虧欠她挺多。

女人見他點頭，噗哧的又笑出聲來，那掛著晶瑩鼻涕的破涕為笑，惹得男人有些啼笑皆非。

正當兩人相依偎你儂我儂時，一道不合時宜的聲音從外面傳進來。「腿傷未癒，切記勿心生邪念。」

正在擦著眼淚的李空竹，聽了不由得無語，仰頭看著男人，很不滿的問道：「那個糟老頭子是誰？」不會是醫治他的人吧？

「華老，當今變國四皇子的親舅公，杏林中的大人物。因不喜沾權弄事，十分得今上敬重，見面亦是會尊聲舅舅。」男人聲音不疾不徐，末了又挑眉看她，似在問，可是夠了？

李空竹腦子當機了一秒，下一瞬，竟全然不顧男人腿疼的大力起身，嘴呈O形，一臉不可置信的結巴著問他。「你、你說什麼？這、這話是何意？」

若她腦子沒問題的話，這應該是挨著皇權極近之人吧？這般輕易就帶回了位高之人，他到底跟了位怎樣的人物？

想著以前救過的崔九，女人眼睛瞇了下。從來都知道他有秘密，也猜測過他背負了仇怨，卻從未想過有一天竟能跟皇權沾上關係。他到底隱著怎樣的驚天秘密，竟要巴上皇家？

男人被她這一猛起，帶動了傷腿的神經，那鑽了心的疼痛，令他猝不及防的輕哼出聲。

黑著臉，頭上連汗珠都滲了出來。「並無何意，只想說予妳聽罷了。」男人閉眼仰脖向後靠著，暗中輕吸了口氣，慢慢等著那痛覺消失。

李空竹愣了下。「趙君逸……」

轉頭再想跟他說些什麼，外面老頭的聲音又傳進來。「該是吃藥的時辰，若耽擱了，那腿還要不要了？」

這老頭！李空竹暗中捏拳。臉上不滿，連帶的心情也不好的前去開門。

外面的華老見她開門，就挑眉向屋子裡掃了一眼，見男人正冷眼看來，就哼了聲，扔了個藥瓶過來。「一次兩粒，一日三次。切忌生冷之物！」

李空竹伸手接過的同時，有些忍不住的偷著打量了他一眼。怎麼看都是位粗魯的糟老頭，哪裡就像了他說的是位高權重之人？至少氣勢這一點就完全跟不上。

她心頭猜測著，老頭看她打量自己，就很不滿的捏鬚看著她道：「怎麼？老夫臉上有東西不成？竟是令妳如此放肆，不尊禮數？」

「不敢。」李空竹聽得趕緊收回眼神，衝他行了一禮，捏著瓶子道了聲。「有勞了！」

說著，又衝正在收拾桌子的于家的喚道：「于嫂，妳領華老去西廂落腳，看可還有啥要補的沒有，妳替我打理一下。」

「是！」于家的恭敬點頭，很尊敬的喚著華老道：「老先生請隨我來。」

華老嗯了一聲，走前又看了李空竹一眼，才隨那于家的去往西廂。

第五十四章

李空竹拿著藥瓶重回了屋，見男人已經又正直了身子，張了張口，她終將話嚥了下去。

「我去倒杯溫水進來。」

「好。」

男人點頭，目送她出去後，才細細打量起這屋中的一切。

屋子比以前住的小屋寬了一倍不止，地面不再是凹凸不平的坑窪，鋪就的是大大的灰色石板；炕上亦不再是以前灰撲撲的單調色彩，上頭增添了炕櫃跟箱籠不說，餘出的睡覺地方，也比以前的小炕長了至少二尺多。

除此之外，還另添了新的立地衣櫃跟洗臉盆架，臨窗這裡，連著女人的梳妝檯都有了，這般多東西都是她自個兒置辦出來的。

趙君逸捲蜷曲了下指尖。他，真的是錯過了很多。

去倒水的李空竹端著碗走進來，喚了他一聲，見他轉眸看來，道：「才想起你們怕是未用午飯，這藥得飯後吃吧？」

「無礙。」男人伸手要過藥丸，仰脖送服後道：「半個時辰後再吃一樣。」

李空竹聽了點頭，去炕邊從炕櫃裡拿出被褥來。「好在今兒燎鍋底有燒炕，你那腿得靜養吧？」

「嗯。」男人看著她忙碌的身影，訝異她的不問原由。

正在鋪被的李空竹並不是沒有疑惑，而是等著他願意主動相告的那天，總要她自己一句句問，終究有些不甘願。鋪好，轉身笑看著他道：「好了！」說著近前來，作勢要扶他。

趙君逸見她伸來的小手，搖搖頭，衝著外面喚了聲。「劍濁！」

「是！」

窗子被突來的外力撞開，一道暗影似鬼魅般滑了進來。李空竹驚瞪著眸子看著破窗而入之人，見他半跪於趙君逸的身前，拱著手。

趙君逸點頭使了個眼色，就見他領命起身，伸手將男人扶起來。

李空竹見狀，亦是快速的繞去另一邊相扶。待二人合力將男人扶上炕後，劍濁又得令的退出去。

看著再次從窗口飛出之人，李空竹哼笑了聲。「我覺得這事以後還是少做為好！」不為別的，她這新房新窗的才修不久，若給撞爛的話，可再沒多餘的銀子去修了。

「無妨。」男人身靠炕櫃，招手令她近前。

李空竹走過去坐在他的身旁，男人將她順勢勾抱了過去。「且陪我睡會兒。」

女人點頭，脫鞋上炕扶著他躺下後，便依偎進他的懷抱裡。

聞著熟悉的清洌之氣，入手的腰身卻比他走前還要瘦了幾寸。心疼的抬眼，卻意外發現男人的眼睛不知何時已經閉上，混著那綿長的呼吸聲，已是睡了過去。

這是遭了多少罪，竟令他累成這樣？

李空竹輕嘆了聲，頭枕在他的心窩處，聽著他沈穩緩慢的心跳聲，口中喃喃自語了會兒，也閉上眼，跟著他悠長的呼吸睡了過去……

趙君逸的回歸，給村中造成了不小的轟動。特別是聽到已經治好了臉，又治了腿，還是坐馬車回來時，那上門來看望討好之人簡直是絡繹不絕。

對於這群人，李空竹不好得罪，但也不想招待，只推說當家的腿沒好，得好好靜養，不能擾著了。而對於那些問老者身分的，更是裝糊塗的搪塞過去。

連著招呼了兩天，好不容易將這批人打發乾淨，那邊的大房、二房兩兄弟又跟著過來拜訪。

看著兩人臉上那討好之笑，李空竹也不攔著，將人領進屋後，便交由趙君逸去應付，而她則跟著住在自家的惠娘向南山行去。

如今那頭批嫁接的桃枝已經打起了花苞，目測待四月初就會開花。雖說如今桃花花期已過，可現下開花也應該不算太晚才是。

而且頭批的開了花，第二批的花期也會很快來臨。李空竹想利用這花開的日子做些節目，便在這天巡視回來後跟惠娘相商了一番。得了她同意後，兩家人便又忙碌起來。

華老這兩天從村中巴結討好之人那裡，聽了不少關於李空竹的事。從從前的名聲盡毀，到如今大變樣的有出息，又是山楂又是嫁接，怎麼想也想不出那會是同一個人。

本以為能令君家人心動的女子是何等的傾國傾城，卻不想竟是如此一個名聲爛透之人。

看著這兩天臉色已然好起來的男人，華老搖頭失笑著。「雖不得不承認她的才幹，可如此女子，你確定是你想要的？」

彼時趙君逸坐在輪椅上，正曬著早間暖和的太陽，聽了這話只冷淡的瞥了他一眼，並不吭聲。

回來好些天了，本以為能享受她從前纏磨人的甜蜜，不想兩人除了頭天甜甜蜜蜜的睡過一覺外，之後，小女人便忙忙碌碌的往外面跑。

雖說中間有因著他的事哄鬧了一陣，可如今這整個大大的家裡面，除了華老頭跟劍濁外，就只剩那伺候人的于家的。

「姑爺，請喝湯。」于家的用托盤端了兩碗骨湯，一碗遞予他，一碗給了華老。

趙君逸端起湯碗看了眼後，又放回去。「放著，一會兒再喝。」

「姑娘吩咐過，讓姑爺在巳時喝一盅哩，說是這樣待會兒吃午飯時才不會脹了肚。」

「放回去！」

語氣有些重，他不鹹不淡的瞥了她一眼，令于家的心頭莫名的一抖。張了張嘴，于家的終不敢再多勸，將碗放回托盤退了下去。

華老吹著碗中冒著熱氣的乳白色濃郁骨湯，眯眼取笑他。「你這是在置氣？那丫頭這樣安排也是為你好，你如今的腳正是接縫的時候，可不得多喝點湯補補嘛。」

趙君逸輕抿薄唇沒有吱聲，想著從前住破屋沒錢時，女人總會在賣了山楂後買些骨頭棒子回來存著。看到他運氣壓毒變差了的臉色，還會時不時燉上鍋湯，或是煮上個雞蛋給他補身子。

如今雖仍有骨湯，卻總讓他覺得好似哪裡變得有些不大一樣了。

此時南山這邊，李空竹正與惠娘戴著紗帽，行走在桃花林間巡視，看著偶爾飛來的小蜜蜂落在那花蕊上，就相互對視的點點頭。

這些蜜蜂正是李空竹著李沖從外面帶回來的，主要用意還是用來為桃樹授粉。如今二畝地的桃花正盛開，想要結了好的桃，沒有充足的授粉可不行。

除此之外，桃林裡每隔不多遠，就會出現一張類似榻榻米、離地小半米高的木製地鋪。地鋪的旁邊，插著的是李空竹用油布改良而成的遮陽傘。為了漂亮，傘的裡外又罩了層用各色碎花小布拼成的布膜作裝飾。

彼時兩個婦女轉得累了，就行到一處地鋪，脫鞋盤腿坐了上去，再仰頭撐著手，看著那美如畫的景色。

「這樣真能行嗎？」

「試試唄！」李空竹聳肩。這般美的晚春景色，若不看，倒著實有些可惜了。

惠娘聽得點頭。「扔這般多的錢，總得有點回報才是。」

兩人正閒聊著，那邊將蜂籠整好的李沖跟了過來，看著兩人時，招呼的問著兩人可要下山去？

事也辦得差不多了，兩人自是點頭，不過在走之前李空竹又想起一事來，對李沖道：「對了，那棗花若開的話，也可養蜂去採蜜，棗花蜜也是一絕哩。」如今她們投資太多，不能光等著不做，要知道到秋天，可是還要挨好些個月。

李沖聽得點頭。「我知了！」

三人一同下山，回到家時，正好是晌午開飯的時候。

于家的看著幾人回來，趕緊幫著打水淨面。

待擺了飯，各自吃完回房午歇時，李空竹拿著買來的宣紙，在屋裡開始描繪起圖形來。

趙君逸坐靠在炕邊，看著她認真的樣子，沒分一絲注意給自己，心頭煩悶，面色就有些黑沈下來。「如今在忙什麼？」

盯著她，沒話找話的起著頭，她卻頭也不抬的道：「忙春遊啊！現下南山桃枝開花了，第二批嫁接也在打著苞了，這大好的晚春，別地都沒有這般的景象，你說我能放過嗎？」

「可是要幫忙？」男人挑眉看她。

女人畫畫的炭筆頓了一下，下一刻終是抬眼向他看過來，見他面色有些不好，就忍不住開口問道：「你沒事吧？」

「無事。」不鹹不淡的聲音，令女人蹙眉了下。這麼冰？可不像他如今與她說話的方式啊。

放了筆，挪到他的身邊，就著他剛說的相幫問題，問了句早先就想問的話。「記得二月府城之行時，你說讓我想幹什麼就去幹，可是真的？」

「嗯。」男人見她靠過來，面色稍霽。

李空竹卻又再次追問。「你的靠山能顯露嗎？不怕招惹了麻煩？」

「無須擔心。」男人伸出長指，撥了下她耳邊的碎髮。見她始終離自己有一掌的距離，這兩天心頭憋悶出的不滿，終是全然溢了出來。掀了被子，皺眉喚她。「過來！」

「幹麼？」無語的瞥了他一眼，她還要畫圖哩。

男人掀被的手不動，只挑眉看她。那種極淡的眼神，讓李空竹沒來由的覺得心裡有些沈。

想了想，終是乖乖的挪過去，進了被窩，順手摟著他的腰肢，不滿的嘟囔著。「我還要畫圖呢！」

「嗯。」

女人不滿的抬眼。「知道還讓我過來幹麼？」

「無事。」感受到她小手在腰間緊摟，男人眸中滑過一絲滿意。

女人聽此，氣得有些咬牙切齒，下一刻如那炸了毛的小貓般揪著他的衣襟低吼。「趙君逸，別以為你受傷了就可以拿我尋開心，惹毛了我，當心我一樣揍扁你。」

「哦？」對於舉在眼前的小拳頭，男人欠扁的挑了下眉，那好看容顏配著那淡勾的嘴角，當真是該死的迷人。

大腦再次有些當機，李空竹只覺快崩潰了。自從這廝的臉好了後，她發現自己再不能如以前那樣與他坦然面對，每次只要一與對他眼，心就忍不住的怦怦直跳。這兩天來，她藉故忙裡忙外，就是想儘量避開與他獨處的時間。

要知道以前可都是她厚著臉皮調戲他的，如今卻完全相反了，讓她沒法抓住主控權。紅著臉，鬆了揪他衣襟的手，嘟囔著。「美男計犯規！」

男人眼中笑意漸濃，在她小手離開時，又將之給拉回來。

李空竹愣了下，下一瞬卻見男人的臉快速的湊過來。

本就臉紅的臉蛋，在這一刻「轟」的到達了空前的高度。李空竹覺得自己的心跳有些受不住，鼻子有些個發起了癢，對於那近在咫尺放大的俊顏，眼睛也開始變得有些模糊起來。

「美男計？」男人薄唇離她的朱唇不足半寸處，輕笑了下，隨即又將頭抬起來，看著那還未回過神的女人道了句。「倒是個好詞。」

李空竹的大腦一直處於當機狀態，特別是他那故意貼近唇瓣的輕輕一笑，更是要她命的令她鼻頭一熱。

兩管鮮紅的鼻血「噗嗒」一聲，那樣生生不顧她意願的給噴了出來。

剛起身的趙君逸看得愣了下，不過轉瞬又莞爾的勾起一邊好看的薄唇。他心頭滿足，面上卻依舊淡定的伸出長指，拂掉她那噴出的鮮紅液體。

李空竹被這一噴也醒過了神，見他拂過的指頭上沾著鮮紅，就迅速低頭，咬著牙，直恨不得找個地洞埋了自己的好。

「可是要毛巾？」

罪魁禍首的「好心」提醒，令女人手癢癢的忍了又忍，終於吼道：「趙君逸！」丟臉的女人爆發，揪著他的衣襟，將他的上半身拉近身前。

咬牙切齒的與他面對面，大眼瞪著小眼，見男人幽深的眸子滑過笑意。女人很不爽的哼了又哼，下一瞬，毫不猶豫的將自己的朱唇送了上去。

從來都是她調戲他的……應該……是這樣的吧……

當天下晌，李空竹沒有出屋，腫著嘴唇，紅著小臉在屋子裡畫了一下晌的畫。

惠娘敲門來找，她只說了自己有些不舒服想睡覺。不想這話一出，引得外面的人開始曖昧的猜測起來。

華老聽罷，直接將不滿發洩在敲門上，大喝著若是不節制，當心以後虛了身子。他這一敲門，李空竹更是面紅耳赤，恨不得拿東西砸人。

反觀一旁的得逞者，雲淡風輕似根本沒他什麼事。李空竹提筆暗哼，直覺得這一仗真是輸得好不甘心！

四月中，李空竹他們南山嫁接的桃花相繼大開。

彼時李空竹試著做了簡陋的烤箱，用花蜜做出了蜂蜜蛋糕。那種香香軟軟帶點桃香的蛋糕一推出，惠娘店裡的生意立刻就好了起來。

如今正好滿山的桃花都開了，李空竹跟惠娘便趁此準備起春遊的活動。

活動還是在店裡舉行，比照著上回元宵那樣抽獎的方式，只不過這一次的大獎，除了那一兩白銀外，還多了兩張全家豪華桃林一日遊。

為了讓中獎之人感到物超所值，李空竹準備用驢車全程護送，另還附贈體貼入微的服務，要讓中獎的平民百姓，感受一回當老爺太太的舒適生活。

為了這事，李空竹特意將于家的一對兒女招過來，還讓王氏到村中去找了些半大的小子跟姑娘前來，一起培訓。

誰知招人這事，引得全村轟動不已的相繼找上了門。主要是李空竹開的條件太過誘人——讓半大的小子、姑娘前去做一個月的活兒，卻給每人定了一百文的工錢。

這村中每家多少都有那麼一、兩個半大娃子，因此村民們紛紛擠破腦袋，都想送自家娃子過來。為了這份活兒，有人甚至還給李空竹和王氏送禮。

李空竹有些哭笑不得，讓王氏安撫大家先不要亂，只說這回是先試一試，若是能成功的話，下回會再招些人來。

有了這話的安撫，村人才慢慢消停，而李空竹跟惠娘兩人亦開始忙碌起來。

她們一人負責鎮上佈置店中的活動，一人則跟于家人一起負責培訓和製作活動那天要用的蜂蜜蛋糕。

如今天氣又熱了些，李空竹又想買一車冰來放入冰窖，只說是想做那冰鎮蜂蜜水跟冰碗，屆時好作為另一個消費，給來遊園的客戶喝。

只是沒問不知道，這個時代的冰實在貴得離譜，大多大戶人家，都是自家冬天收集冰，存入冰窖自家用。現下天熱了，家裡雖有冰窖，卻很難弄到冰。

李空竹倒是有個製冰的法子，不過這是個暴利，她不想在活動前弄得太顯眼。可面對幾十兩一車的冰塊，對於如今彈盡援絕的兩家人來說實在買不太起。

商量幾天，李空竹決定讓李沖去別的酒樓勻個兩、三塊回來暫時頂著，其他的，她再另想別的辦法。

惠娘問她是什麼辦法，李空竹笑了笑，沒有說，只在回家後，跟趙君逸說了這事。彼時的趙君逸聽後，點點頭，便吩咐劍濁前去置辦。

華老來給趙君逸診脈時，看著趙君逸道：「你就這麼任她鬧？」

「鬧？」趙君逸呵了聲。那女人可不鬧，她的腦子聰明著，總有稀奇古怪的點子。

華老見他就那樣哼了一聲。「以著你的前程，配這如此聲名狼藉的女子，當真不在乎？」

又來了。趙君逸輕笑了聲，隨即不鹹不淡的瞥了他一眼。「這就不勞華老操心了。」

老者沒好氣的瞪他一眼。「若不是昔日曾得君家一恩，我還管你這事？」以他的尊貴身分，便是個純粹鄉下女，也比這爛了名聲的女子好吧？

「聽說當初還爬過床……」

「華老！」趙君逸臉色黑沈如水，一張臉冷如冰凌。「我敬華老對君某有恩，但君某家事，還請華老慎言。君某之妻，當不得別人隨意污辱！」

「污辱？」華老也有些來了氣。「我好意關心，在你眼裡竟成了污辱？」

趙君逸抿唇不語。

華老見此，連連好些個「好、好」出口，抖著手指了他半晌，臉色亦是變得鐵青，道：

「全當我狗拿耗子吧！」

說罷，氣得一個狠勁的甩袖起身，邁步向屋外行去。不料在跨步出屋時，正巧碰上了再次進屋的李空竹。

李空竹與他迎面碰上，趕緊給他行禮。不想老者卻是冷臉給了個「哼」後，直接無視她的，加快了步伐，與她錯身而去。

李空竹起身，心裡有些莫名其妙，進屋時，見趙君逸撐著身子正打算下地。女人見此，趕緊跑過去扶他。「怎麼了？」

「無事。」趙君逸的臉色在她進來後，重回了平靜。

李空竹見此也不多問，只看著他腳上的夾板問道：「還有多久能拆？」聽說已一月有餘了，該是好了不少吧。

「再七天便可。」享受著她難得的親近，男人由她扶著在屋中走了一圈後，便去炕上又坐靠了起來。

李空竹在扶他上炕後，從箱櫃那兒拿出個本子，開始寫起計畫來。

待等到劍濁將東西買來後，李空竹便趁夜深人靜時，去廚房打了盆水進屋。找了根棍子在手，將一包東西緩緩的打開來。

將裡面的白色粉末抓了些扔進那盆裡，再用棍棒快速的攪動起來。不過片刻，就見那剛剛還轉動的晶瑩水花，在這一刻竟是全然凝凍成了冰。

整個過程簡單易懂，一旁燈下的男人亦是看得一清二楚。見她完事後，還拿著棒子敲了敲，待敲出細末後，又拿了塊那白色晶狀放進嘴裡嚐了嚐。

「嗯！比例還算不錯，沒有味兒！」

拍了拍手，轉過身，見男人一動不動的看著她，眼神是難得的驚詫，就不由得很傲嬌的挺了挺豐滿的胸部道：「呵呵，怎麼樣，被我這曠世奇功震到了吧？告訴你，姊姊可是練過寒冰掌的，你要敢惹我，當心我一掌下去，就能讓你立刻變冰棒！」

男人自震驚裡回了神，聽了這話，不由得輕勾了下嘴角，笑了聲，道：「且不論我惹沒惹妳，單說這每日夜間無休止的纏著不放之人，好似另有其人。」

如此曖昧之話從如此冷情之人的嘴裡說出，當真令人覺得怪異又羞惱。李空竹紅著臉，手執木棍，單手扠腰的氣惱嬌喝。「呸，誰纏了誰？你不要胡說壞我名聲。要知道如今我可還是清白之身，要再找下家，也好找得很哩。」

「哦？」提醒他？

男人挑眉，戲謔的看她半晌。女人被看得全身很不自在的扭了幾扭。

這廝如今怎就這般大的變化？一個氣惱的走過去，大力吹掉了箱籠上的燈盞。「睡覺、睡覺！我睏死了。」

黑暗中女人摸著上了炕，在進被子時，還很不服的故意挪遠了位置。男人見狀，無聲的勾動了下嘴角。隨著她逕自躺下，並不著急的慢慢等著。

一、二、三……某人心中默數不到一百，懷裡就被突然滾進的軟玉溫香撞了個滿懷。

聽著她熟悉的嚼嘴哼唧，男人滿意的伸手將其纖腰勾住，並和著她的呼吸，一同進入了夢鄉。

第五十五章

有李沖買回的幾塊冰掩護，李空竹乘勢做了好些冰出來，存放在新家的地窖裡。

待鎮上和李空竹這邊都準備好，兩家便商量著，打算在當集的日子開始宣傳唱鬧。

「這兩天我都跟老顧客打過招呼，他們也拿了小票，趁如今還不算大忙時，應該沒多大問題才是。」

李空竹點頭，讓院中一些培訓的半大小子，去地窖裡將做好的蜂蜜蛋糕搬上車，末了又點了幾個能說會道的出來跟車。

「一會兒你們就跟去鎮上住著，聽惠娘姊的安排。待明兒正式開店搞活動後，都要記得自己的崗位，這一天算額外小費，待完活後，每人會額外獎勵二十文工錢。」

小子們都是十二、三歲的模樣，正是渴望掙錢的年歲，聽說有二十文的額外工錢拿，哪有不高興的，皆齊聲高喝著。「是！」

李空竹點頭，跟惠娘又定下明日的時辰。「店就交給妳了，我明早辰時就過去。」

「放心交給我吧！」惠娘拍拍她的手，與她再回顧一遍細節後，才帶著一幫小子向鎮上行去。

李空竹將一行人直送出了村口，回來時，正逢華老給趙君逸拆夾板。

也不知從何時，這兩人之間，氣氛變得有些微妙起來。以前的華老雖老臭著個臉或是瞪個眼啥的，但比起如今這面無表情的冷漠樣兒來，不但沒有威懾力，且還親和許多。

李空竹看著拆完的板子，問了聲那正在上藥的老頭。「如今是不是能正常走了？」

華老不鹹不淡的看了她一眼，將藥膏抹上後，才道：「上藥三天不能沾水，且行路不能太過頻繁。剛癒合的骨縫，最遲還得一月才能正常行走。」

「多謝。」趙君逸亦是面無表情的回了句。

李空竹見氣氛尷尬，就說了明兒上集之事。「要弄個跟元宵節時一樣的活動。若弄得好的話，那得了豪華大獎的人家，定會有人跟著前來參與的，屆時怕有得忙了。不若趁有空，明兒我們上集去逛逛？」

回來這般久，他因腿傷得靜坐安養，而她亦是忙碌著，他們已經好久未再一起走逛了。

「嗯。」趙君逸點頭，放了褲腿，起身下地走了兩步，那邊的華老見狀，只冷哼了聲後，便出了屋。

「誰得罪他了？」這兩天來，一直冷漠的擺著張臭臉，特別是在看到她時，顯得尤為心氣不順。

「無人得罪。」相反的，他才應是被得罪之人。李空竹過來伸手扶他，卻被他止住。

「我慢慢走著試試。」

「好！」

待到第二天開集，李空竹難得換上了件粉色的細棉春裝襦裙，綰了婦人頭，插上趙君逸為她買的那支絞絲銀花簪。

趙君逸則換上女人為他做的寶藍直裰春衫。沒有腰帶相繫，襯著他挺拔修長的身姿，整個人顯得有些慵懶儒雅。長長的寶藍束帶束髮，配著他那張清俊的臉龐，雖說很養眼，卻總有種說不出的怪異。

轉了一圈，李空竹摸著下巴仰頭看他。「就不能帶點笑？」這般俊俏清雅的人，卻總帶著股冷漠氣息，當真是廢了這身她難得做出的好衣裳了。

男人沒有回答，只瞥了她一眼便提腳向前，開了屋門，將之拋在身後。

李空竹愣怔了瞬，又咧嘴笑開來。這冷情的傲嬌樣兒，有多久沒看到了？

坐著劍濁趕著的馬車上了鎮，到達匯來福時，正好才辰時。

彼時店鋪門口早已搭起了高臺，那幾個半大的小子，也統一著了青色的短打工作服。看到李空竹他們進門，就很恭敬的彎腰喚道：「歡迎光臨！」

李空竹笑瞇了眼，點點頭，對前來迎他們的惠娘道：「瞅著這衣服一上身，精神就完全變了個樣呢。」

此時的店中已陸陸續續有客人進來，每個人在進來時，皆能聽到這一聲歡迎光臨。這特殊的對待，頓時讓客人覺得被高看了不少，一個個昂首挺胸，皆帶著幾分笑意，問著這店鋪都賣些啥？

那些個半大小子聽此，幾個口才好的趕緊上前，帶著笑臉解說起店中的每一樣物品，解說完後，又順道說起了今兒活動的宗旨。

惠娘笑等著那些半大小子解說完後，就朝李空竹比了個大拇指。「自昨兒個接來，按妳的要求，在大門口教著他們喊了遍口號。引來人觀看後，又恭敬的對每個人彎腰行禮，說著歡迎光臨、謝謝惠顧，這讓來店裡的客人聽了，每個人都消費得心甘情願得很哩。」

李空竹抿嘴輕笑。「若行的話，今天過後就留下兩個口才好的人在店中做行銷吧，按著所賣商品提成，賣得越多，工錢越高。但只一點，不能馬起臉兒強賣。」

「能行？」

「試試吧！」說著，又看了眼這小小的店鋪。「等咱們有錢了，就好好擴展擴展，到時，我還想另開間小吃店。」

「行！妳說啥，咱以後就幹啥。」

那無條件的信服，令李空竹輕笑出聲。「我說整龍肉，妳也跟著去啊？」見她點頭，就笑彎了腰道：「真要去了，不嫌傻啊？」

惠娘這時才轉過彎，明白她在調笑，作勢就要與她笑鬧起來。不想，一旁被晾很久的趙君逸見此，不著痕跡的將自家女人拉到身邊。見她疑惑的抬眸，只淡道一句。「腿疼。」

李空竹聽此，想起他禁不起久站，趕緊過來伸手扶他，喚著惠娘道：「先進屋裡坐著，我還有圖紙沒給妳哩。」

「好！」惠娘也怕累著趙君逸，趕緊在前領路，向那小屋行去。

待進了屋，李空竹兩人就活動展開了討論。說得差不多後，她便把畫好的桃花遊林圖給了惠娘。「屆時隆重介紹下這桃園晚春的景象，這全家豪華旅遊獎，裡頭包括驢車接送、服務人員任差遣，在桃林賞花時還可吃上桃林獨產的冰鎮花蜜水跟蜂蜜蛋糕；另外還附贈全家遊的畫像一張！」

「還有畫像？」

李空竹點頭。這一項她準備親自上陣，雖說素描功底不咋好，但糊弄下外行人還行。

惠娘聽此，便將那幅桃林畫收起來。「那好，我現在去找當家的與說書先生再相商一番。」

「好。」

李空竹嗯了聲後，看著她起身出去，就很愜意的喝了口棗花蜂蜜水，對一旁作隱形人的男人道：「當家的，一會兒待這獎抽過後，咱們去逛街吧！像上回燈會那樣可行？」

活動一如前次那樣熱鬧非凡，當戲唱到一半，輪到抽獎獎項時，那唾沫橫飛的說書先生也將那桃林畫給亮了出來。

這一亮相，當即就令底下的觀眾皆看呆了。

「三十多畝的桃花林一眼望不到邊，雖說那賞花是大戶人家的事情，但若咱平民百姓也能享受一回老爺、奶奶的待遇，為何就不能去哩？

「抽中此獎的人家，一會兒可拿著獎票去店裡將地址留下，明兒一早，東家就會派那寬敞的驢車來迎。除此，車上還會配有兩名周到的服侍人員，待進了桃花林，不但可免費吃蜂蜜蛋糕，還有冰鎮蜂蜜水。據說這花蜜，女人多吃，不但氣色好，還能永保青春呢！」

眾人一聽這話，也覺得值得一試。雖說沒抽到一兩大獎的銀子實在，可能作回富豪夢，那也是不錯。只可惜只有兩張門票，有那看了心動想去的人，就忍不住高聲發問。「只能兩家嗎？」

「這個自然！等這抽中的兩家去賞花過後，就會開放桃林。屆時若有人想去，皆可到店中來報名，交了遊園費後，就有車接送了。」

「還要遊園費啊？」一些人聽此就有些打起了退堂鼓。

說書先生聽後，笑道：「如今晚春景色難得，交了費用後，就可進園隨意觀賞，還有那書僮侍女端盞倒水，如此享樂之事，全家一起才區區十文錢。若不是老朽要把控全場，也想自個兒下去抽票哩。」

眾人聽罷，心頭又是一動，雖說這樣，可還是不敢隨意瞎起鬨。為防上當，皆想看了結果後再下定論。

惠娘跟李空竹在店中向臺上觀望，見目的達到，皆相視一笑。

「看來有效果了。」

李空竹點頭。只要有人肯跟來，自然就會有人也想跟著去享樂一把；再加上她還讓驚蟄給他們先生送了幅桃林圖，凡是文人，皆逃不過賞花作詩的雅興。屆時有了那些文人推薦，想來這一春應該能掙個好彩頭。

外面說書先生在講完春景後，就高唱著開始抽獎了。眾人一聽，亦是回過神的大叫著快點，場子很快又熱鬧起來。

李空竹見店裡人手足夠，不需要她留下幫忙，就偷了個空，跟著趙君逸出了店。兩人相攜著逛了會兒街，怕他累著，最後又找了個茶樓，選了個臨窗的位置，要了壺花茶，邊喝邊看著街上的街景。

待到了晌午頭，兩人出得茶樓，劍濁趕車來接。在上車時，劍濁傾身在趙君逸的耳邊輕聲嘀咕了幾句。

趙君逸頓了下，隨即不著痕跡的輕點了下頭。「知道了。」

李空竹瞧見方才劍濁的動作，心頭疑惑。見趙君逸行到身邊坐下，便仰著頭想從他臉上看出點什麼，可瞧了一會兒，卻只見他一臉淡然，就不由得輕扯了下他的衣袖。

「怎麼了？」

見他轉眸看她，李空竹便問：「方才說了什麼？」

看她眼神認真，還朝自己挪近了一分，男人心下好笑。「想聽？」

「嗯。」不會是又有什麼事相找吧？他的腿昨兒才拆夾板，這是又要出門？

「無事。」似看出她的不安，男人伸手將她扯袖的手抓握進手心。「華老在街上。」

那個老頭？李空竹無語。這兩天漠視他們，問他話也不回，今日居然獨自一人上鎮來了？「要不要去接他？」

「無須。」趙君逸搖頭。那老頭，想來是想看看她到底搞的是啥活動？

這樣也好，小女人多一分才能表現出來，就更能堵住他亂說的嘴。

趙君逸心下冷哼，面上不動聲色的將她再拉近一分。李空竹見此，就勢掙了他的手，順勢摟抱住他的胳膊。

車行回村，村中有不少村民正等著他們，許多人跟車走著，一面向車裡問好。大多數人在聽了鎮上桃林的活動後，就起了心思，說是想來幫忙。

李空竹聽後並不搭腔，趙君逸見狀，直接一個沈聲吩咐。「車行快上幾分。」

「是。」劍濁聽罷，一個揚鞭，就讓馬兒快跑起來。揚起的灰塵讓跟車的一眾村民，連連吃了好些口那嗆鼻的灰。

看著遠去的馬車，眾人皆敢怒不敢言。

這天下晌，惠娘在抽獎完活後，就被李沖連著幾個半大小子一起送了過來。李空竹吩咐于家的做了精米飯，配著幾個大菜，幾人在一起吃過後，便說起明兒前來遊玩的人家。

「說來也巧，兩家都是鎮上的，家境還算不錯，屆時就看能不能帶動了。」

「應該能。」有了攀比炫耀的事情，沒人能忍住不說，特別是鄰里之間。平常買個菜、吃塊肉都忍不住拿來說道，更何況這免費享樂之事。

「對了，訂製的推車和躺椅何時送來？」

「我已經問過了，明兒就可以。」李沖在一旁接嘴道：「不會耽擱明兒以後的接待。」

李空竹點頭。

幾人在外邊相商，讓在屋子裡給趙君逸診脈的華老聽了個清楚明白。

鬆了男人的手，華老極不情願的捏鬚哼了幾聲。「不過一女子，整天在外拋頭露面，當真是有違風化。」

趙君逸挑眉看他。「依華老的意思，是指這農家所有婦人都做了那有違風化之事？豈不是國之不幸？」

華老給擠兌得拿眼瞪他。

趙君逸懶得相理，閉了眼。「認同便罷，不用損人。」

「誰認同了！」哼了聲，老頭自凳上起身。「便是她再能幹又如何？身分跟清白可是世人之忌，你若以後入朝為官，少不了被人拿此事來說道。」

今兒雖說他在鎮上看了那活動，內心也確實對其改觀不少，可就算他改觀了，不代表別人也可以啊。屆時若他一朝飛黃騰達，那內宅就是最好的攻擊目標，再加上他那特殊的身分，想在變國占有一席之地，何其之難？

「我從未說過要入朝為官。」趙君逸睜眼看他，見他震驚的瞪眼，勾唇輕哼了聲後，又再次閉眼。

從來他的目的只有復仇一個。入朝為官？可笑至極！

正當內室一片寂靜時，李空竹與李沖他們相商完，推門走了進來。

「華老。」

女人行禮問好，令老者回過神，複雜的看了眼炕上所躺之人，又難得好聲好氣的對女人嗯了一聲。

李空竹訝異了瞬。起身時，見老頭揮袖背手，瞪了她一眼，再轉眸對趙君逸道：「身子無礙，藥我會再斟酌調配好送來。」

「有勞。」
老頭輕哼一聲，只當沒聽見般，大步跨出了他們所在的主屋。
李空竹前去關門，回來看著趙君逸道：「又轉性了？」
男人睜眼看她，眸中笑意一閃而逝。「誰知道呢？」
「當真古怪至極！」李空竹聽得撓撓頭。脫鞋上了炕，就著鋪好的被子躺進男人的被窩。「當家的早點睡，明兒我得早起哩！」
「好。」
掌風送出，室內立時陷入黑暗，女人巴著男人的腰身，將臉貼在離他心臟極近的位置，才閉眼沈睡過去。
翌日一早，李空竹喚來于家的女兒于小鈴，讓她與另兩個半大小子外加一個半大女孩一起幹活。男孩皆著青衣小帽，女孩皆穿草綠春裙、梳雙丫髻。
「兩家人，配兩家驢車，你們去後，切記平日學的規矩，不可亂發脾氣。可是聽到？」
「聽到了！」四人皆齊齊高聲應答。
李空竹滿意的點頭，這才讓李沖領著他們前去鎮上準備。李空竹等人則快速的去桃林，將那些地鋪清潔一遍，確定不留一絲雜塵後，又連忙回來做蜂蜜蛋糕，並燒了開水溫著。
待完活後，她又找了同樣換了衣服的兩個女孩過來。
「一會兒客人前來桃林，先沖上蜂蜜水在入口等著。請客人喝過後，再領路進去，至於該怎麼做、怎麼解說，這兩天都教過，可還有記不住的？」

「三嫂子放心，俺們都記得牢牢的！」

李空竹讚了聲，揮手又著另一個小子去村口守著，待辰時將到，守望的小子回來說車已入了村。

李空竹聽後，趕緊著那兩女孩前去桃林入口等，而她跟惠娘則在家慢慢等著下一批蛋糕做好，才戴著紗帽坐馬車趕往桃林。

一進去，本以為會有些冷清，卻沒想到裡面早已熱熱鬧鬧的打成了一片。

「哇，這花兒真好看。」

「這是啥傘啊？好大啊！還有地鋪哩，是要幹啥的？」

聽著一旁的解說是用來歇腳賞花的，幾個娃子就趕緊脫了鞋爬上去。一些大人笑罵著沒規矩，不過卻也跟著另找了地兒坐上去。

惠娘與李空竹兩人對視一眼。聽這聲音，兩家看來是來了不少人啊。

待到近前一見，果然，光那哄鬧來搶蛋糕的小兒都有七、八個，再加上大人，總共有十八個人。

李空竹跟惠娘兩人說了身分，又跟他們說了些歡迎之詞。見日頭太陽升高了，就囑咐于小鈴去端了冰鎮的蜂蜜水。全程的姿態完全跟了那大戶人家的丫鬟一般，令那兩家人瞬間就有些飄飄然起來。

李空竹見此，又說了要畫像的事。

兩家人正在興頭上，自是欣然同意。

於是，待冰鎮水跟糕點上齊後，李空竹就手執炭筆為兩家人素描。待畫好、著色後，已是晌午飯的時辰了。

這時李沖已將躺椅和推車這些用具運回來。惠娘趕緊乘機溜去幫著佈置，每隔幾株桃花樹下便放上兩張躺椅，中間又放了張茶几。

待上了米飯和農家菜，讓兩家人在地鋪上吃過後，又領他們去另一邊的樹下午歇。下晌時，照舊是賞花吃糕點。為怕兩家人無聊，李空竹還教了那些半大的女娃子歌舞，雖說柔軟度不是很好，但供這樣的人家觀賞已然不錯了。

「要不桃花園裡再整個舞臺，找些歌姬前來舞蹈？」惠娘也覺這些女娃子跳得不好，想另尋辦法。

「不妥！」李空竹搖頭。「今兒過後就不整節目了，讓前來賞花之人完全自理，賞得差不多了，他們自會回去。而且，若有如今兒這樣帶小娃前來的，真找歌姬，豈不帶壞了小孩？」

「倒是我魯莽了！」惠娘尷尬的輕笑。

李空竹卻搖搖頭。「沒事，咱只管收門費，推小車賣些糕點即可，其他的，若是文人雅士要做節目，便由得他們自行帶來便可。」

「是這麼個理。」

第五十六章

兩家免費旅遊過後，第二天惠娘的店裡就有不少前來報名的人。

驚蟄的先生還特地放假一天，專程請了友人前來這邊桃林吟詩作對。

這入園費不管家人有多少，都只收十文。入園後可免費享受冰鎮蜂蜜水，但是那蜂蜜蛋糕跟冰碗卻要另行出錢來買。

可即使這樣，也沒擋住那絡繹不絕的賓客上門。特別是驚蟄的先生這一群老迂腐來過後，連鎮上一些文人墨客也相繼趕赴過來。

如今的桃林裡面，有文人圍坐在地鋪上吟詩作對，也有賓客在賞花遊玩，還有那不願熱鬧的，在那桃花樹下的躺椅處，和著花香入睡。

除此之外，桃林裡的服務人員也是林中一景。他們男穿青衣、戴青帽，女梳雙丫髻，配草綠衣裙。他們推著小車在林間四處行走，只要你沒水了，喊上一聲，就會立刻將車推至跟前，替你倒上一杯涼涼的冰鎮水。

有那肚子餓了，或是跑得汗流浹背的，就會趁此要塊蛋糕或是來碗澆了蜂蜜的冰碗。蛋糕三文一個，五文兩個；冰碗則是兩文一碗，五文三碗。不貴，且還好吃至極。

開園到了第五天，那前來遊玩的人群，也從平民漸漸上升到了鎮上的一些富貴之家。

李空竹見此，又著人特意將桃林分了男女兩邊。這樣一來，女客們也能隨心所欲，不用戴著紗帽怕被人看見了。

此時已是四月下旬，天氣越來越熱，免費的蜂蜜水雖消耗得快，可那澆了蜂蜜的冰碗亦毫不遜色。蛋糕的銷路也火爆，李空竹她們打的烤箱爐子，幾乎沒有斷火的時候。

這樣的景象，一連持續了十來天，彼時桃花的花期也差不多過了，花朵幾乎全凋了，那遊玩的客人也逐漸減少。

見此，李空竹他們乾脆在開園的十五天後，就宣佈閉園。

令半大的小子們做了最後的清掃，將一些凳子跟地鋪也全收回來。把林中一些亂了的地方也打掃過後，便給他們派了工錢，讓他們回家去。

這些拿了錢的娃子們，心裡都有些捨不得沒了工作，都在問著何時還能再幹活？

李空竹也不相瞞。「大概秋天吧！屆時都還有得賺哩。還有結桃時，桃林棚子會搭起來，到時會再招人前來看護林子，你們要來的話，就看白天，晚上會另招幾個大人來看。」

「謝謝三嫂子！」幾個半大的小子感動得紅了眼眶，知她這是故意給他們活兒幹。

李空竹不在意的揮手。「莫哭，以後跟著好好幹便是，我可不喜了愛哭鼻子的小鬼頭。」

「知道了！」娃子們點著頭，這才心安心的拿著百文工錢相繼告辭離去。

待外人全走光後，李空竹與惠娘算起了這幾天所掙的銀子。

「想不到來了這麼多客人。那蛋糕跟冰碗都賣得停不了手，搞得我都想開間冰點鋪子了。」惠娘邊說邊激動的數著碎銀。

李空竹將算盤撥得啪啦啪啦響，聽了這話，頭也不抬的回道：「若是有足夠的錢，就把鋪子擴開，一半冰鋪一半糕點鋪子開著便是。」

「真要開？」惠娘停了數銀的手。「會不會買不起冰塊啊？」

這回的冰塊就是她想的辦法，可那冰碗賣得那般便宜，也不知會不會虧了本？這樣想著的同時，惠娘的情緒一下就有些低落。

「不用擔心，冰塊要不了多少錢，只是不能太顯眼。咱們現在就能開鋪，不過不能賣太久，至多三個月吧！」到了立秋就停產，正正好。

「要不了多少錢？」惠娘皺眉看她，道：「妳老實告訴我，妳用了什麼辦法？」

聽出她話中的擔憂，李空竹嘆息的停了撥算盤的手，對她安撫一笑。「惠娘姊，此事我不能說。」

惠娘皺眉。想到了住在她家中的老人，還有那輛馬車，沈默了一瞬，點頭道：「我知道了。」

李空竹感激的看她一眼。「謝謝。」

「什麼話！」嗔了她一句，又令她趕緊算帳。

李空竹聽後，又將算盤撥得噼啪響。待全部算完，已是深夜時分，除卻所有成本，他們淨賺了差不多近五十兩的銀子。

這五十兩李空竹沒有分兒，而是全交給惠娘，讓她去將店鋪的隔壁買下來，準備打通用來做冰點鋪子。

這個夏天，她準備大幹一場，待秋天將至時，她還想蓋了作坊。

與惠娘辭別回了屋，見屋中的豆燈還亮著，男人一襲月白裡衣坐在炕頭，手拿著一本她所看的農耕書，表情很認真的盯著書本，偶爾還輕輕的翻動一篇。

這是李空竹第一次見男人看書。那認真的清俊容顏被燈影晃得忽明忽暗，有種說不出的朦朧感。輕聲走過去，她坐在炕頭，本想拄著下巴看他一會兒，不想他早有所覺的抬了眼。眼眸深沈的映著那跳躍的燈火。明明是很亮的火光，卻被他眼中那不甚明亮的黑瞳越吸越深，直至只有一個小點在裡面晃動，光被完全遮蓋為止。

李空竹咳嗽了聲。一時間，兩人竟同時開了口。

「還沒睡哩！」

「回來了。」

話落，兩人皆不由得莞爾一笑。李空竹笑著點頭脫鞋上炕，嘻笑的過去與他擠同一被窩後，問：「你咋還沒睡呢？」

「等妳。」男人淡淡的平述了句，將書卷合攏，放於身後的箱籠上。

見女人仰頭出神的看他，就有些不解道：「怎麼了？」

「無！」女人搖頭，嘴裡說著無，嘴角的笑容卻越咧越大。

男人被她笑得有些不大自在，輕哼了聲後，便一把將燈滅了，撐著身子，不再吭聲的躺下去。女人見此，抿著唇跟著躺下去。黑暗中，她摸著他心跳的位置，將小腦袋湊近他的俊顏，輕輕的快速親了他一下。「謝謝。」

男人無聲的勾唇，下一刻卻淡聲輕哼。「睡了。」

「好——」將頭擱回他胸前，她聽著那依然沈實且令人安穩的心跳，閉眼與他同時沈睡過去。

惠娘的動作很快，沒幾天就將隔壁一個帶後院的小店買下來。打通後，就開始佈置了。

此時進入五月，農家人要忙著收小麥、種玉米，而李空竹則忙著製冰給冰鋪準備。另一邊的桃林棚子也建了起來，招工所組的護林隊伍，李空竹全權交給于叔去管理。

于家一家四口，兩個男人挪到桃林那邊去看護，于家的跟于小鈴則在李空竹這邊幫手。

端午將過，鎮上的店鋪也佈置好後，趁著越來越熱的天氣，李空竹便選在五月初八這天開了冰鋪。

為保證冰鋪的多樣性，除了那澆蜂蜜的碎冰碗，李空竹還試著做了冰棒，又找了些當季的果子或是果乾絞成粒，做成多樣口味的冰果碗。

在開業這天，照樣搞了活動，不過這次活動有別於前兩次的盛大，只要了個小噱頭。

李空竹只讓店中夥計每人配備一個托盤，又著一人領隊，拿著特製的錐形擴音器，在店門前喊著「新店開張，降價酬賓」。

看到有人來問，就把用木頭做的小勺子，拿一把讓人試吃，待試吃好後，乘機再介紹些別的口味。這樣一來，自然就勾起了那圍觀眾人的慾望，紛紛的向店鋪打聽試吃看看。

這一天的開張，雖說因農家人正值農忙，集上不是很多人，可光鎮上居民的消費，除卻成本，也足足賺了十兩之多。

惠娘看著那一小匣子的銅板碎銀，只覺激動得手都抖了。「照這樣下去，三月完活後，那搭在桃林裡的銀子就能回本了！」

李空竹點頭，為怕招來嫉妒，她又想了一條計策。「明兒開始，若有茶樓酒肆前來問冰碗、冰棒，就說可批發給他們，用低於賣價兩文半批發；還有冰塊也可以批發。若有人來問，就說五百文一塊。」

「五百文？」惠娘皺眉。要知道當初她們為了買冰，可是好話說盡，那大酒樓才施捨般給了幾塊，並且每一塊還要了一兩半的白銀，她們這樣，會不會賣太低了？還有就是，她不是說不能太打眼嗎？

「不用管太多，只要平衡就好。」李空竹安撫的拍拍她。

依著今兒這個火爆度，今後想不打眼都不行。她也想過了，只要其他商鋪不聯合來打擊，這冰多多少少還是勻點出去的好。

至於那有背景的是否會找上門來……李空竹想著男人給的保證，應當是不足為懼，如今的她，可是準備大展身手了。

惠娘見她說得自信，壓下不安，點點頭。「我知道了。」

李空竹嗯了聲，隨後將帳本盤算好後，就各自回屋歇了。

進入五月中旬，天氣也越發的熱了起來。

農家的活兒差不多忙完了，李空竹這裡才真正的熱鬧起來。有了冰鋪批發這一事，除了來要冰棒跟冰碗的，還另有來買冰的。

每天村中人只要一坐在村口，幾乎都能看到有那麼幾輛騾車從村中經過，去了趙家三郎家，拉著一車什麼，蓋得嚴嚴實實的再出了村。

如此持續十天左右，李空竹便說冰不多了，要留著自家用，這才止了那每天往來的騾車風景。不過店中的冰碗卻批發得依舊好，因為生意好，人手就有些不夠。

李空竹就將先期培訓的一些半大女娃也送去鎮上幫手，還讓惠娘把小院騰一間給女娃們當宿舍用；而本來在那裡住的村中店夥計，則另安排了小院去住。

待這些安排好，能真正閒下來的時候，已是半月後了。

這夜晚間，李空竹難得沒有製冰，跟著華老還有趙君逸、驚蟄幾人，躺在躺椅上，聽著牆角的蟋蟀叫，看著滿天的星星，很愜意的長呼了口氣。

一旁的李驚蟄看她這些日子以來累得臉都瘦了，不由得心疼道：「大姊，要不我再試著學算盤，好幫妳盤帳如何？」

李空竹看他一眼，想伸手過去摸他的頭，卻被一旁的趙君逸先一步洞察的攔下來。她無趣的聳聳肩，笑道：「你只管念書，大姊這裡還撐得住。如今不賣冰了，一天做一點就能撐好些天，蛋糕這邊也有于嫂跟小鈴她們，我忙得過來哩。」

如今才開店半月，銀子就賺了整整二百兩之多，這離她建作坊的目標又近了一步，趁這幾月，她得在冬日前把作坊真真正正的建起來才行。

那邊的華老見她一身幹勁，眼放光的晃個不停，就不由得哼了一句。「滿身銅臭！」

「是是是！」李空竹點頭。「我還準備要拿銅板泡澡哩，做那真正的銅臭之人！」

近兩月的相處，她算是看出來了，老頭成天端著個架子訓人，其實就是個老小孩的脾性。華老被她噎住，瞪著眼將她狠刮了幾眼，又冷哼了一聲，便閉眼不再看她。

李空竹嘻笑了聲，調皮的眨著眼，對趙君逸來了個無聲的邀功。

男人勾唇一瞬，大掌習慣性的將她被風吹亂的頭髮勾到耳後。「時辰不早了，早些歇著吧。」

這半月以來，她每天晚上忙著製冰，雖有他幫著，可還是讓她累瘦不少。

李空竹自是歡喜的點頭，先他一步的起身，拉著他的衣袖，跟驚蟄道了別後，就向他們所居住的東廂走去。

華老看著兩人遠去的背影，忍不住又是一哼。

一旁的驚蟄見此，就很不滿的皺起了小眉頭。「華爺，你幹麼這般討厭我大姊？」

「一個不尊女誡，又成天拋頭露面的女子，有什麼好喜歡的。」

模稜兩可的話頭，李驚蟄雖有些聽不太懂，但女誡他還是知道的。讀了這般久的書，先生也經常講男女有別，讓他早早知道了一些女子方面的戒律。但……

「俺大姊才不是那樣的人！要不是俺大姊，俺爹也不會活那麼久，俺也不會念上書。不過就是賣了幾年，憑啥就成了被人看不起拿來說道的把柄了？華爺，俺不許你這麼說俺姊！」

華老被他嗆得老臉一紅，哼唧著有些下不了臺，瞪著大大的老眼看著那梗脖的小子半天。「又不是我不說了別人就不說。你個小子，還能與每個人爭辯不成？」

「別人說可以，華爺不可以。你在俺家吃著、住著，咋還能這麼說俺姊？」

小子不服輸的辯著，讓華老頭徹底的梗著說不出話來。半晌，只見他揮手道：「涼了，睡覺去了！」

李驚蟄見他要走，大喊一聲。「等一下！」

華老頭莫名的縮了下脖，下一瞬，竟提腳加速起來。任那後面的小兒再是如何喊，也只當沒聽到。

東屋這邊，正將炕鋪好的李空竹聽了外面的喊聲，很疑惑的轉了下頭。「這是咋了？咋還吵起來了？」

正盤腿給自己倒茶的趙君逸聽罷，只輕哼了聲道：「怕是為老不尊，惹毛小孩了。」

為老不尊？李空竹轉回頭看他，見他面色雖平淡，眼神卻似鋪了冰般冷得嚇人。「要不要去看看？」這外面說了啥，還惹到他了不成？

「不用。」將水喝完，男人見炕已鋪好，直接脫了薄衫扔於一旁，將炕桌挪走後，又對女人沈聲道：「早些睡。」

「哦，好。」李空竹點頭，趕緊爬上去。掀起薄被，一如既往的不怕熱，巴著他的身子睡了起來。

進入六月，天熱得像是滾火球般，熱得一些人直恨不得想跳進水裡去長久泡著才好。

李空竹因有冰盆鎮在屋子裡，日子還不算太難過。村民知她有冰，有時難熬得實在受不了，就會時不時的過來，蹭上那麼一回、兩回。

李空竹見此也不攔著，見他們上門，還會特意多端個冰盆前來讓大家涼快著。瞧見一些口渴的，還會好意的送上一杯冰涼水。

如此一來，有那得了好、不好意思的村人，就會時不時的送個雞蛋，或是送點家中種的小青菜啥的來表示感謝。

李空竹欣然接受的同時，還會回贈一塊冰讓他們拿回家。這樣一來二去，李空竹除了有菜可吃，也讓自己的名聲在村中徹底的扭轉過來。

麥芽兒如今挺著四個來月的肚子，也常常來這邊坐著。雖說這兩月沒她什麼事，但依然不影響她跟李空竹的關係。

「我如今除了睡就是吃。啥事也不操心。嫂子妳看看俺，是不是胖了不少？」對於自家婆婆讓她來修好關係的事，在她看來根本是多此一舉。自己這嫂子是啥性子她還是知道的，說過的話就一定算數，所以任自家婆婆如何念叨，她是一點也不著急。

「是胖了不少！」李空竹點頭，將已經半熟有點酸的沙果遞兩個給她，見她一臉的豐潤，不由得有些羨慕。

麥芽兒吃著那不咋涼的酸沙果，見她一個勁兒的盯著自己的肚子看，就忍不住摀嘴嬌笑了下，朝外面看了看，才悄聲問她：「俺趙三哥呢？」

「出去了。」自腿能自由行動後，白日裡沒事他就會消失一段時間，她已經習慣了。

麥芽兒又笑。「話說，如今妳這銀子也有了，俺三哥看著也是個出息的，是不是該考慮下了？」

李空竹也正犯著愁。前段日子，她忙著沒心思，如今閒下來了，也覺得是該跟他再商量下了。

麥芽兒見她皺眉，以為是準備要著，卻還沒有懷上，忍不住又道：「俺娘家堂嫂有個方子，可好使了。她嫁俺堂哥後三年沒懷上，吃了那方子一劑就好了。俺當初準備要時，就提前喝了劑哩，這不，第二個月就有了。」

沒好氣的白了麥芽兒一眼。她哪是在想這個了，如今壘都還沒上，喝那藥能管個屁用？以為她不信，麥芽兒又認真瞪眼道：「是真靈哩，妳看俺，如今肚子都凸出來了，還能有假？」

李空竹不好意思開這口，趕緊擺擺手道：「先不說這事，待過段時間再說。」

麥芽兒見她這樣，以為她還想再自己試試，轉了圈眼珠，不再相提的繼續吃果子。

這邊正無聲的各自吃果喝冰水，那邊惠娘卻從鎮上急急的趕來，見麥芽兒也在，就僵扯了個嘴角，道：「芽兒也在啊。」

「嗯呢！」麥芽兒見她眼露焦急，就知她有話要與李空竹說，就趕緊扯了個話頭辭別。

待送走麥芽兒，于小鈴上了冰水後，惠娘坐上堂屋小炕，急道：「府城的人又來信了。可能是上回賣冰的事傳了過去。如今看咱們冰鋪生意這麼好，指不定又打主意了。」

對於之前發生的那件事，惠娘如今對原來的主家，連僅有的一點好感也沒了。平時不理不睬，看你值了價，就想搶了去，就算她曾經為奴為婢，可也不能這般明搶明要吧？

李空竹聽罷，並未有多大的反應，相反的，她正等著這一天。

趙君逸既然都說了讓她去幹，那她就拿此來試水好了。

勾唇拍了拍她。「不著急，妳回去後，再跑一趟府城，看還有哪些鋪子要開了冰鋪，咱們與他們簽送冰的契約，就說能保他們二月的冰，每七天送一次。」

「妳妳妳……」惠娘只覺舌頭都打結了，瞪大眼不可置信的看著她道：「妳這不是硬往槍口上撞嗎？屆時讓府城那裡知道了，還不得將我們徹底打壓下去啊？」說著的同時，她一個性急的站起身，在那兒不停的直打轉。

「唉，咋就把這事給忘了哩？當真是得意忘形，這要全賠了的話……」想著那桃林，她又狠捶了下自己的腦袋，眼眶有些泛紅。「我還以為總會緩個一、兩年，哪承想，這般快又找來了。」當初她說她來想辦法，可這麼短的時間裡，能想啥辦法？

那輛馬車和那老頭麼……那身分能比得過府城齊家嗎？

府城齊家，家族中可有子弟在京中為官的。會不會……

第五十七章

見惠娘越想越害怕，李空竹趕緊自炕上下地，拉著她安撫的拍了拍。「別瞎想，平息下，咱們坐下慢慢說。」

惠娘被她拉住，見她眼中連一絲絲的慌亂也無，低了眸，在那兒不知作何想？半晌，終是點點頭，隨她再次入座。

李空竹拿著細棉帕子給她擦著額頭的汗，把冰鎮好的冰水送過去。「先涼快涼快！那齊家愛怎樣隨他去，我保證這回他們不敢再動了咱們。」

拿著水杯的手頓了一下，下一刻只見她抬頭遲疑的看來。「真的？」

「真的！」李空竹點頭，再次認真的看著她的眼睛保證道：「我保證。」

聽此，惠娘安下些心，端著冰水喝了口後，點點頭。「我信妳！」

說完這事後，惠娘要再回去鎮上，李空竹想留，她卻搖頭說不放心店裡。如今李沖時不時會去種植的棗樹和山楂那裡，是以店裡還得有她這老闆娘坐鎮。

李空竹見此，只得送她出門。

待到下晌晚飯時，趙君逸跟劍濁從外面回來，就被李空竹扯著去屋裡與他說了這事。

「我如今想與之對抗了，我再問一遍，可是真能暴露？」

趙君逸瞇眼半晌，聽了這話，有些輕蹙眉頭的瞥了她一眼。「不信我？」

見他似有些不高興，李空竹趕緊搖搖頭。「信哩，只不過心頭還想再確認一遍罷了。」過去挽了他的手。「如此，那我可要徹底一搏了啊！」

「嗯。」男人見她笑得一臉討好，如那小貓的樣子，心下不由得泛起了笑。

這夜就寢時，趙君逸正準備解衣，李空竹很殷勤的貼上來，主動為他解起了衣帶。

男人挑眉，見她一邊解還一邊故作調戲的在他胸口畫個圈。幾乎立時，男人眼眸就暗了下來，下一刻見她還伸手來攀胸膛，就驚得趕緊將她的柔荑握住。「還不行。」

低沈沙啞的聲音傳來，令女人的手頓了一下，低眸掩去眼中失落，轉瞬又換上笑臉，看著他道：「那當家的你說何時行？」

故意將頭貼近他胸口靠著，不規矩的將小臉在他的胸膛處蹭了好些下，委屈的嘟嘴撒嬌。「人家芽兒的肚子都起來了，我還沒圓房，回頭待得了空，惠娘姊也有了，我還空著個肚子，豈不是讓外人覺得我有了病？」

感受到他有些粗喘著氣，女人又再次貼近一分，心頭好笑，面上卻還在賣萌的蹭著。「當家的當真這般狠心？」

女人軟糯的嬌俏聲，將男人心頭那根弦繃得緊緊的。他抓著她的手狠狠的喘了口氣，咬牙低道：「且再等等。」

「等多久？」女人嘟著紅唇，仰頭無辜的看他，一雙翦水雙瞳就那樣眨啊眨，直眨得男人很想不管不顧了去。

想著華老的話，他有些動搖，不過轉瞬又將念頭給滅了下去。雖老頭說只要不懷孕就不會對她造成傷害，可那畢竟是毒，便是有一絲一毫的風險，他也不想讓她來擔。

不自覺的將她的手再次握緊，察覺到她疼得有些蹙眉，他懊惱地鬆手沈聲道：「再等等。」

李空竹嘴角抽搐，心中萬頭草泥馬奔過。

人家小說裡都是男人各種忍不住，各種推倒女主角、虐女主角的，她倒好，成了她千方百計想上男人了。她究竟是有多飢渴？這讓不明就裡的看了，還不以為她好色成性啊？

想到這兒，她不由得黑了臉。咬牙對上男人那一臉冷然處變不驚的臉，很氣惱的往他懷裡一撲。

「唔！」他不受控的一個悶哼出聲。

待女人再抬頭時，只見男人的胸口處明顯有處口形濕印。

李空竹見此也不覺愧疚，相反的還很不爽的扠腰輕喝。「趙君逸，你記住了，老娘要再想跟你做了那啥事，老娘就是那啥人！」

說罷，氣鼓鼓的鬆了扠腰的手，去炕邊時，又另從箱籠裡拿床新被出來。「為表誠心，從今兒開始，就各睡各的吧！」

哼唧著將被子鋪開，她脫鞋上炕，直接一個猛力的進了被窩，將薄被蓋過頭頂，裝著呼呼大睡起來。

後面的趙君逸看得鳳眼輕眯，清俊的臉上沒有一絲變化，慢步過去，脫去外衫，也睡進了另一個被窩。

待將燈燭滅掉，黑暗中就聽女人在那兒不停的翻來覆去，半晌，停止了一陣，不過轉瞬又是一個大翻身起來。男人勾唇，並不相理的故作沈睡。

待那邊的女人翻得累了，在停下來後，聽著他那明顯只有睡著才會發出的悠閒呼吸時，就不由得暗哼一聲，猛撲了上去。「我睡不好，你也休想！」

說著，也不顧他意願的鑽進他的被窩，趴在他身上又是一陣亂揉，待到筋疲力盡後，女人終於閉眼，緩緩的睡了過去。

身下的男人見此，小心的將她移到身旁，讓她枕在他的胸口，才長吁了口氣，閉眼與她同睡了過去。

惠娘聽了李空竹的話，未再理齊府的事，按照李空竹說的去府城跟有意要冰的一些鋪子簽了契約。

送了第一批貨過去時，她還提心弔膽了幾天，可待到第二批貨也送去府城後，見那齊府還是沒有任何消息傳來，才真真的鬆了口氣。

李空竹這邊經過求歡不成後，又開始耍起了小脾氣，每天不跟趙君逸說話，就連很不同意他們親近的華老，都忍不住開口問了趙君逸。「如今這是怎麼了？想通了？」

趙君逸懶得理會他，不動聲色的照舊喝茶看天，那邊的劍濁卻快速從暗處飛身進來，半跪於地稟道：「府城府尹魏之山來了！」

府伊？華老皺眉，向趙君逸看去。

趙君逸只淡道一句。「不過是警告個礙事之人，看來是讓人順藤摸到點什麼了。」什麼警告礙事之人？又什麼順藤？華老瞪眼。這裡一群人中，除了他的身分能令那府尹放下身段彎腰急來，還另有別人不成？

「你這小子，就不能掩得好點！」華老氣急敗壞的怒道。

趙君逸冷哼。掩好點？他可是還想藉此給一些打主意的人來個威懾呢！

且不說華老在那邊如何的吹鬍子瞪眼，單說村口突然出現好幾輛豪華馬車，外加那身著差服的帶刀衙役，這才一進村，立時引得村人連連縮脖，躲在暗處小心的觀望著。

眾人都在猜著，這麼豪華的大陣仗車隊，究竟是哪個大官的？一些有心想看的，待那揚起的灰塵落地後，就提著腳小心的跟了上去。

待那邊馬車在快到達趙君逸家門口時，在暗處的村民看著從車上下來一個挺著肚的白面老爺。他身著不知是什麼品階的官服，在那兒不停的整著衣帽，末了又問著身邊的衙役可是有不適合的地方？待衙役說沒有後，只見他立即又挺直腰桿的衝主車後面的兩輛車喚著。

「都給本官跟上了。」

「是！」

眾人好奇。「這也不像是來抓犯人的啊！」

「看那緊張的模樣，倒像是……」倒像是登門拜訪。可一般的登門拜訪，也斷沒有還離這麼遠就下車，還小心整衣的吧？

眾人心中各種猜測，看著那官老爺已經行到那趙君逸家門口。

本以為那官老爺要趾高氣揚的喚著身邊的人去叫門時，卻不想竟是他自己親自去敲門。看著于家的開門，與那官老爺說了幾句什麼後，那官老爺便勒令後面的馬車跟一眾人等全留在外面，只有他孤身提腳進了趙家。

看著那站在外面、曬著太陽的衙役，這讓一輩子都沒見過大官的村民看了，皆不由得連連驚嘆。

能讓官老爺都親自哈腰來訪的人物，想必趙家定是住著老大的權貴了吧。若真是這樣的話……眾人瞪眼，那趙老三家的，以後可更加富貴且高不可攀了。

有些人變了臉色，更有甚者跑去通知趙家另兩房的人來瞧。

鄭氏聽後一如既往的大罵著老天瞎眼，罵李空竹就是個賤皮子、下賤人。罵著罵著，見不解恨，又捉了自家的小娃子趙泥鰍來打。

外面娃子哇哇哭聲震天，那邊廂的趙銀生兩口子聽後，都沒有多大反應。

特別是趙銀生，張氏幾次看他，見他眼中雖有著不忿，卻又有著害怕。

想著那次趙銀生和趙金生在趙君逸回來的幾天後，特意登門，想敘下兄弟情，誰知一進去，看到模樣大變的趙君逸時，狠狠的震驚了一把。

彼時趙家兩兄弟笑得還算討好，故作關心問著他的身體狀況，誰知趙君逸一直神色淡淡的不怎麼相理。

弄到最後，脾氣暴躁的趙銀生實在忍不住了，直接一個跳起，指著他的鼻子，噼哩啪啦說了一大堆，無非就是說他忘恩負義，有了好，就捨了當初一飯之恩的恩人家。

「忘恩負義？」趙君逸哼笑。「憑著一塊玉珮，老趙頭可是得了族裡近十兩銀子作撫養，你來跟我說忘恩負義？」

見他聽得眼神閃躲，卻還在那兒不停的叫。「我不知你說的什麼十兩銀，你也少在這兒打馬虎眼……」

未料，「咻」的一聲，一枚銀釘擦著他那氣怒的臉飛了過去，截了他繼續高喝的嘴。趙銀生被唬了一大跳，一邊的趙金生則直接嚇得抱住腦袋。

趙君逸冷著張臉看著兩人，懶得再周旋，直接道：「我惜趙家兩老為人良善，亦憐其為我的親事奔波喪命，才縱容你們一而再再而三的上門鬧事。可凡事都應有個度，別覺得我好說話，就想進一步來搶奪。如今憑我的本事，你們跟我鬥，還能在這趙家村待多久？」

趙銀生、趙金生聽得心下駭然，驚恐的瞪著雙眼，半晌說不出一句話來。

兩人都沒想到，往昔那個冷淡毀容之人，竟還有如此可怕的一面。會武啊，想到剛才那擦著臉飛過的銀光，至今都還讓趙銀生那心跳沒恢復正常過來。

那咚咚毫無章法似要出腔的心，已經令他呼吸加快難以自抑。

趙金生見他快站不穩了，趕緊伸手去扶他。再轉頭看趙君逸時，見他根本不再看他們兩人，而是轉回臉，閉眼靠在那箱櫃上歇息。

趙金生張了張嘴，還是有些忍不住的抖著聲道：「不管咋說，你還是趙家人吧。你這樣，你你……」

他話頓了半天說不下去，趙君逸再次睜眼掃去，他竟給嚇得憋回去，再不敢吭聲。

「滾出去！別再惹事，否則下回，我不能保證是誰會被割舌或是剁手。」

「你！」趙銀生氣得捂著胸口大呼。「難道你真不怕被人戳脊梁骨不成？還有你會武一事，就不怕揭露了去？」

「以前或許會。」趙君逸回頭，給了個極殘忍的冷笑。「現下，隨你們！」

兩兄弟被這一震懾之笑，皆笑得軟了腿。兩人滿眼驚駭的對視一眼後，終是相互扶持著，轉身離去。

正抬腳要跨出門檻時，又聽趙君逸的聲音傳過來。「對了，別再拿族裡說事。若我願意，時刻都能脫了這趙姓之皮，不過那於你們來說，怕得挨極殘酷的處罰。」

當初那枚墨玉珮，是君家家族男兒所佩戴的極為尊貴之物，雖沒有任何花紋辨別其身分，可這還是讓趙姓族老猜到了他可能是勛貴，亦想到他可能會不甘心而想報仇雪恨。為了那一絲發達機會，才千方百計的將他拉進趙姓族譜，表面是仁慈為他打掩護，目的不過是為了壯興趙姓一族罷了。

當初若不是自己心灰意冷，想就此尋一安生之地了卻殘生，哪能應了那事？各人都打著算盤，族長老頭更是精中之精，若他們再鬧事，自己非得態度強的出族，屆時，怕他們會是頭一個被驅逐出族的人。

趙君逸看著兩人白了的臉，再次好心提醒。「安分守己，方能一世安於一隅。」

短短一句話，令兩兄弟極不甘的同時，又極度害怕。以致兩人再回家後，還因此頹廢了好些天，無法恢復精神。

張氏亦是在那時百般相問，才問出當日之事。聽完後，亦是震驚得說不出話來。自回憶裡回神，張氏拍了趙銀生一把。「別去想了，如今玉米都出芽了，得除草，有活幹了哩，還發什麼呆？」

趙銀生橫了她一眼，盯著窗戶某一處，嘴裡喃喃著。「不能就此算了！絕不能就此算了！」

張氏蹙眉。如今可是連官老爺都來拜了，他還想咋辦？

李空竹怎麼也沒想到那府城的府尹大人會來，且還一副恭敬的奴才嘴臉，對著華老恭維個不停。

彼時李空竹將做好的蛋糕跟冰碗，讓于家的端去正堂給那府尹嚐嚐。不想那白面府尹一嚐，竟是連連誇讚，又是拍了一通馬屁。

李空竹偶爾會晃一趟，從院子走過，看著那華老一臉不爽跟吃癟的樣子，那心頭就別提有多高興了。

好不容易挨到中飯，李空竹派于家的去問可要準備啥酒菜？

華老頭極不情願，不過看趙君逸瞥他，就強壓怒火，很不客氣的大點了一通。留了那府尹在這兒喝酒吃中飯時，直把個府尹感激得差點沒將祖宗給喊出來。

李空竹跟于家的給正屋做好了飯菜，為怕外面站著的衙役中暑，又著于家的將人領去先頭買下的王氏家的舊房歇息，又吩咐于小鈴給每人端了碗冰碗解渴，後又讓于家的給上了飯菜填肚。

府尹得知後，自是又誇了一番。席間，府尹幾次有意無意的試探華老，想套問出他與趙君逸的關係來。不想華老聽得直將眼睛一瞪，哼道：「別處不管你如何作威作福，只一條，此人動不得。」

「下官不敢！」府尹埋頭直抹著汗，在邊上為其斟滿酒道：「下官為官多年，雖說政績長年考核不優，但從未做過一件違背良心之事。此事華老儘管放心，下官定當好好關照，絕不會令那不開眼的前來惹了是非！」

華老哼唧著與其碰了下杯。「既是好官，只管好好施政便是，有那心，還怕升不了位？」

府尹聽得手抖了一下，立即滿懷感激的道：「多謝華老肯為下官指點，從今以後，下官定當好好當政！」

華老聽得簡直想一巴掌招呼上他那張白胖的臉。他不過一句平常話，在這廝的嘴裡，竟成了提拔之語？且不說他不問政事多年，就算還管著，也斷不會升了此等好拍馬屁之人，想到這兒，他不由得皺眉，埋怨的看向趙君逸。若不是他故意透露自己的行蹤，又怎會被這無腦之人相纏？

趙君逸淡定的吃著菜，只當看不到他的表情。

那邊府尹一番感激之語過後，又說起這府城的各處風光，話裡話外，就是想請華老前去府城。華老一臉淡漠，連連讓他碰了好幾次釘子，最後說是私訪保密出行，他才作罷。

待到飯後，好不容易將那尊瘟神請走，華老就直接跳腳，指著趙君逸大罵。「下回再有這等腦滿腸肥之人前來，你且自己應付去！」

趙君逸喝著小女人準備的解酒湯，聽了這話，只輕睨了他一眼。「不過是無用之輩，逗樂逗樂也就罷了。」

「也就罷了？」華老冷哼。「這種人看似無用，卻連任三回，你可知若無背景的話，又怎能在其位問政這般久？」

「左不過是三皇子一邊的人。如今的三皇子雖不知自己已徹底起復無望，可不代表下面之人不知。他既來了這兒，還這般恭敬，如何就不說他這是想另換了靠山？」

「哼！」華老冷聲道：「那種無能之輩！」

「無能之輩亦是有無能之輩的用處。」趙君逸勾唇。既然他要投靠，就暫時讓他投靠過來就是，有他在這兒擋著，想來想探查他們的三皇子，多多少少會有些阻礙。

「劍濁！」想到這兒，趙君逸衝外喊了一聲。

立時一個身影閃了進來，單膝跪地拱手道：「屬下在！」

「附耳過來。」

「是！」

待劍濁附耳過去後，趙君逸對他低聲吩咐了幾句，末了，點頭揮手讓他離去。

待劍濁出去後，華老看著他問：「你準備怎麼做？」

「怎麼做？」趙君逸勾唇。「不過是給個梯子讓他上來罷了。圈住這一塊不送消息出去，也可為四皇子多爭取點時間不是？」

「呵！」華老冷笑。替四皇子？他是想為自己爭取不暴露的時間吧。

那女人搞出了冰，還整得那般便宜的賣，遲早會令那貪心的權貴之家知道這一點，想要獨吞，就免不了被查。

這一查到背景是四皇子，雖說便無人敢欺了那女人，可若讓三皇子之人知道了，免不了會再次查他的底細。屆時若發現他是君家人，怕是九王那裡就會派人前來滅口。

「你當真這般放任她？」

「只要她願意。」趙君逸仰脖喝下解酒湯，看著外面偶爾晃過的嬌小身影。想著這兩天她在生氣，就不由得莞爾了下。

如今，該是換他護著她，讓她好好一展拳腳的時候了。

那種寒苦日子裡，她憑著雙手掙銀，為他、為這個家而辛勤勞苦；明明一腔幹勁，卻處處被人打壓欺詐，現下該還些回報給她才是。

華老看他那一臉寵溺的樣兒，忍不住再次的冷哼了聲。

外面的李空竹再次晃蕩了一圈，視線不經意的向屋裡瞄來，不期然的與男人的目光對上。雖只有一瞬，還是令她心兒胡亂跳動。察覺自己臉紅了，她心有不甘的給自己鼓勁：她還在生他的氣，她可是記得清清楚楚哩！

第五十八章

這日，麥芽兒前來借冰要回了娘家，李空竹自是無二話，給她裝了一盆。幫忙端著送上車，又叮囑她小心點，別離盆太近了。

麥芽兒直揮手說知道了。末了上車時，還拉著她的手拍了又拍，直眨眼道：「嫂子放心，俺這一去回來後，定保妳能好事成雙！」

李空竹瞋了她一眼。「謝謝啊！那我借妳吉言了。」真是，說什麼好事成雙，如今她一直單方面蹦躂著，能成個屁的雙？

麥芽兒嘿嘿笑著。「能成，一定能成。」指不定還能好事成三哩。

越想越興奮的她，這會兒早忍不住的開始催自家男人讓車夫趕車。若真能懷成，指不定以後還能結成兒女親家。

李空竹揮手道別，看著那走遠的驢車，直覺得今兒的麥芽兒，那神色高興得有些不大正常。尤其走時那一抹笑，還令她心頭莫名的咯噔了下。

「還看？」男人不知何時立在她的身後。

李空竹轉眼看去，見他挺立在那兒，那清俊無雙的容顏，配上那漂亮的五官，給人的感覺很冷，卻又極吸引人的目光。

女人看完，又垂眸冷哼了聲。「看不看與你何干？喊！」說完，直接與他一個擦肩而過，向家門行去。

趙君逸挑眉失笑，這脾氣……白天翻臉不認人，晚上照樣巴著他不鬆手。這世上若論臉皮厚之人，怕她數了一，再無人敢數了二吧！

想著的同時，男人嘴角掛笑，亦是跟著轉身回了院。

有了府尹這一齣，李空竹的冰鋪至此算是徹底的順風順水。

連村人如今再看到李空竹，態度都帶了三分恭敬、兩分崇拜。以前還會時不時上門來蹭冰的人，如今卻變成光只送菜，不敢再討冰、大聲說笑了。

李空竹覺得這樣下去不行，待再有人上門送菜時，乾脆強拉著他們進屋坐一會兒，待他們要回後，照舊送了塊冰當謝禮。

若那村人不肯要，李空竹就會笑著拍了對方的手道：「嫂子（嬸子）莫與我生分。如今我歡喜著妳們來與我常說了那村中之事哩，這也能讓我早早與妳們熟悉起來；再說我又不是什麼高貴的人，我與妳們差不多，不過就是運氣好點，得了點銀子開了大鋪，要真論起來，我如今的身分，不過就是一商賈罷了，比著嫂子（嬸子）們來，還是差得多呢。」

這些人聽她如此說，直說不敢當。連官老爺那等人物都彎腰來拜訪了，這讓他們怎好再敢放肆？

李空竹見她們這樣，只得又道：「人家敬的是老者，並非我。家裡不過是沾個光罷了，誰讓華老喜歡咱們這村中風光哩。」

「喜歡村中風光？」

「是啊！」李空竹點頭。「說是這兒民風淳樸，所以想長待在村裡，至於那官老爺為何來，我一個婦道人家哪知道這些啊！」

「連妳都不知？」

李空竹點頭。「當家的也不太知道，只在華老手下幫著做點事罷了。」

「這樣啊！」那些人聽了這番解釋，心頭自然而然就放鬆了不少，再跟她說話時，臉上的笑就自然了很多。

幾回下來，李空竹才鬆了口氣。被村人敬著是好，可望而生畏的話，到時自己少不得又會被隔離，如此一來，怕是好多消息都不能及時傳進耳了。

這邊剛跟村人圓回了關係，李空竹與趙君逸正在冰窖忙著製冰，那邊的郝氏與李梅蘭卻又上門了。

她們來時，還另帶了一人登門，那就是李梅蘭的未婚夫任元生。

于小鈴前來跟兩人報備了這事，李空竹簡直覺得無語。

「任元生與李梅蘭好似還沒成婚吧，這大搖大擺的一同上門，是怎麼回事？」

趙君逸回來這般久都未見她們上過門，如今卻帶了那任元生來，是想找捷徑嗎？李空竹有些煩躁的想著。那邊趙君逸將剛製好的冰擱在另一冰塊上面，才走過來，用冰涼的指尖輕撫了下她皺著的眉頭。

見她被冰得回神，就勾唇輕笑。「無須心煩，有我在。」

一句有我在，令李空竹心頭暖了下。下一瞬見他伸著長指來拂她的長髮，就故意裝作生氣的避開，道：「還與你生氣哩。」

男人好笑。「還氣？如今那房頂都快被氣得掀起了，妳確定還要生氣？」

「趙君逸！」女人氣惱的喝道。

男人難得眼露寵溺的點了下她的額。「且快出去了，這裡太過冰涼。」如果可以，他倒是不想她總待在這裡製冰，可惜她是個倔脾氣，除了信他外，連任何人都不相信。

李空竹聽得哼唧了聲，瞪了他一眼，才心不甘情不願的與他出了冰窖。

李梅蘭跟郝氏三人一被于家的迎進來，立時被撲面而來的涼意震驚了一把。尋眼看去，見那鋪就了青色地磚的寬敞堂屋角落處，居然擺了三個冰盆。

感受到這番舒適，想著自己如今在家裡每日每夜，還得不停靠扇子來降溫的李梅蘭，不由得心頭又泛起了酸。要不是一邊的任元生在場，得顧忌自己的形象，怕是那酸話早已忍不住脫口而出。

于家的恭敬的請三人入座，上了茶、果。

趙君逸進來便掃了幾人一眼。郝氏給那冷眼掃得縮了下脖，再見到他臉上真如傳的那般治得絲毫看不出傷疤後，又不覺愣了一下。低頭再去看那腿，見站得很挺直，與李空竹並肩而來時，一點也找不出跛過的痕跡。

那邊李梅蘭在被他掃到後，亦是看了過來，不想，這一看，當即就有些轉不動眼了。從聽說他被治好臉開始，她就覺得再是怎麼治，那一臉的荊棘密布也不可能好得了多少，如今一看，卻沒想到他竟生得這般……這般的……

不知怎的，李梅蘭心跳有些不受控。特別是被他那雙極漂亮的鳳眼掃來時，竟令她不自覺的臉兒泛起了紅暈。

趙君逸眯眼一瞬，心下不齒的冷哼，與李空竹選了另一邊的椅子，與他們相對而坐。

「娘跟二妹來有事不成？還有這位……若是我沒記錯的話，是與二妹說親那位？」李空竹故作眼生的笑問。

任元生趕緊自凳上起身，拱手與兩人作揖，笑道：「正是小生！」

李空竹點頭，回頭對趙君逸道：「當家的，這就是與我那二妹訂親的童生哩。是不是一表人才？」

任元生聽得直擺手，笑說不敢。

趙君逸卻冷哼一聲。「訂親之人，未成婚前不得相見。怎麼，何時婚俗已經改了？」

正笑著的任元生立時僵了臉。

郝氏趕緊回話道：「是路上巧碰了。我與妳二妹本打算今兒過來看看你們，在路上碰到任家女婿從鎮上回來的驢車，說是大太陽的，怕妳二妹與我中暑，就好心將我們送過來。」

「哦？這樣啊！」李空竹挑眉。見從他們進來，就一直低著眼走神的李梅蘭，這會兒聽到這話終於回了神，就給了她一個別有深意的笑。

李梅蘭剛一回神就看到了這笑容，心頭起了嫉恨，扭緊了手帕，咬牙笑道：「誰說不是？也虧得運氣好碰到了元生哥，若是光靠走路的話，這六月的大太陽，可不得把人給烤乾了？」

「倒是難為娘跟二妹了。」李空竹作出一副愧疚樣。「為了看我跟當家的，這般冒暑前來，當真是太不該了。」

「大姊如今正忙著，哪就有多餘的空閒？」李梅蘭也學著打起了太極，面上紅紅，眼神亦有些飄的道：「娘在家沒有一刻不記掛著妳，這不，好不容易農忙完，家活也空了，就趕緊來看妳跟姊夫哩。」末了，又轉眸看著趙君逸，嬌問：「這前兩月沒及時過來，姊夫，你不會怪了我們吧？」

趙君逸冷淡的瞟了她一眼，又掃了眼那殷勤望過來的郝氏，不動聲色的端盞吹了口茶，淡道：「有心就好。」

李梅蘭見他喝個茶，舉手投足間都是那般優雅，不自覺又有些愣了一下。

那邊的任元生始終插不上話，這會兒見他端盞喝起茶來，就趕緊興致勃勃的準備與他品茶論道：「姊夫平日也慣愛這茶道嗎？」

「不過用以解渴罷了。」

不鹹不淡的語氣，瞬間瓦解掉他那腔熱情。任元生尷尬了下，下一瞬又僵著嘴角硬掰扯道：「正是這個道理，品茶可不就是為解渴嘛！」

李空竹心下好笑。邊上的趙君逸卻不再搭腔，氣氛一時間陷入了僵局。

郝氏忍了又忍，見二女兒還是沒給自己打眼色，就忍不住開口道：「聽人說那府尹大人來過這兒，是不是真的？還有你們開的那冰鋪，那冰還賣不賣啊？」

李空竹聽郝氏這樣問，就不由得哼笑道：「娘是如何知道府尹大人來過的？」要知道外面村民傳的，最多是官家老爺。至於究竟是哪個官身，一般的普通民眾，哪裡就認識了？

「這怎麼就不知道了？」郝氏皺眉。「外面都傳遍了哩。」

「哦？」李空竹挑眉，再次看向李梅蘭。見她在那兒低眸、緊扭手絹的不知在想啥，就不由得奇怪道：「二妹也知道嗎？」

李梅蘭聽她叫自己，就很憤恨的瞪眼看來，只一瞬又快速的隱了下去。「當然知道了。」李梅蘭扯了個僵笑出來。

如今再是嫉恨，也得忍著。她還有任元生這個童生未婚夫，憑趙君逸的樣貌長得如何好，也不過是莽夫一個，哪裡就能跟文人相比？

「對了，」她笑著又另轉了個話題。「大姊家的那位老者呢？」

「老頭不喜見了生人。」趙君逸淡淡的接口，那熟絡的口吻，令李梅蘭一愣。

一旁的郝氏卻道：「都是自家人，哪就是生人了？那啥，空竹，妳看妳二妹夫是個童生，那任家老爺也是秀才。聽說妳那冰賣得不錯，能不能勻幾塊出來？元生他們爺兒倆立秋就要參加秋闈了，這要過了的話，春闈又得花許多錢哩。」

「冰鋪正在做批發，若任家要是開了鋪，可以去那兒領。」李空竹喝著冰鎮蜂蜜水悠悠的道。

郝氏聽了尋眼看向李梅蘭。

任元生卻笑得一臉雲淡風輕，道：「錢財之事，岳母不必擔心，家中尚有餘富，還應付得了。如今小生與家父，為能高中榜首，正想尋好夫子刻苦研學。」

「有恆心自是能考上。」趙君逸平淡的評了句。

李空竹心下好笑，亦是點頭道：「可不是，只要功夫深，那鐵杵都能磨成針，想來只要刻苦下過功夫，那考題自會信手拈來。」

任元生扯著嘴角苦笑了下，語氣很低落。「是這麼個道理。」

李空竹只當不懂這小小的暗示。

那邊的李梅蘭給郝氏使了眼色，郝氏見了連忙道：「那啥，空竹，能不能讓府尹來拜見的老者幫忙寫封舉薦信，屆時妳二妹夫過府試時，也好著府尹大人關照一下……」

「啪！」趙君逸將茶盞輕磕桌面，茶蓋撞擊的聲音，成功阻了郝氏亂說的嘴。

郝氏有些不悅，皺眉道：「我還沒說完哩……」

「沒說完正好，怕是說完了，這地方就不能留了。」趙君逸冷眼看她，半分未將她當岳母看待。

郝氏脹紅了臉，不滿的轉頭向李空竹道：「空竹……」

「娘，妳別忘了，我可不能決定呢。」

李空竹嬌笑的聳肩，李梅蘭扭帕恨道：「姊夫這是怕了？」

怕？趙君逸轉眸與之對視。

那極沈帶冰的眼神令李梅蘭沒來由的膽顫了下，下一刻，卻又立即鼓起勇氣道：「要是不怕，如何就這般藏著、掖著？說什麼生人，這裡坐著的可都是一家人，姊夫這話，可真真小心眼至極。要真是坦蕩，就大大方方顯出來，大家一同公平競爭啊！」

公平競爭？李空竹噗哧一聲沒忍住，笑了出來。

李梅蘭隱在眼中的吃人目光，立刻朝她射來。「大姊笑什麼？」

「倒是覺得有不知好歹的蚊子想往我這鼻孔飛，我沒讓，這不，逗留了一會兒，來了趣味，就笑了哩。」她與之對視。「二妹，妳說是不是很好笑？」

「是好笑。」李梅蘭恨得一口銀牙緊咬，半晌拿帕摀嘴，冷笑。「倒是好笑的不是蚊子，是自以為是的醜陋鼻孔。」

「當家的，你說是哪一種好笑？」李空竹轉眸，無辜的眨眼。

男人心下莞爾，面上卻正經的點頭。「倒是擾人的蚊子蒼蠅更令人發笑。」

話落，對面三人的臉色皆脹紅起來。

李梅蘭看著李空竹那撒嬌的樣子，就止不住想抓花她的臉。

趙君逸則喚來于家的。「添茶。」

「是！」

「空竹！」郝氏紅了眼眶，覺得她這話說得太重。都是一家人，作何就這麼擠兌？「妳二妹好了，妳以後也好。妳想想，多個當官的妹夫罩著不好嗎？」

「無須。」

趙君逸再次打斷，令李梅蘭冷哼出聲。「姊夫就這般的不自信？」

「激將無用。」李空竹笑得別有深意。「而且這也是為你們留顏面呢。」華老頭那樣的身分，豈是一般人能見的？就算讓見了，想華老的臭脾氣，屆時他們也會被損得一無是處。

「呵，顏面？」李梅蘭輕笑。「倒是難為大姊好心，二妹的顏面還不值當哩。」

「既是如此，那便等著吧！」趙君逸懶得再跟他們周旋，直接招于家的前來，令她去西廂請人。

彼時的三人，聽得立即屏住呼吸等待。誰知等了半個多時辰，還未見那老者前來。

「空竹，這到底有沒有去請，咋這般久啊？」郝氏等得有些坐不住了，不耐煩的衝著李空竹追問。

「岳母，想是先生年歲大了，得費些時間。」任元生笑得很彬彬有禮。大人物麼，總歸會有那麼點臭脾氣，他經常跟自己的爹走關係，這樣的人見得多了。連鎮上的小官都還擺架子，更何況是這般大的人物？

趙君逸淡掃了他一眼，隨即朝暗處又不經意的瞥了一眼。

接到暗示，那隱在房梁一角的劍濁趁眾人不察，立刻飛身閃了出去。

待半盞茶的工夫後，就聽那華老氣沖沖的走進來。「三催四請的，有急事不成？」

任元生趕緊站起來拱手作揖，李梅蘭亦跟著站起來。郝氏見大家此時都起身恭迎，只好也站起來。

李空竹笑著先行了一禮。「華老，有人想請教您哩。」

「請教？」華老聽得冷哼一聲，抬步向上首走去時，見趙君逸一臉淡然的坐在那裡，不由得冷聲道：「成日裡給我找麻煩，這回又是哪一路的阿貓阿狗！」說著坐上了上首，令于家的上茶。下邊的任元生，聽得臉色泛起了尷尬的紅。

待李空竹抿嘴坐下，趙君逸眼風甩向對面三人。「不是近在眼前嗎？」

「學生任元生，拜見華老！」趙君逸的話將落，任元生就趕緊出來拱手彎腰作揖。上首的華老卻捏鬚不語，待茶上來後，就哼問：「你是何人？」

「學生環城鎮任家村人氏，如今耕讀於……」

「啪啐」一聲，幾乎立時的，華老手中杯子狠狠地摔了出去。隨著杯子落地激起的水花與渣滓，直嚇了對面三人一跳。

郝氏與李梅蘭甚至還嚇得條件反射的互抱在一起，尖叫了一聲。

「不過一鄉野賤民，居然也配讓老夫提腳來見？趙君逸，你三番兩次的將老夫身分暴露，倒是好大的膽子！」

「不敢。」男人嘴裡說著不敢，面上卻平靜得很。

華老聽得冷哼一聲，見于家的趕過來要掃地上的碎渣，就喝道：「退下！」

于家的轉頭看了李空竹一眼，見她搖頭，才福身又退了出去。

見屋子恢復平靜，華老重又冷眼掃向那臉色已經由紅轉白的任元生。「你剛對老夫自稱學生？」

「學生……我、我……不敢！」任元生被他盯得腿發軟，在那兒抖著音，再沒了剛才的自信。

華老輕蔑的用眼角看他。「就這點兒能耐？」

任元生白著臉抬眼看去，只見老者眼神犀利深沈，那洞悉一切的渾濁眼球，似是扼住他的脖子般，令他呼吸不暢。一會兒他那白著的臉憋得變紅，不過片刻，又呈現出了豬肝色。老者氣勢十足，睥睨天下般的看著他。任元生只覺要被吸進那渾濁的深淵，又感到將要被擊打得粉碎。

任元生胸口的憋悶越來越重，呼吸粗喘，令一旁擔憂的李梅蘭不禁輕喚了聲。「元生哥！」

隨著她的聲落，任元生登時脫了力，「咚」一聲就一屁股重重的坐了下去。

這一坐，好巧不巧，竟生生的坐在剛才華老摔碎的杯盞殘片上。立時就聽見他「嗷」的一聲，又從地上快速起身。一邊起身，一邊還不停流著眼淚，扭身去摸屁股。

上首的華老再見到他這一齣，就更不屑的鄙夷起來。「農家兒郎不似了農家兒郎，這般嬌生慣養，比起那紈袴來更覺不堪！可笑，不過一譁眾取寵之物！」

說罷，起身甩袖，看著趙君逸兩口子，不滿道：「此等渣滓也須老夫出手？」

「自是不須。」趙君逸冷淡的輕哼，見老者瞪眼看來，又補充道：「不過圖個方便。」

華老氣急，咬牙抖手，恨恨的指向他，似要破口大罵。

趙君逸眼皮都懶得掀，喚著外面道：「扶華老回房！」

第五十九章

「是！」于家的趕緊從外面走進來。

華老直覺胸腔都氣得開始泛疼，顯然不甘心又被他擺了一道。「你、你……」

華老很想說句好樣的，但于家的已恭敬的給他蹲身行禮。「華老。」

「哼！」不願遷怒，老者甩袖，終究氣怒的抬步走了出去。

見老者走了，李空竹才笑看著對面三人。「二妹夫可要請大夫前來診治？」

「不、不用了！」任元生疼得冷汗都冒了出來，哪裡還敢生了別的心思。

那邊李梅蘭還想賴著，可看他那樣，又著實心疼得慌。扶著他起身，道：「我扶你去車上吧！」

任元生點頭，僵笑著臉，還不忘深情的凝望她。「有勞蘭妹了。」

李梅蘭嬌羞的輕嗯，那邊郝氏亦是緊張的跟著去扶了另一邊。

李空竹就那樣冷笑著旁觀，待看到他們相扶著要出了堂屋時，才喚來于小鈴吩咐。「送送二姑娘他們。」

「是！」

正跨過門檻的李梅蘭轉頭恨眼看來，李空竹不懼的勾笑回應。

半晌，李梅蘭哼了聲，終是沈臉，回身走了出去。

目送他們出了院，關上了院門後，李空竹終於將心頭的一口濁氣給吐出來。「當真是極品無處不在。」

趙君逸起身與她並立。「若煩了，毀了便是。」

她沒好氣的瞪他。「真當律法是為你家開的？你說咋樣就咋樣？」

趙君逸沒有吭聲，只挑眉一下。若他真想做，律法又豈能抓得到他？

李空竹可不想他去惹禍。如今他是巴著靠山而活，還是老實點好，這等小人她還拿得住。想著的同時，她推著他道：「陪我去製冰，明兒可得來運了。」

「好。」男人點頭，看出她的擔憂，胸中升起了一絲暖意。

將任元生送去鎮上拔掉了那碎瓷渣滓，與任家的車分道後，李梅蘭領著郝氏找了驢車，卻沒有朝家的方向回去。

郝氏見車是向柳樹村去的，就不由得趕緊拉了她一把。「蘭兒，妳往柳樹村走幹啥？」

李梅蘭瞇眼看她，想著剛剛那羞辱的一幕，怎麼想都不甘心。「去找驚蟄！」

「找驚蟄？」

「嗯！」李梅蘭沈著臉道：「去跟他說他那崇拜的大姊，究竟是個怎樣的人？」

「啥？」郝氏愣住。

李梅蘭不耐煩的道：「當初只說不能道予外人，驚蟄不是咱自家人嗎？我們不管怎樣，都讓李空竹看不順眼，既然這樣，就讓驚蟄去要解藥。」

屆時，讓驚蟄知道了她的真面目，她倒要看看，李空竹還有什麼臉去面對一直寵著的自家小弟？既然她不幫忙，那自己也不能讓她這般痛快。

郝氏一聽也覺得是這個理，直覺自己腦子真是笨得可以。以前光顧著跟驚蟄哭，卻忘了他也是自家人，有他在，說不定還真能拿到解藥哩。

這樣想著，郝氏就趕緊催自家二閨女趕路。

當李驚蟄頂著灼熱的太陽，一路臉紅氣喘的急跑回家敲開大門時，于家的前來迎門，一見他滿頭大汗，狼狽不堪，就忍不住驚叫出聲。

彼時，李空竹把冰製完正在歇晌，心頭卻莫名起了慌意，在炕上翻來覆去的怎麼也不安歇，突然聽到于家的驚慌失措大叫著。「驚蟄哥兒、驚蟄哥兒！」

她直驚得趕緊自炕上起身，連鞋都來不及趿好，快步跑了出去。

一出來，就見驚蟄滿臉似火燒，那身子也跟在水裡泡過般，全身上下沒一處乾地。

于家的看他連站都站不穩了，趕緊伸手搭了他一把。

李驚蟄在看著自家大姊從主屋裡跑出來時，那因為急跑而泛起了黑暈的眼睛，在這一剎那間變得明亮起來。

將眼睛努力睜到最大，他抿著乾澀的唇，啞著嗓子問：「大姊，妳有沒有給娘和二姊下毒？」

李空竹聽得心下一愣，下一刻，滿腔怒火是止也止不住的快速竄升起來。

「郝氏、李梅蘭！」她咬牙，那一臉的怒氣，讓被扶著的李驚蟄嚇得縮了縮脖。

「我想相信大姊，可娘她們……」想著剛剛兩人來找他時，那嚎啕大哭的模樣，讓他就算想信，心也止不住的開始動搖了。

于家的見他身子越來越沈，觸手的溫度也燙得嚇人，趕緊衝著李空竹稟道：「姑娘！哥兒怕是中暑了哩。」

一聽中暑，李空竹趕緊回神的跑近。李驚蟄見她過來，就快速伸手去抓她的衣袖，一雙大眼似乎已經看不清她了，卻還努力的睜到最大。

李空竹儘管心下澀然，面上卻依然笑得輕柔，摸著他的小腦袋道：「你只管信著大姊就是，忘了咱們拉過勾了嗎？」

李驚蟄臉上露出傻笑。對呀，他怎就忘了，他跟大姊是拉過勾的，大姊是不會騙他的！這樣一想，他那繃緊的心也跟著鬆下來。這一鬆，連撐著身子的氣力也散去，轉瞬間，就見他忽然閉眼，頭向後仰的直直倒下。

于家的反應迅速的撐住他，李空竹也嚇得心臟漏跳半拍，也伸手同于家的將他撐住。

「幫我將驚蟄扶回房。」

趙君逸聽見動靜，從裡頭走了出來，見此，輕蹙眉頭，快步走了過來。「交給我吧。」

李空竹點頭，任他將李驚蟄那瘦小的身子抱起，向西屋走去。

「去將華老找來！」一進到西屋，李空竹就吩咐于家的去找華老來，又令于小鈴去搬來冰盆，而她則用銅盆打了水後，擰了帕子給躺在那兒一動不動的驚蟄擦臉上的汗珠。

待她將那張小臉擦淨，正要著手去脫他汗濕的衣服時，卻被身旁的男人一把拉住。

「妳先出去，這裡交給我就好。」小子已經八歲半，再不適合她這般親近了。

李空竹雖覺得李驚蟄還小，卻也知古代看重男女大防，便壓下心頭的擔心，點點頭。

「那好，我先出去一會兒。」

李空竹放了巾子，從箱籠裡將乾淨的裡衣找出交給男人後，才提腳走了出去。一出來，迎面就撞上了提著藥箱過來的華老。

李空竹趕緊讓道行禮。華老見她一臉的擔憂，就忍不住冷哼了聲。「不就是中個暑，這點小事，愁眉苦臉的像什麼話？」

李空竹知他是有心勸慰，就低眸答了個是後，喚他快快進去。華老瞥了她一眼沒再吭聲的提腳進去。

李空竹一直在門外等候。

裡面的趙君逸幫小子換好了衣服，前去開門時，見她一臉不放心的看來，就安撫道：「華老正在施針，進來吧。」

「嗯。」李空竹趕緊提起裙襬進去。見華老已經收了針，不由得急道：「怎麼樣了？」

「不妨事。」華老將用過的針放回。「拿冰帕擦著降降溫，再熬帖藥灌下就行。」

正說著，那躺在炕上之人突然就來了個大嘔。那污穢之物，也好巧不巧的濺在了離他最近的華老身上。

華老當即就黑了臉，李空竹亦是黑了臉。「不是不妨事嗎?為何還吐了？」

說著的同時，趕緊叫于家的再打水進來，她則拿著巾子快速的去炕邊，幫小子將吐出的污穢清理了。

華老一臉氣怒。「老夫說的不妨事，乃是就我的醫術而言。」要是別的醫館，沒花費一番工夫，還想輕易將這重度中暑之人診好了？

李空竹見他來了氣，也知有些個說重了。「對不住，心頭著急，還望莫怪！」

老者輕哼，算是接受她的道歉。

于家的將水端來，李空竹將髒帕遞予她，自己又擰了條濕帕搭在李驚蟄的額頭。那邊華老將藥抓好後，趙君逸便令于小鈴去熬煮。

關了藥箱，華老看著炕上之人奇道：「這大中午的不在學堂念書，回家來做甚？也虧得老夫住在這兒，若拉去鎮上醫治，耽擱的話，怕是性命都難保了。」

李空竹停了給驚蟄擦著手腳心的動作，眼神變得暗沈起來。

趙君逸看了華老一眼，使眼色讓他出去。老頭很不屑的哼唧了聲，提著藥箱大步的邁出屋，待屋子裡靜下來，男人步到女人身邊。

「打算怎麼做？」

李空竹抬眸看他，翦水雙瞳裡那高冒的怒火是怎麼也壓不住，只聽她冷道：「怎麼做？自是讓其嘗嘗洩密的後果。」

「知道了。」男人點頭，過來坐在她的身邊。

李空竹轉頭與他相對，疑惑的問：「能行嗎？」畢竟當初她扔的是泥疙瘩，可不是真毒。

「交給我就成。」男人淡勾薄唇，接過她手中的巾子。「製那般多的冰該是累著了，這裡換人看顧吧！」

說著將于家的喚進來，將巾子交予她道：「先幫著降溫，待藥餵下後，若發現有異，記得先著華老來瞧。」

「是！」于家的福身。

他安排得井井有條，李空竹卻有些不滿的瞪著男人。誰知男人只淡淡掃了她一眼，就提著後領將她給提了起來。「妳若不先歇著，晚上哪還有精力去看大戲？」

這是要讓她親眼見證？

「那樣妳心情會痛快點。」男人眼中邪魅閃過，令女人心頭跳了幾跳。避開對視的眼眸，趕緊正了正心神，點點頭，這才隨著他走了出去。

下晌時，得知李驚蟄好轉，高溫也降下來，李空竹心裡懸的大石才終於落地。

待到天將黑，女人就急忙翻出窄袖布衫跟闊腿褲換上，綰了個俐落的丸子頭後，忍不住拉著趙君逸趕緊走。

「其實待天黑再走也一樣。」男人摟著她飛走在北山林間，想說天黑趁沒人，直接走大道比在叢林飛要來得快許多。

李空竹在他懷裡，偶爾睜眼看那從腳下掠過的密密叢林，聽了這話，那好不容易因飛翔而消散的怒火又竄了上來。「我現下是一刻也不想等，你既答應我，幹麼還發牢騷？」

男人無語，只覺她這火朝他發得莫名。心頭不爽的同時，更是決定一會兒得加倍奉還才是。想著，男人便加快了跳躍的速度。聽著那越來越快的風聲從耳邊掠過，李空竹直嚇得趕緊將他摟得更緊了。

待到天色大黑，兩人到達了李家村。聽著村中已經靜下來，兩人又藉著各家屋頂飛向了郝氏她們所在的房頂。

在房頂尋著一處較平穩的地方，男人才將女人從懷中放下，又小心的扶著她，讓她儘量不發出聲的穩住身子。

李空竹在男人的幫扶下穩住了腳，藉著月光向底下院中瞧去，待看到還有燭火從屋中映出時，就不由得眯了眼。「何時動手？」

「不急。」男人扶著她一同坐下，感受著沁涼的晚風吹來，淡道：「再等等。」

李空竹轉眼瞪他。男人似早已猜到般，在她瞪來時，勾唇與她對視。

那深幽閃著亮光的眸子，不到半刻就令女人敗下陣來。脹紅臉，很不悅的嘟囔著。「我越是急，你越是捉弄我！」

「何以見得？」男人望向黑暗中閃過的人影，抬手揮了下，轉頭看著她問。

李空竹沒有理會，自是也看到了那竄來的黑影是誰。待那黑影落地，單膝跪於他們面前後，趙君逸淡問：「拿來了？」

「是！」

「那便用吧。」男人點頭，又道：「一個時辰的量。」

劍濁起身的時候頓了下，又快速答道：「屬下明白！」

待看到劍濁身輕如燕的飛下去時，李空竹的心提了那麼一下。「不會被發現吧？」

「發現？」男人挑眉。「暗衛也不用再當了。」

沒好氣的瞪了他一眼，對於他一副大爺的口氣，女人哼過一聲後，便不再相理，伸著脖子向下看去。正努力想看清劍濁到底在做什麼，沒承想啥都沒瞧到，就已完成任務，又躍了上來。

「好了！」

趙君逸點頭，揮手令他退下後，才又抱起了滿懷疑惑的李空竹。

「好戲開始了。」說著腳尖輕點，躍到位於李梅蘭所在的房間屋頂。手掀開一片瓦後，將她放在一邊。「看吧！」

李空竹聽話的向下看去。只見下面的李梅蘭，坐在房間的梳妝檯前，不知想到了什麼，手拿著梳子，在那兒一會兒皺眉，一會兒恨眼，一會兒又陰惻惻的笑著。

對於一次變化這般多的臉，李空竹雖說頭一回看到，可並不是她想要的結果。

正準備氣怒的抬眼吼趙君逸時，驀地讓男人給把住了後腦不讓起，聲音平淡中夾雜了一絲愉悅，道：「耐心點兒，往下看了再說。」

女人滿頭黑線，忍著心中氣怒，輕哼道：「你最好祈禱是我想要的結果，不然的話……」看她怎麼收拾他去。

這「威脅」並不被男人放在眼裡，他輕勾嘴角，挑了挑眉，隨她一起繼續觀看。

半刻鐘後，正理著秀髮的李梅蘭，停了正在梳頭的手。皺眉感受著體內有些不太正常的熱浪，下一瞬，腦子變得混沌起來。

她搖搖頭，想清醒些，卻整個人變得飄飄然。想到體內的毒，李梅蘭心下暗叫不好，心慌得想自凳子起身時，身子卻不受控的搖晃起來。

「娘……呵呵呵呵——」一聲軟糯的叫喚後，抑制不住的笑聲，就脫口從喉間逸了出來。笑聲從隱忍到放開，不過短短一瞬，女子卻像完全變了性子般，不停的仰天大笑起來，且一邊笑，一邊還脫著衣服不停的轉圈。那笑聲越來越刺耳，身上的衣服也越扒越少。

屋頂上的李空竹睜大眼看著，一邊的男人卻早已嫌惡的移了眼。

終於，魔性的笑聲驚動了東屋的郝氏。她有些不滿的皺眉，衝著這邊喝問：「蘭兒，大晚上的妳幹啥哩！」

女子似根本聽不到般，在屋中還在不停轉圈狂笑。

此時她的上衣已經被扒了個精光，少女白皙的胴體在昏黃的燈光下，顯得熠熠生輝。她一邊笑著、轉著，手還不老實的在自己身上遊走著。

李空竹的眼睛瞪得老大，看著那魅惑似妖精的女子，直覺得就算自己身為女人，都快被勾引了。

正嚥著口水瞧得興奮，那邊的男人卻驀然將大掌伸來蓋住她的眼，沈聲道：「髒，別看！」

「才沒有！」已經全然忘了這是在教訓人，李空竹看得正興起，被男人遮了眼，就有些不大高興。

扒著他的手抗議著，下面已經被李梅蘭的笑聲驚得出屋的郝氏，跑過來拍打起門來。

「蘭兒，妳在幹啥？大晚上的，還不趕緊住口，都睡了哩！」

「啊哈哈哈——」屋裡的女子在聽到敲門聲後，笑聲驀地變了音。停下了在自己身上遊走的手，眼神虛無的盯著門外那發聲處。

外面不明就裡的郝氏，見她不但不聽勸，笑聲還變了調，就沒來由的心頭慌亂，開始更大力的敲起門來。「蘭兒，娘說話妳聽到沒？趕緊閉嘴，好好睡覺啊！」

屋子裡的李梅蘭聽著越發大的敲門聲，眼神由虛無變得興味，咬著一根手指，歪頭看著。忽然，她魅惑的笑了一下，慢慢向那上著門閂的木門走去。挑眉，笑著將門閂拉開。

郝氏聽著裡頭沒聲了，提著的心正待放下，卻不想木門「嘎吱」一聲從裡面打開了。

郝氏正提嘴要問，卻駭然的發現開門的女子居然裸著上身，袒胸露乳的正看著她傻樂！

「蘭兒！」郝氏尖叫。

李梅蘭則看著她，咧嘴呵呵笑著，向前走了出來。郝氏一見這陣仗，哪還得了，趕緊伸了雙臂，想將她攔回去。

李梅蘭見她來攔，乾脆抱著她，滿臉堆笑的向外推著。

郝氏急得滿頭大汗，聽她又開始大笑，急忙騰出一手去摀她的嘴，一邊摀，一邊推著她向屋裡擠，還不忘慌張的衝著黑暗的四下掃視幾眼。

李梅蘭正開心著，不想被她突然推擠，就有些不爽的皺起了眉，怪叫著要往外衝。

郝氏嚇得心驚膽顫，死命把她往屋裡推。

李梅蘭見出不來，就發了狠的推撞。郝氏有些把持不住，卻也知道要是讓她這麼衝出去的話，她這輩子就完了，於是使出吃奶的勁頭，硬是一把將她推進了屋。

「啊啊——」被推著進來的李梅蘭，不悅地張牙舞爪，尖叫了起來。

郝氏嚇得不輕，將門踢上後，趕忙將門閂住，轉身攬著她的腰，將她給扣到了炕上。流著眼淚壓制著，任她如何亂揮亂抓，就是不鬆手。

扯過被子蓋著她，郝氏哭道：「蘭兒啊，妳到底是怎麼了啊？」

驚天的吼叫，終於驚得四鄰亮燈出來觀看。見她們的院門緊鎖，就不由擔憂的衝著裡面喚了聲。「李家嫂子，妳家出啥事了？」

正全力給瘋了的李梅蘭蓋被的郝氏，被這一喚，嚇得臉唰的一下白了。「沒、沒啥事哩！」

「沒啥事，妳家梅蘭幹啥叫啊？」

有村人想翻牆頭進去看看，不想裡面的郝氏卻突然氣怒的高喝道：「說了沒啥事就是沒啥事，怎麼了，還不許人叫啊？」

前來查看的四鄰聽了這話，不由得癟著嘴，歇了想翻牆去幫忙的心思。既然人家不領情，還去費心做甚？

第六十章

李空竹一直靜靜的坐在屋頂，將全程從頭看到尾。

瞧了眼流著眼淚的郝氏，見她在得知村人散去，臉色又恢復過來後，就不由得冷哼了聲。「還有多久的藥效？」

「半個多時辰。」

李空竹點點頭。夠了，夠郝氏折騰的了。她起身。「回吧！」

「不看了？」男人可還記得她剛才不滿自己捣她眼、扒他手的樣子。

「看多了，就沒興趣了。」李空竹搖頭，又很不屑的睨了他一眼。「你以為我是你們男人哩？」

男人黑臉。他可是從頭到尾都沒看過那女人一寸肌膚，倒是她，看得眼珠子都要掉了。

「快點，這會兒說不定驚蟄已經醒了。」

趙君逸給催得再次不滿，冷臉過去將她摟抱起來後，並未招呼一聲，就向黑暗大力躍去。

「啊！」李空竹被這突來的失重驚得叫了一聲，下一瞬又害怕暴露，趕緊捣了嘴。抬眸不悅的看著那飛得起勁的男人，氣恨的一個咬牙，埋頭就向他的胸前襲去。

飛躍中的男人身子僵了一瞬，下一刻竟飛躍得越發快起來。

女人心頭害怕，那襲他胸的嘴也愈加發狠。男人見她狠，他亦是跟著發狠的再快了一分。就這樣，兩人似堵氣般，在你狠我快的你追我趕中，終是在酉時回了家。

男人在回院的第一件事，就是回房換下那件被女人口水浸濕的細棉薄衫。

李空竹則抱著自家的院門，不停的乾嘔著。真真是，聽過暈車、暈機、暈船的，就沒聽過誰暈懷抱的。

于小鈴站在她身後，輕輕的順著背，待她差不多平復了，才將她自門框處扶起，轉身關了院門。

「驚蟄醒了沒？」

「醒了，不過剛喝過藥，又睡了。」

李空竹點頭，由她扶著向自己房間走去。「那我就不去擾他了。」明兒再去看他，與他說說這下毒的事吧。

于小鈴點著頭，將她送到房門口就退了出去。

李空竹推門進去時，見男人已煥然一新的坐在那裡喝茶。見她進來，就別有深意的挑眉看了她一眼。

李空竹冷哼一聲。這會兒連翻白眼都嫌暈頭，更別說再跟他鬥氣了。走過去，似灘爛泥似的倒了下去。「今晚你鋪被！」

「嗯。」男人仰頭喝下杯中茶後，果然聽話的過來乖乖的鋪起了炕。

待鋪好被，轉過來看她時，見她竟不知何時睡著了，就不由得莞爾了下。看來，他今兒有些過分了。

替她將鞋子脫掉，抱她到了褥上，再著手解了她身上的外衫，拉過薄被，用一角給她搭了肚子。見她熟睡的哼唧了聲，又快速的解了自己的外衫、熄了燈，單手將她摟抱過來後，與她一起睡了過去。

翌日上晌，李空竹在李驚蟄再次醒來後，親自端著熬煮得軟糯的白粥走進去。

待餵他吃完，才笑看著他道：「你想問什麼，現下就可以問了，大姊一定全都告訴你。」

李驚蟄搖頭。「沒有了，大姊跟我拉過勾，我信大姊哩。」

「不怕娘跟二姊再來哭鬧了？」李空竹笑著梳理了下他睡亂的頭髮。

小子有些害羞的紅了臉。「昨兒俺光聽到她們中毒時就懵了，後來見她們哭得好慘，就覺得心頭難受。」說到這兒，他抬眸認真的看著她道：「後來俺不是問過大姊了嗎？大姊說沒有，俺就信！」

李空竹點頭。這半年的相處，再加上念書的啟蒙，小子已經長大不少。「當初確實有唬她們，就是正月十五剛過那次，讓你姊夫給嚇的，你可還記得？」

看他點頭，她笑著附在他耳邊輕聲道：「其實就扔了泥丸子進她倆的嘴。」

見他驚訝得嘴都合不攏了，李空竹又正經臉色道：「不過這事可不能告訴她們，不然大姊的銀子怕是一兩都保不住了。」

李驚蟄想到好似次次見面，娘跟二姊都與大姊在吵；再加上正月十五那次的事，娘她們明明已經拿到了銀子，最後也不知為了什麼，又大鬧起來。

如今聽大姊一講，他這才明白過來。原來娘跟二姊竟是想全要了大姊的銀子啊，難怪那時姊夫會提溜著娘丟呢，想來是氣的吧。

想到這兒，他點點頭。「我知道了，我不會跟她們說的。」

李空竹喚了聲乖。「若以後她們再找你，不管再怎麼哭，都別信了。要實在煩了，就讓她們看大夫去，這要真是毒，哪有大夫看不出來的，你說是不？」

「嗯！」李驚蟄點頭，堅決再不相信娘跟二姊了。

李空竹見他心結打開，就笑摸了下他的小腦袋。「乘機好好歇個兩天，吉娃那裡我打過招呼了，讓他下學後就過來與你複習下先生的授課。」

「好。」

姊弟倆再沒了秘密，親親密密的又說了會兒笑，見小子神色有些倦，李空竹便要他再休息，就提腳出了屋。

李驚蟄在恢復兩天後，就回去上學了。

本以為去學堂後，會等來娘跟二姊的再次哭訴。沒承想，一連好些天都未見她們來找。

這令李驚蟄鬆了口氣。要知道他雖相信大姊，可也實在怕娘跟二姊的纏哭，到時她們若磨著硬讓他去找解藥，他還真怕自己屆時一個心軟，就將實情給說出來。這樣不來相找，倒是正合了他的心意。

娘家的人消停，也讓李空竹暫時鬆了口氣。

如今她雖說不用每天製冰，可工作量依舊龐大。為讓她能少累一點，惠娘甚至將蛋糕的製作都攬了過去，直接放在鎮上做。

今兒是來取冰的日子，惠娘一早就從鎮上帶了帳本過來。

外面于家的領著跟來裝車的小子們搬冰。李空竹一邊撥著算盤，一邊與惠娘說著以後的歸帳問題。「貼個招工啟事，招個帳房過來吧，下一步，我準備忙作坊了，秋天時要用到哩。」

正在歸整銀子的惠娘點點頭。「行，回去我就讓當家的招人，如今我也累不得。」

撥算盤的手頓了一下，李空竹關心的看她。「怎麼了？不舒服？」

惠娘瞋了她一眼，一臉的幸福感是止也止不住的顯了出來。李空竹心頭咯噔的跳了一下，果然，下一刻就聽她道：「剛上了身，大夫說累不得哩。」

李空竹有些愣了，待回過神後，趕緊笑道了句。「恭喜了！」

惠娘搖搖頭，伸手過來拉了她撥算盤的手，拍了拍。「別老恭喜我們，妳也快十八了，該是要的時候了。」

李空竹心不在焉的胡亂點了個頭。她倒是想，可如今她還在剃頭挑子一頭熱著，上哪兒要去？跟空氣要啊？沒啥心情的把帳盤完，留了惠娘吃了午飯，待歇息到未時，李沖因不放心，竟親自過來接人。

如此惹人眼紅之事，令李空竹再無了半點精神，蔫蔫的將人送到村口。看著那遠去的幾輛騾車，她的心情瞬間跌落到了谷底。

如此病懨懨的又過了兩日，家中的人都不知她這是怎麼了？

華老頭還以為她身體不舒服，正準備紆尊降貴的為她診治一番。

不想女人聽了，很氣惱的大喝一聲。「我才沒病哩，要治也不是治我！」

那氣憤得跟別人殺了她全家似的仇怒口氣，直噎得當時華老頭好半晌說不出話來。李空竹則冷冷的瞥了他一眼後，就衝回屋思考起來。

想著趙君逸到底有哪一點好？除了長得好看點，再就是有點個性罷了，又不是再找不到像他那樣性子的人了。再說了，以前他那樣的臉都下得去嘴了，可見她並不是個外貌協會。誘惑了那般多次，他還寧願當和尚，這樣她還不如找個老實點的農家漢嫁了！

想罷，她當天立刻就跑去村中閒逛了一圈。

她這難得出門，可把村中的一些人家驚了一把，各種招待生怕怠慢了她。搞到最後，嫂子、嬸子倒是見了一大把，單身漢有是有，可全是些半大小子，都是未成年的兒童，這讓她怎麼能夠下得去嘴？

無精打采的向家中行去，剛要路過麥芽兒家時，就聽後面傳來一聲驚喜的呼聲。「嫂子，三嫂子！」

轉眸看去，見又是個幸福人，她扯了個僵笑出來。「芽兒啊！走娘家回來了？」

車上的麥芽兒嗯了聲，叫著自家坐在外面的男人。「快停了車，俺與嫂子好久未說話了哩！」

「噯。」趙猛子有些無奈，叫著車夫將車停下來。

那邊麥芽兒在扶著趙猛子的手下來時，李空竹見她的肚子居然又大了半圈。

麥芽兒下了車來，見她直盯著自己的肚子，就笑著捣嘴，大步的走過來，拉了她的手道：「嫂子放心，妳也快了！」

「呵呵。」李空竹抽出手來，搖搖頭。「我不急的。」

「瞧妳，口不對心了吧！」麥芽兒瞋眼拍了拍她，隨又湊近與她道：「上回與妳說的我那個娘家堂嫂……」

「打住！」李空竹趕緊揮手止了她。「那事不成哩，不是那事的事！」她沒圓房，如何能吃那助孕的藥？

「啥不是那事，還不是一樣的事……」

「哎呀，一句、兩句說不清，反正那事就是不行！」李空竹怕她再纏下去，就趕緊截了她的話，甩開她的手，向家的方向大步行去。「家裡還有事，我先回了啊！」

「欸——」看著還未說兩句話，就急急掙脫的三嫂子，麥芽兒疑惑的話還未出口，卻見她又加速得跟個鬼在後面攆似的，跑得飛快。

「咋還怕羞了呢？」麥芽兒眼珠轉動，噗哧了一聲。想著這回回去，託堂嫂的事，就不由悶笑的紅了臉。

李空竹風一般的逃回家時，卻見早上出門的男人，這會兒已經回來了。

他不知從哪兒搞來一盤圍棋，正坐在堂屋與華老下得起勁。看她進來，就瞥了眼她那跑出汗的額頭，問：「去哪兒了？」

「村中轉轉。」

「轉轉？」

沒理會的哼一聲，走過去看了眼擺得密密麻麻的黑白子，又沒什麼興趣的坐到下首的椅子，等著于小鈴將晾涼的白水端上來，猛地喝了一口，才道：「不轉，難不成悶在家裡發霉不成？這麼熱的天，要生了啥不好的東西，你不怕污了眼啊！」

華老沒好氣的將白子「啪」一聲重重放下，抬眸瞪著對面之人哼道：「你就任她這般胡說？」沒有大家閨秀的樣子就算了，連說話都盡挑些噁心人的來說，他就不覺心頭不悅？

男人不動如山的將黑子放下，見她額頭的汗還淌著，就朝外面喚了聲。「再加盆冰來！」

女人哼哼。「就知道享受！」卻沒有阻止，反正她也熱著哩。

男人並不多解釋，依然專心致志的與老者在棋盤上爭鋒。

華老見他這樣，再次無奈的搖頭。他活了大半輩子，還從未見過如此寵著一個女人的男人！

李空竹等汗收得差不多後，才又起身，甩著兩窄袖。想著趙猛子既然回來了，正好可以讓他去幫著跑跑建作坊的事，待到秋時作坊出來，也可提他做個管事啥的。

想罷，就喚于小鈴給她準備筆墨，她打算畫幅素描。若要建作坊，外觀可以不重要，內裡卻不能再隨隨便便了。

這一有了事做，女人臉上那蔫蔫的表情也一掃而光，踏著大步子，很精神的走了出去。

「看來已經不醫自癒了。」看著出去的女人，華老輕哼。這蔫了好些天，終於又轉回來了。

趙君逸不動聲色的落子，面上沒有多餘的變化，心頭卻輕鬆不少。

要知道這兩天她蔫的原因，他是心知肚明，可除卻自責外，就只能忍耐著。本還想著先找個法子，讓小女人轉移注意力幾天，如今看來，她自己似乎已經找到了消遣的東西。

無聲的勾動了下嘴角，男人又落下一子後，就起了身。

華老見狀，急得大喊。「欸！怎麼不下了？」

「勝負已分。」

男人愉悅的挑眉。說完這話後，便提腳走了出去，徒留堂屋裡的華老，看著那盤不知何時下死的棋吹鬍子瞪眼。

李空竹在家裡畫了整整兩天的素描，這日正逢麥芽兒過來，順道就讓她將趙猛子也找來。

跟他們兩口子說了建作坊的事，又把那有些不太像的素描遞予趙猛子，吩咐他道：「這個是裡面的圖樣擺設，裡頭得多幾口大鍋，蓋過酒窖的大概都知道，就用跟那差不多的吧！」

「這般大的鍋，是用來做山楂的？」麥芽兒也好奇的拿過圖紙看了看。

李空竹點頭道：「也不完全是。」她還打算另做其他東西，不過，這個先暫時保密的好。趁這段時間，她還得想套完善的管理方法，不然屆時成品出來，怕會被人覬覦。

麥芽兒聽後也沒多大興趣。她在家歇了兩天，今兒過來，不過是來踩踩點罷了。將圖紙交給趙猛子，對他道：「拿回去給你娘看看吧，指不定得多高興哩！」

趙猛子有些尷尬的撓撓頭。「俺娘就是碎嘴了點，沒啥壞心的。」

麥芽兒輕哼。回來這兩天可又沒少被她刁難，不過去娘家住了幾天，直說她是長在娘家了，要不是怕頂嘴鬧起來，她才不想忍著。

「對了，這活兒都有了，想來俺能喝骨湯了吧？一會兒你去多買點回來，晚上燉好了，給嫂子家也送點來。」

「不用了！我們家有。」李空竹婉言拒了。近來跟他們家有點疏遠，她可不想引林氏說酸話。

麥芽兒也不爭，面上不顯的下了地。「困得慌，嫂子沒啥事，俺們先走了啊！」

「要不留在這兒睡會兒？這裡涼快。」

「不用了。」麥芽兒趿好鞋，直接就下了炕，拉著自家男人示意趕緊走。

趙猛子被她扯得無奈，只得嘿笑了幾聲道：「那嫂子，俺們先回了！」

「行。」李空竹也不強留，同樣趿鞋下了炕，將兩口子送出去後，又坐下疏理起作坊管理方法。

這一弄，直弄到快晚飯的時候，麥芽兒又再次上門。

于家的領她進來時，李空竹看她手捧著一大碗湯，不由得嗔了句。「不是說不用了嗎，咋還真送來了？這般大碗，妳家是熬煮了多少啊！」

麥芽兒癟嘴，一臉的苦大仇深。「還不是俺當家的。讓他買骨頭棒子，結果貪便宜，買了堆羊骨頭回來。俺婆婆明知道俺懷著身孕，這大熱天還給用黨參跟枸杞燉了，妳說我要喝了還有好嗎？」

懷孕最忌上火，這一碗湯下去，可不得燥得慌。

李空竹忍笑，卻又不好接話。「妳不能喝，可以給二嬸他們啊。」

「他們？這兩天也吃多了，正跟著上火，俺婆婆吃得那嘴邊都爛了，如何敢喝？」麥芽兒說到這兒，還跺了下腳。「自己都不能喝還這般燉，要俺說，她這是故意報復俺去娘家待久了哩！」

李空竹搖頭。「可不能這麼說了。」

「嗯，俺知道了！」見她肅臉，麥芽兒又表現出一副乖巧的樣子，見她還不打算接，就叫著于家的道：「于嬸，妳來幫著接了吧，俺手都痠了。」

于家的轉眼看向李空竹，見李空竹無奈的點頭，趕緊接過大碗道：「老奴這就去將湯倒出來。」

李空竹揮手，招呼于小鈴上果子，又拉著麥芽兒坐下歇涼。待于家的將碗空了出來，麥芽兒便拿著告辭回家去了。

待到晚間吃飯，一家人齊聚在院中的露天桌邊。于家的跟于小鈴上完菜後，將晾得溫溫的羊湯端上來。李空竹見了，順手給每人盛了一碗。

華老一聞那羊羶味，忍不住皺起了眉。「如何喝這湯？」

李空竹聞了下，覺得味兒還好，就抿了口道：「芽兒她婆婆給燉的，小妮子一家都上了火，所以端過來讓我們幫著解決了。」

華老瞥她一眼，聞言端碗，正準備喝，不想剛到嘴邊就頓住了，不動聲色的掃了眼李空竹，又瞧了眼冷淡的趙君逸。見男人冷眼看來，就別有深意的一笑。

放了碗，看李驚蟄正抱著要喝，就伸手拍了他小腦袋瓜一把。「這上火的玩意兒，你還敢喝？病才好，哪禁得起再折騰，去喝白水。」

李驚蟄心裡委屈。他都被逼著喝了好些天的白水了，這個華爺，就不能開回恩嗎？

「是我疏忽了，聽你華爺的話。」李空竹也想到了他的病才好，趕緊伸手將他的湯碗端過來，倒進自己喝完的碗裡。

趙君逸瞧了眼華老頭挾菜的手，想到他剛還端著湯碗，不由得疑道：「不喝？」

「老年人本就腸胃不好，再上火，怕是得吃不少藥。你們年輕，多喝點！」

老者一臉的好心，讓人看不出半點作假，可越是這樣，越讓男人起疑。平日裡他那張嘴，最是得理不饒人，如今能這般順從？

見他起疑，華老直接將筷子重重拍到桌上。「怎麼，不信啊？老夫我若喝了，拉不出屎，你能解決不成？」

趙君逸皺眉。「粗俗！」

老者冷哼。「有人有過之而無不及，也未曾見你說過半句粗俗啊！」

李空竹懶得看兩人鬥嘴。她喝完兩小碗羊湯後，就拿著薄餅，開始慢慢的捲起了菜。

趙君逸和他這一來一回的鬥了之後，心下的存疑也消散了點。端起湯碗，送到嘴邊時，還是不由得輕蹙了下眉，這味兒……

一旁的李空竹瞧他的表情，登時來氣了，將卷餅一口咬掉了大半。看男人磨磨嘰嘰的，不由得哼道：「都別喝了，放著，我一個人喝！」

說著搶過男人手中的湯碗，鄙夷道：「不過是一碗湯，跟喝毒藥似的，不就是兩管鼻血嘛，誰還沒流過二兩？」

男人瞥她，眼中雖有些無奈，想到她那回噴鼻血，卻又另隱了抹笑意。

李空竹白了他一眼，拿著碗正準備喝下，華老卻開口止道：「別喝太多了，不然可真要流鼻血了，今晚可熱得很。」

趙君逸聽罷，伸手將她的湯碗搶過來。「不過是不喜了這味兒罷了。」話落，仰脖就將湯給喝下肚。

華老眯眼，又將自己面前那碗遞了過去。「別浪費了。」

趙君逸冷眼瞧他，終是沒說什麼的接過碗，一口喝了下去。

第六十一章

好不容易正正經經將一頓飯吃完，飯後大家本要一起坐著乘涼聊天，也因華老說累，便早早散去，各自就了寢。

彼時已經累極的李空竹趴在男人的身上，早已睡了過去。身下的男人卻因摟著她，顯得有些心浮氣躁起來。

屋裡擺著的兩盆冰不斷的散著涼氣，可男人的額頭卻是止也止不住的猛滲著汗水。試著平息心頭的躁動，男人伸手想將女人推開，不想，身上的女人這會兒也因有些熱，竟主動翻身，離了他的懷抱。

女人這一離去，讓男人又莫名覺得空虛不已。

那邊的李空竹因心頭的燥熱，開始不斷的扯著領口，嘴裡模模糊糊的哼唧著。「咋這麼熱哩！當家的，我熱！」

「嗯。」男人回頭瞧她，想說他也熱，卻不期然的撞見她扯開領口的大片雪膚。

幾乎是立時的，男人心頭的火似找到缺口般，匯著激流的朝身體的某一部位，快速的沖了下去。

「好熱！」完全沒有意識到自己做危險動作的李空竹，又揮動著軟綿的柔荑，將衣服扯得更開。一邊扯，還一邊嫌衣服礙事，將胳膊又從衣袖裡抽出來。

男人看得眼亮得嚇人，喉結處不停的上下滾動著。猶不自知的女人將雪白胳膊暴露在空氣中後，又去扯那脖上拴著的細繩。

終於，男人動了，伸出大掌壓住她那亂動的纖手，出口的聲音嘶啞得嚇人。「空竹……」

「……嗯？」

輕輕的呻吟，令男人似燙著般快速收回了手；女人卻似找到涼快的來源，朝這邊不斷滾擠著。男人給驚得想向後退，不料身體卻誠實的僵在那裡一動不動。

「嗯——」終於女人翻了過來，抱著他的胳膊，用臉慢慢磨了起來。「這裡涼快。」她輕吐的氣息噴灑在他薄薄的裡衣上，明明隔著衣料，卻令他皮膚似著了火般燙得嚇人。趙君逸只覺得心頭的燥熱快瀕臨界線了，額頭的汗珠也越來越大顆的不斷滾出，眼前也變得有些朦朧。

這分明是幻象。趙君逸心中大驚，伸手要去推開人，卻不想這一碰，竟碰到了女人的渾圓。

登時，他腦中轟的炸響，一片空白。

入手的觸感分明就是沒有任何衣料的阻擋，猶豫地睜眼看去，才發現不過一個晃神的工夫，女人已將自己扒了個乾乾淨淨。那素淨的天藍肚兜，就那樣被她壓在自己跟她的身體之間，這種極致的誘惑，令男人移不開眼來。

「熱！」已經脫光的女人還在叫熱，且白皙的皮膚上已經呈現出淡淡的粉來，那細密的汗珠，映襯著那進屋的月光，似給她身體鋪上了層朦朧之紗。

「空竹？」男人還在盡最大的意志力強忍著，想憑最後的一絲清醒叫醒她。

此時的李空竹卻完全處在渾濁的迷霧中，聽見有人叫她，勉力的睜開了一雙攝人心魄的翦水雙瞳。「嗯？」

男人被這朦朧的一眼看得越發燥熱。女人看到的是一雙極漂亮的鳳眼，且鳳眼的主人還彎著一張很好看的粉色薄唇。

伸了手，女人用纖長的手指劃過男人的薄唇。

一瞬間如過電似的麻癢，令兩人都同時僵了一下。

下一瞬，處在混沌境界裡的女人，見那好看的薄唇正彎著向她壓下來，她亦是笑得很柔媚的摟上他的頸子，閉眼主動的將唇湊了上去。

電光石火間，男人腦中的最後一根弦徹底的繃斷了。在女人伸出丁香小舌勾動著他的唇舌時，不管不顧的伸出大掌，用力將她給攬過來，開始了狂風暴雨般的掠奪……

「嗯……」情到濃處，女人伸臂勾著身上掠奪之人，聲帶泣音的嬌柔喚道：「當家的——」

「逸之，我的名字。」男人粗喘著氣的低下頭，含住她哭泣的嘴兒，大力的衝刺著，帶著她與自己一同奔向那極致的歡愉之地……

翌日，日上三竿時，李空竹躺在炕上沒有動彈半分。

不是她起不來，而是不好意思起身。

聽著外面知了陣陣的吵鬧聲，此時的她正捂著被子，裸身躲在被窩裡，不知是在笑還是在羞著，總之就是一副很糾結到爆的表情。

回想起昨晚發生的一切，她簡直不敢相信自己居然圓房了。雖說是她主動在先，可這一回男人卻並未再拒絕她。

「難不成那羊湯讓他燥得沒法忍受了？」昨兒她也覺得出奇的熱，不然也不會頭腦昏昏在睡著時，還想脫了衣。

正當她還在糾結的想著男人為何突然跟她圓房時，那邊的趙君逸卻看著華老拿出的一包藥，蹙眉了下。

「著人煎了吧！」老者哼著。「那湯裡含助孕藥，若不制止的話，怕是會懷上。」

趙君逸聽得頓了一下。

華老以為他捨不得，就嘆息了聲，道：「你總不能讓你的孩兒一出生就與你帶了同樣的毒吧？你有內力可以壓著，可剛出生的孩兒，卻是連睜眼都費力。」

男人瞥了他一眼。他如今哪有工夫去糾結孩兒不孩兒的，他在想的是，要以何種藉口去哄那小女人將這碗藥喝下？

若她知道這碗藥的意義，會不會……傷心難過呢？

心中猶豫了幾下，終是沒再說什麼，伸手接過了那包藥。走出去，著了于小鈴過來。

「將藥煎出來。」

「是！」

在炕上胡思亂想了一陣的李空竹，撐著有些疼的身子坐起來。正準備裹被去找衣服換，門卻突然從外推開來。

女人趕緊將裹在身上的被子捂嚴實了，正準備再倒下去裝睡時，不想因一個用力過猛，扯動了腿間的傷口，撕裂的疼痛令她當場頓住，皺起了眉。

端藥進屋的男人看到這一幕，眼露急意的快走兩步。「可是哪裡不舒服？」

淡淡的男音從身後傳來，令正坐在炕頭糾結的女人，臉驀地一下燒紅起來。搖搖頭，輕咬朱唇的偏了眼。「正打算起！」

男人看了眼散落在四處的女人衣衫，深了眸，走過去將藥碗放於小炕上，道：「可是要替換之衣？」

「嗯。」極輕的一個點頭，令女人的臉越發的燒紅起來。

趙君逸見此，亦是有些不自在的移了眼，去那箱籠處，找出套藕粉色的碎花細棉裙，又再遞了件同色的水仙花肚兜。

女人一看那肚兜，本就不好意思的臉，這下已燒到無處安放了。伸出手，正準備接過時，不期然的一個抬眼，發現男人的眼神很炙熱的盯著她那纖細的粉白胳膊。

見她發現，男人又轉了視線，她故作沒好氣的瞪了他一眼。「還看？」

如今的她，除了這張臉外，全身上下就沒了一處好地兒。那密密交錯的青紫捏吻痕跡，若是穿現代衣服的話，怕是連門都出不了。

男人被她這一個瞪眼，瞪得有些莞爾，將衣服直接放在她的枕邊，道：「都已看過了，也沒多大興致。」

女人咬牙，抬眼怒瞪著他，見他眼中滑過愉悅，頓時又覺被耍了，連著矜持跟害羞都忘了，直接一個大力的跪起身，忍著全身車輾般的痛，朝他狠撲過去。「趙君逸！」

男人伸手接過連人帶被拋來的身子，將之穩住後，果不其然，女人的一口銀牙再次朝他的胸口咬去。

伸指輕彈一下她的腦門，聽到她啊的一聲後，這才揚眉道：「還咬？昨晚還未咬夠？」

「趙君逸──」女人羞得簡直無地自容，埋首在他胸前也不咬了，揮舞著粉拳將他捶了一遍又一遍。

男人低笑了聲，將她拉出懷抱。「起了。」

李空竹整理著蓬亂的青絲，聽了這話，衝他很不悅的皺了皺鼻。「你先背過身去。」

男人會意，勾唇邪魅的笑了瞬，好似在說妳全身上下我哪裡沒看過。不過看女人又噴火的眼，終是順了她的掩耳盜鈴，轉過了身。

待她收拾好，叫著好了後，男人才又轉回來。眼神不經意的瞟了眼那放著的藥碗，見女人已經綰好了髮，準備收拾床鋪時，就走過去接手。

「我來。藥快涼了，趕緊趁熱喝了。」

藥？李空竹抬眸，不解的看向他。男人點頭，用眼神示意方向。

李空竹轉眸，待看到炕桌上那碗已不怎麼冒熱氣的黑色藥汁時，不由得愣了下。下一刻，只見她臉色蒼白的轉過臉，僵著嘴角看著他笑。「我能不能問問，這是碗什麼藥？」

男人眼神幽深，看著她那僵扯的笑，半晌，淡啟薄唇。「避子藥。」

聽著避子藥三個字，女人腦中轟的一聲炸了開來，幾乎瞬間，全身的血液似回流般，不住的向胸口堵去。

那種梗得似要炸開的木涼感覺，令女人難受得伸手緊捂住胸口。蒼白著臉，有些不可置信的瞪眼看著眼前那張陌生又熟悉的面孔。

好半晌，她才找回聲音，大吸了口氣。「哦，這樣啊。」

平淡得沒有一絲起伏的聲音，令男人胸口一疼，遲疑的喚道：「空竹……」

「我知道了。」女人僵笑著截了他的話，給了個明白的眼神。走過去，將那碗黑黑的藥汁端起，聞著熟悉的腥臭藥味，女人鼻子發癢，眼泛酸的正準備仰頭將藥灌下時，手卻被橫來的大掌給握住了。

男人眼眸很深，褐黑的瞳孔就那樣定定的看著她，見她眼發紅，就嘆息的伸著長指去撫。「不是妳想的那樣。」

「嗯。」女人平淡的點頭，心中可笑。不是她想的那樣？那是哪樣？藥都端來了，難不成還信著他有難言之隱？

「妳不能懷孩子。」

「知道了。」女人再次木然的點頭。

男人蹙眉頓了下，女人抬臉笑出了聲。「說完了？」

男人喉頭翻動，很想說沒有，可見女人在笑看他的同時，一雙瞳孔裡閃爍著的竟是前所未有的陌生怒火。

男人心跳漏了一拍，莫名的慌了一瞬。正待開口想解釋什麼，卻見女人已快速的換了拿碗的手，仰著脖，不過幾口間，就將那碗藥全數的吞下了肚。

「我明白的，不過是露水姻緣一夜情罷了，哪裡就能懷孩子。」李空竹平復著臉色，將眼角的眼淚伸手彈去。「你放心，我不會死皮賴臉的，以前雖老想睡了你，可如今睡了，才發現你床技也不過一般……不過好在，以後不用受這苦了！」

她勾唇淡笑，眼中的神色是前所未有的陌生。趙君逸聽得臉黑，握著她的手不禁發緊。

女人皺眉，看著那大掌，冷哼的挑眉。「怎麼？想對我死纏爛打？」

「李空竹！」男人有些不知所措，蹙眉低吼。

李空竹心頭抖了下，不過轉瞬卻又冷哼了聲，一個用力將手腕從他大掌裡掙脫，紅著眼，咧著嘴。「聽得見哩！戲已終曲，幹麼還這麼認真？」

伸手推了他胸膛一下，女人強撐著心中那木涼的梗痛，見他臉色越來越黑，自己也倒盡了胃口，道：「想方便，先走一步了。」淡笑的衝他揮了個手。「事後整理，就麻煩你了。逸之？呵！」

嘲諷的轉過身，女人臉上的笑意瞬間消失，眼淚幾乎模糊了眼前之路。開了門，似再忍不住般，向後院的茅廁衝去。

身後被她因喚名而愣住的男人，在她開門跑走的瞬間回神。大步的跟出來，卻見她抖肩摀嘴，正向後院跑去。

頓了腳步，男人臉上閃過一絲慌亂。

那邊的華老正好踱步出來，看到男人，問道：「如何？可是喝了？」

「喝了。」男人向後院掃了一眼。再看向老者時，眼神冷了一分。「藥裡可有不好之物？」

「你這話是何意？」老者沒好氣的瞪眼看他。「你這是在懷疑老夫？」

趙君逸沒有吭聲，而是提腳向後院快步行去。

茅廁裡，李空竹作嘔不止，那碗苦苦的黑藥汁，攪動著她的腸胃，令她不爽至極。好不容易吐了個乾淨，腦中卻又浮現出男人那一臉有苦難言的冷臉。

冷笑了聲。「還上演啥勞什子虐戀情深，裝什麼！」吐得昏天暗地的女人，滿臉掛淚的緊捂腹部，因嘔吐流淚，心傷似找到宣洩口般疼了起來。

涼涼的冷血竄過四肢百骸，冷得她全身麻木發抖。待到再吐不出一物，女人才撐起身子，紅腫著眼，木著一張蒼白小臉慢步的走出來。

不期然撞見立在不遠處的趙君逸，勾唇一笑。「用茅廁？怕是要等會兒了，畢竟還臭著哩。」

男人深眼看她，大步踱來想近她身，卻又見女人錯身而過的哼笑了聲。「吐了大半天，餓了哩。」

趙君逸抿嘴，深眼看她半晌，終是沒有出聲的轉了身，抬步遠去。

女人看著他走遠的身影，冷哼了聲，吸了口氣後，亦是端著架子跟上去。

回到前院洗漱完，李空竹坐在堂屋桌邊，手拿著小匙，沒甚胃口的攪著粳米粥，正有一口沒一口的喝著時，麥芽兒卻一臉興沖沖的跑過來。

看到她，嬌聲的笑了下。「咋看著沒精神哩，昨晚跟俺姊夫做啥壞事了？」

「是啊！做壞事了！」李空竹哼笑著放了攪粥的手，木然的抬眼向那發聲之人看去。

麥芽兒被她看得一愣，待發現她眼腫著，裡面亦是布滿紅絲時，心頭就咯噔一下，快步過來坐在她的身邊，拉著她的手追問道：「妳這是咋了？咋看著……」這麼憔悴哩，難不成昨兒的藥她下多了？還是說，被發現了？

「嫂子？」

麥芽兒心頭兒發虛，張口想問，卻見李空竹摸著臉哼笑了聲。「沒咋地，就是喝了碗避子湯。」

「啥？」麥芽兒驚呼，嘴張得足以塞下個雞蛋般，搖著她。「嫂子，妳說啥？啥避子湯，為啥要喝啊？」

「是啊！為啥要喝啊？」女人冷笑，被她搖得將攪粥的匙摔在了桌上，木然的笑看著她。「我也不知道。」

「嫂子！」麥芽兒被她的表情嚇到，眼淚瞬間就跟著掉下來，拍著她的臉，急道：「有啥事妳跟俺說，別嚇俺成不？那啥，那湯是俺送的……可也不該喝避子湯啊！」

她急得有些語無倫次，李空竹察覺不對，拉下她拍臉的手，定眼看了她了一會兒。「跟妳送湯有何關係？」
麥芽兒憋紅了臉，在那兒支吾著。「那湯俺下了藥哩。」
李空竹驚得睜眼看她，卻聽她急急辯道：「就是俺跟妳說的那懷子的藥。這回回娘家，俺跟堂嫂又要了一包。」
「只是懷子藥？」李空竹皺眉，想起昨晚不正常的熱來。
麥芽兒嘟囔著點點頭，又搖搖頭。「怕事情不成，俺又加了點催情的在裡面。」
「呵！」李空竹冷笑。難怪，這就解釋得通了。想他平日何等的能忍，怎就會因一碗燥熱的羊湯而把持不住？原來是另有原因。
麥芽兒見她這樣，愈加擔心的問道：「出啥事了不成？」
「沒有。」李空竹轉頭拿起湯匙攪粥。「沒啥事，回去吧。妳肚子大了，該是少走動的好。」
「嫂子！」麥芽兒泣呼。「俺不是有意的。」她只是，只是……
「嗯，妳是故意的。」李空竹面無表情的點頭。
麥芽兒見狀，哭得愈加厲害了。「對不住，嫂子，對不住！」
李空竹心頭正亂著，聽著她哭，愈加有些不耐煩。停了攪匙的手，瞥了眼她大著的肚子，好半晌，嘆息了聲。「回去吧，我想靜一會兒。」
麥芽兒聽得止了聲，只眼淚還在眼眶打轉，委屈的看著她問：「那俺以後，還能不能……能不能再來？」

李空竹沒有吭聲，只默默的在那兒盯著粥碗發呆。

麥芽兒看得心越來越涼，張口試著喊了聲。「嫂子……」

「滾。」

突來的低淡冷音，讓麥芽兒縮脖了下。轉過頭，見男人雙眼似冰凌般，直直的盯著她看，將出口的話，也因這一盯，梗在喉頭再發不出聲。顫著心肝起了身，她轉回頭看著已回神蹙眉的李空竹。「嫂、嫂子……」

「妳先回。」李空竹瞥了眼已經進屋的趙君逸，儘量耐著性子說話。

麥芽兒也看出了兩口子有問題，點點頭，趕緊自凳子上起身。「對不住！」臨走時，她再次抹了把眼淚，說了這話後，趕緊低頭抖著心神從男人身邊快速走過。

看著麥芽兒出屋後，李空竹收回視線，又開始喝起了粥。

被她無視的男人，無奈的在心中嘆息了聲。

提步過去，坐在剛才麥芽兒坐的位子，見她輕蹙了眉尖，只當沒看到的淡道：「我出身於靖國將相之家，祖上隨靖國開國皇帝共同打下江山後，封忠勇侯，承世襲罔替……」

第六十二章

李空竹停了攪粥的手，轉眼看他，見他亦是勾唇回看著她。垂眸，發涼的心，因他吐露實情，慢慢的回了溫。

男人伸出大掌來握了她的手，看著某處，似陷入回憶般的緩緩道：「靖國雖說不上太過富裕，但建國二百來年，世襲的幾代帝王都還算勤政愛民，而君家，因著是世襲的將相之家，在軍中亦是有著很高的威名。君家兒郎為顯忠君，亦為保國土安寧，世代都將妻室子女放於京中皇城腳下，而男子長年駐守邊關，從不越雷池一步。」

說到這兒，趙君逸握著女人的手緊了起來。想著一門老小慘遭血洗的家仇，似在眼前重現一般，男人眼中開始出現嗜血的恨意。

女人見狀，趕緊安撫的拍拍他的手。似看出她眼中的擔憂，男人勾唇緩神，衝她露了個安心的眼神。他既是決定要說，又豈會因不願回想而退縮？

「如今的靖國皇帝，奢淫驕縱，好聽信讒言，為保帝位，竟輕信九王給君家假造的通敵叛國之罪……」

彼時京都中的君家老小，因這假造的叛國之罪，還未等到鎮守邊關的君家兒郎被押解回京，就被滿門抄斬，而他正是那批押解回京的君家兒郎之一。行至半路，聽到京都傳來的消息時，祖父最先倒了下去。

叔伯們也因此知道了九王的陰謀。那時的君家，威望在軍中算得上是國之象徵，一些忠於君家的將領，在那場變故後便密謀劫囚。

九王也算到了這一著，在他們成功劫囚後，又來了招甕中捉鱉，將忠於君家的一干將領，乘機一網打盡。

他是那時被叔伯們在混亂中掩護逃走的。

本想著逃到鄰國暫時躲避風頭，卻不想親衛中竟出現了叛徒，在乘人不備時，殺光他身邊所有保他之人，且還給他下了靖國皇室的秘毒。若不是他有所察覺，先將毒逼出一半，怕是早已中招死去。

「不過，不死也不見得能好多少。」講完身世的男人自嘲一笑。「我被追得跳崖尋死，活過來後又瘸了腿。這腿早前不是不能治，只是因身中奇毒，又苦無門路，心灰意冷罷了。」

後來，她的出現，雖說有些意外，卻讓他不由自主的想要參與更多，自己也開始慢慢的改變，又重拾起那早已丟掉的信心。這份信心到來後，也讓他意外的救下崔九，迎來了他的轉折之路。

男人說完看著女人，想著過往與她的種種意外，淡淡的勾唇。「不是不想與妳圓了房……」

李空竹早已聽得呆住，看著他，滿臉心疼的伸手止了他繼續說道的嘴。紅著眼，將他仔仔細細的看了一遍又一遍後，情不自禁的撫上他那早已完好的左邊臉頰。

男人伸掌來握，卻不想女人一個大力，向他的懷抱撞去。緊攬他精瘦的腰身，埋在他的懷中，女人很氣悶外加愧疚的脫口道：「對不住！」

氣她自己的無理取鬧，同時又愧疚於自己逼他說出這事後，又重撕了遍他的傷口。那種血洗滿門的家族仇恨，她雖沒有親身經歷過，可只要換位思考一下，就知道那是多麼的撕心裂肺。

如今想想她以前做下的種種，當真是該死的過分。

他在承受家族之仇時，自己非得拉著他談戀愛；好不容易磨著他鬆了口，又在他抑制壓毒時，一遍又一遍的撩著他，非要他跟自己圓了房。

如今想想，她還真是好生令人作嘔！

「我是不是有點招人煩？」她紅眼抬眸，見他眼中冰意消散，又問道：「讓喝避子湯，是不是那毒會傳染？」

男人低眸看她，伸掌蓋住她眼中的憐惜，平復掉心中殘存的震痛，輕嗯了一聲。

女人就著黑暗豎耳聽後，手撫他大掌，再問：「是前者還是後者？」

「都有。」

想像中女人氣惱咬人的情景並未出現，懷中之人在聽了這話後，只是輕輕的嘆了聲，又勾了他的腰身道：「我也覺得我煩。不過，你也有錯！」

若早告知她，她才不會這般硬逼了他。還有今兒這事，要是早知道的話，她也就不會那般傻不拉幾的痛哭一場了。

搞得這般難受，結果卻是一場誤會，真真是丟臉得要死！

男人輕勾嘴角，將她扯離懷抱，想著她剛剛那陌生至極的眼神，若不是心中慌了神，怕她真對他死心，又怎會輕易將這段前塵往事讓她知了？

將桌上的小菜端於她的面前。「把粥喝了，一會兒快晌午了。」

李空竹點頭，這會兒緩了神，恢復了情緒後，才發現胃裡早已空落得難受。吃著已然涼了的粥，她似又想起一事，問道：「對了，那藥剛才被我吐了，會不會沒有效用了？」

「華老頭有說可能會吐，想來應不會受其影響。」趙君逸也有些拿不準。不過想著老者在他端藥時就提醒過，說是藥性有點重，嚴重者會嘔那麼會兒，喝完藥再補點粥緩緩即可。他既已猜到，應該沒大問題才是。

李空竹點頭，心中覺得這古時中藥好生厲害，居然吐了還有藥性存在體內，看來，全天然無污染的就是不一樣。

解決了心結，又痛快的吃了粥後，李空竹又活了過來。因身子還有些疼，是以在飯後，她又任性的回屋躺了一會兒。

這一躺，就躺到了下晌太陽快落山之際。彼時的驚蟄已下學回來，看到她自主屋出來，很是驚訝。「大姊，妳歇晌，歇到現下才起？」

李空竹不經意的紅了臉，揉著有些腫的眼睛瞧了他一眼。「先生佈置大字沒？沒佈置自己去練一篇。瞅瞅你那字，我都不想說你，再這樣下去，可就白浪費銀錢了。」

李驚蟄癟了嘴，心想：妳那毛筆字，也不比俺好多少，跟個雞爬過似的，要多醜有多醜！面上卻不顯的哦了聲，就回了西屋。
待到晚間吃了飯，坐在院中歇涼時，李空竹就一直傻盯著某個男人樂呵著。華老在一旁看得實在受不了後，就扯著李驚蟄趕緊回屋睡去。
李空竹見院中只剩下兩人，趕緊跳到男人的懷裡，扣住他的長臂，圈在自己腰上後，看著夜空，猜他往後的大計。
「你會重回靖國報仇嗎？」
「嗯。」
「崔九是不是皇子？」
「……是。」
「你的毒能好嗎？」
「已有眉目，快了。」
點了點頭，女人拉著他的大掌與他十指相扣，由坐改躺的賴進他的懷抱，看著天上格外明亮的圓月，嘴角勾出個好看的弧度，問：「何時走呢？」
身後男人頓了下，沈著的呼吸打在她的頭頂，將她十指相扣的纖手再緊上一分。「未定，不過定會保妳平安。」
「我信。」女人轉頭回看他，仰了脖，送上了自己的朱唇，親吻上他的下巴。「記得活著回來。」
國仇家恨之事太重，一旦開戰，刀劍無眼。她沒有多大的本事，唯求他在戰場上，能自惜自保。

「……好。」

晾了麥芽兒兩天，在第三天時，于家的將她找過來。彼時她一過來，看到李空竹哭得是唏哩嘩啦，抹著眼淚直說著對不住，不是有心的。

李空竹肅著臉，聽她哭了會兒後，就趕緊止了她。「好了好了，這還懷著娃哩，讓外人聽見了，不得以為我對你們母子咋了啊？」

「嫂子沒咋著俺們，是俺自己做錯了事。」那天回去，她越想李空竹冷淡的模樣，心頭越不對勁，最後還是自家男人說，她是將嫂子給得罪了。

畢竟人家信著他們，她竟不聲不響的給人下藥。雖說是想助人，可人家心裡卻未必這般想；況且被親近之人下藥，不管那藥是什麼藥，卻總歸是背叛。

「嫂子，俺真知錯了哩！」

李空竹拿著帕子給她擦了眼淚，肅著臉看著她道：「晾妳兩天是給妳個教訓，若再有下次……」

「不會了！再有下次，俺就自己先吊死自己去。」

看她急急的擦淚發誓，李空竹輕呸一聲，嗔道：「盡說些有的沒的，死這個字，如今也是妳能說的？」

「俺知道了。」見她不再冷臉了，麥芽兒趕緊討好的笑道：「俺從今兒起，都聽嫂子的，再不會做了那糊塗事！嫂子，妳就瞧好吧，俺要是再犯，以後隨妳怎麼對俺，俺都不會有半句怨言。」

李空竹止了她話嘮的勁頭，讓她在這兒樂了好一陣後，才囑咐她跟趙猛子說那建作坊的事，讓他趕緊運了磚來。如今都快七月了，再不快點的話，可是等不到結桃了。

麥芽兒領了命，轉身就趕緊回家去了。

晚上，李空竹跟趙君逸說了建作坊之事。「雖說找趙猛子當管事，可你這男主人是不是得跑一趟？這第一鍬，還是你來比較適合吧！」

「知道了。」男人將她作亂的手握在掌中，聽著嬌笑，在回了她後，又沈聲命令道：「睡了。」

「好——」女人笑著伸頭向他耳中吹了口氣，感覺他僵了身子後，才滿意的笑道：「晚安！」

黑暗中男人無奈一笑，在她閉眼睡著後，又懲罰性的在那嬌人的櫻唇上輕咬了一口。待聽到她很不爽的嚶嚀，才滿意的閉眼睡去。

村中要建作坊，消息一傳出，再次掀起了大波瀾。有村人想著這以後怕是長期的利益，除了來應徵工匠之外，還特地問了以後可是要請人？

李空竹不急著找人。畢竟作坊要蓋好，得八月十五過後了，屆時的事，屆時再說，只說了眼下要好些工匠，村中有那有能力的，皆可去找了趙猛子。

作坊的位置，李空竹選擇建在桃林山腳下，那片地是趙君逸找陳百生談的，因為要的地大，是以整整花了近三十兩才買下來。

開工第一鍬，也是趙君逸去開的。現下外頭有男人出馬，李空竹便拿著銀子，找了王氏，仍舊讓她做了小頭，去管理廚房伙食。

由於此次建作坊需要的人手極多，是以這回的煮飯婦人，也從以前的四個增加到六個。依舊是一天二十五文，不過王氏因為是頭兒，李空竹就多給她十文。

王氏拿得多，自然幹活就賣力，督促得特別認真。

除了婦人這邊幹活賣力，那邊招來的工匠們也很賣力。因為東家怕他們熱，每天冰碗、冰水時時供應著，中飯更是肉包子、燉肉這些，換著花樣的讓他們吃飽、吃好。

是以這才開活幾天哩，那十里八村有人聽聞的，都託著匠人裡的熟人，問著還要不要人？

李空竹正缺人，趙猛子來跟她說了這事後，她便說要是人能幹就招來。因為除了作坊外，她還打算建一排宿舍。

那些個被招來守山的農家漢跟半大小子，多的是與家中幾兄弟住在一起。這些宿舍建好，她準備用來獎勵給那些人家，允許其帶了妻兒過去住著。這樣一來，待作坊建好，妻兒還可順道進作坊工作。

一舉數得，還能博得好名聲，倒是讓她想得幹勁十足！

如此忙碌著到了七月立秋，這日李沖來拉冰時，李空竹跟他說了停止供冰一事。「府城那裡交代一下，說是再一次後就要停了供冰，鎮上的冰鋪至多也做到下旬就停，讓住在鎮上的夥計跟女娃們一同回來。過不了多久作坊開業了，讓他們都進作坊幹活。」

「我知道了。」李沖點頭，再拉著冰要走時，又問她還有什麼要幫忙的？

李空竹搖頭。如今作坊之事，她都全權丟給趙猛子跟趙君逸了，也沒聽說過要幫忙啥的。

「你們只管負責鎮上鋪子就好。對了，惠娘姊怎麼樣了？身子可好？」

「還好，反應不是很大，就是有些懨懶。」李沖說著的時候，臉上少有的露了個暖笑出來。

李空竹點頭。「待她身子好點，讓她來鄉下散散心，我這屋子的東廂可一直給她留著哩！」

「我會告訴她的。」李沖說完就帶隊辭別，回了鎮。

李空竹送他走後，就向南山跑去。在工地看了一圈，見趙君逸正與趙猛子說著什麼，就轉頭向山上的桃林走去。

巡視了一圈下來，見枝頭的桃不是在泛紅，而是泛黃且微帶酸氣後，就不由得好笑了陣。

當初在靈雲寺採枝條時，那知客僧還說什麼半山那棵老樹，是那片桃林的鼻祖。如今看來，怕是知客僧騙了她。

不過這樣也好，李空竹將手中的枝條彈回去。雖不是惠娘說的蜜桃，但這黃桃倒是極品，這也算是誤打誤撞了吧。

笑著轉身準備下山時，卻見趙君逸跟過來，兩人對上了眼，見他挑眉了下，她趕緊迎過去。「當家的。」

男人點頭。「過來看桃？」

李空竹搖頭，見四下無人，就過去挽了他的手道：「我來找你哩。」

「有事？」

女人將頭靠在他的肩頭。「剛李沖來搬了冰走，有些個吃味了。」

男人頓了下，自是知她的吃味是什麼。「且再等上幾日。」

李空竹聽得嘣了伸手捶他。「說得好似我多那啥似的。俺只是少許的不爽罷了。」

「我自是知的。」男人一本正經的點頭，李空竹則很不客氣的倚在他的懷裡輕咬了口。

「不正經！」瞋了他一眼，她就鬆了挽他的手，蹦跳著向山下行去。

男人搖頭失笑，大步的跟上她，與她並肩而走。

回到家，才拍開院門，不想一個黑影快速的從堂屋竄出來。眼見就要撞上來了，旁邊的趙君逸趕緊將小女人扯到一邊。

而那跑出的黑影，不是別人，正是郝氏。

郝氏因猛衝撲了個空，身子朝前趔趄了幾步，回過頭，那眼淚鼻涕糊一臉的向她哭喊著。「空竹，救救妳二妹吧！任家想讓她去沖喜啊！」

沖喜？李空竹愣了一下，看清是郝氏後，更是不悅的皺起了眉。

「好好的沖哪門子喜？」如今離秋闈沒幾日了，任元生這時應該是在刻苦念書考功名才是，而李梅蘭也還不到十四，這是又想搞什麼花樣不成？

「嗚嗚……」郝氏痛哭。「要是好好的就好了。那任家兩爺子，也不知得了什麼怪病，竟在一夜間倒炕上了，聽說看了好多大夫都不見好，都說要準備後事了哩。」

郝氏一邊哭著，一邊伸手想去抓她，不過看一旁的趙君逸冷眼射來，就瑟縮著收回了手。

得病？李空竹聽得眉頭愈加緊皺起來。

趙君逸不鹹不淡的看了郝氏一眼，拉著小女人道：「先進屋再說。」

「好。」李空竹點頭，對郝氏淡道：「進屋吧！」

「空竹！」這事急著哩。

見她一臉的不願意，李空竹哼笑著。「即便人家要急著成親也沒辦法，他們不是訂過親嗎？」

「空竹，那是妳二妹啊！」郝氏驚住。「這沖喜跟成親怎能一樣？一個不好，人要沒了，妳二妹這輩子可就完了啊！」

「若退親，難道就不會完了？」見她不願動腳，李空竹乾脆立在那裡，雙手抱胸，陪她頂著太陽曬。

郝氏在那兒支吾半晌。「總之，妳幫幫妳二妹吧……」

「幫？怎麼幫？」李空竹好笑。「不願結，就退親唄！左右就只有這兩樣選擇，妳讓我怎麼幫？」

這一問，郝氏在那裡登時有些手足無措。

趙君逸眼神閃了一下，見小女人汗都出來了，就直接霸道的拉著她向屋裡走去。「弄些溫水端來。」

「是！」于小鈴聽罷，趕緊去廚房弄水。

于家的靠過來，見郝氏還站在那兒不願走，就福身道：「老太太！」

郝氏回神，抬眼看著已經步向堂屋的李空竹他們，趕緊也提腳跟上去。堂屋裡，李空竹他們才一坐下，郝氏就連忙跑進來，奔到他們面前帶著哭音喚道：「空竹——」

李空竹沒說話，等著于小鈴將水端上來，喝了一口，才回道：「說說妳的打算吧！」總共就兩條路——嫁過去或退親，這般簡單還找來，總歸不會是什麼好事。

郝氏吞了吞口水，看看她，又另瞧了眼趙君逸。見男人亦冷眼看她後，就嚇得一個縮脖的低頭。

郝氏囁嚅道：「說了退親，任家不願。說若是硬要退的話，就必須賠償任家三百兩；若是不賠的話，到時就會到處去宣揚妳二妹的壞話哩，還說要讓妳二妹在這環城再嫁不出去。」

說到這兒，她又忍不住哭出來。「家裡哪有那麼多銀子啊？總共就幾十兩的銀子，還是陪嫁跟聘禮，就是賣了田地房子也賠不起啊！」

李空竹哼笑。所以，就打算讓她來出？倒是會算計。

李空竹沒有吭聲，想著李梅蘭的名聲再壞能壞哪兒去？左不過就是因看著訂親的夫家重病，不想嫁過去當寡婦才退親。

這一行事，雖令世人不齒，卻也是情有可原。要知道那沖喜，沖好了妳是福星，沖不好，就是剋星。就算任家再不甘心，這退了親，再宣揚，也不過是這麼點屁事。過個幾年後，待風聲小了，李梅蘭再找戶過得去的農家嫁了，還不是一樣？

「空竹啊……」

郝氏見她半晌不吭聲，準備再哭訴一番，不想旁邊的趙君逸卻淡道：「太鬧，是該教訓一下。」

郝氏大驚，瞪眼向他看去時，卻聽他又道：「妳也一樣。」

第六十三章

郝氏聽罷，一張老臉當場嚇得慘白，四肢跟凍在冰窟窿般冷得直打顫。想著那次李梅蘭的發病，不知怎的，她條件反射的捂緊衣服。

李空竹見她那樣，就挑了挑眉。「左不過都會影響她，這邊能拖，那邊卻拖不起。回去好好等著吧！」實在拖不下去了，任家遲早會妥協，畢竟沖喜要緊哩。

郝氏白著一張臉，眼淚簌簌的不停往下掉，張著嘴，想說什麼，卻發現在趙君逸的注視下，什麼也說不出來。

李空竹見她這樣，就喚于家的過來。「去找了村中趕車的趙大爺，將老太太送回去。」

「是！」

「空竹……哇哇……」一聽讓她走，忍了半天的郝氏，似再受不住般，竟一下癱坐在地，拍著地大聲痛哭道：「不能拖啊，拖著妳二妹妹這輩子就完了啊！她……她跟那任元生，嗚……那底褲還被任家小哥兒給攥在手裡哩。」

李空竹皺眉看著那哭得一臉淒慘的婦人，直覺無語得很。怎麼也沒想到，李梅蘭小小年歲，竟做出如此出格之事，虧她還有臉鄙視原身爬床！

「妳救救她吧，空竹！」郝氏抹著眼淚，再顧不得趙君逸的冷眼，拖著身子爬近，伸手就要去抓她的裙子。

李空竹見那滿手的髒污，身子就挪了下閃開。

抓了個空，郝氏又哭道：「任家說，要是不沖喜又不賠銀的話，就要拿著那底褲，挨個兒村去掛著哩，要真是那樣，妳二妹可就沒活路了啊！嗚嗚……那樣對妳也有影響，畢竟妳們是姊妹啊！」

聽她暗暗警告著，李空竹冷道：「別說我拿不出這般多的銀子，就是能拿出，我也斷不會為如此寡廉鮮恥之人浪費那麼多銀子。小小年歲不學好，竟學些下作手段，如此也該嘗些惡果才是。」

「空竹——」郝氏悲喊。

李空竹哼笑。「依我看，還是嫁過去的好。這不管賠不賠銀都已失身，若以後任家懷恨，少不得還會拿這事來說，既是如此，嫁過去起碼能保住名聲，也是條出路。」屆時任元生要是死了，她還可以自請離堂嘛。

郝氏不可置信的看著她。

李空竹則懶得相理的起身，見她又伸手想來抓自己，就很厭煩的道：「把老太太扶起來。」

「是！」于家的靠過來，彎腰要扶郝氏。「老太太，起吧！」

「空竹，那是妳二妹啊！她以前有啥不對的地方，妳就原諒她，要恨就恨俺吧，是俺沒把妳們生好啊——」

「老太太，起來吧！」于家的的見她不願起，就使著強力將她架了起來。郝氏被強架著，在那兒不甘心的要掙脫了于家的。

李空竹在邊上看著，只冷冷的扯了個嘴角。「妳確實沒生好，李梅蘭以後就留給妳好好教養吧！」

「空竹！」郝氏驚喊，瞪著悲情的眼，一臉失望的看著她道：「我是妳娘啊！妳怎可如此對我說話？」

「呵。」拿身分壓她？李空竹冷笑。「娘這是打算逼我與妳脫離母女關係？」

掙扎著的郝氏頓了一下，看著李空竹的眼神是前所未有的陌生，下一刻，又滿臉怒氣的叫道：「妳、妳個不孝女，妳說的這是啥話？」

「啥話？」李空竹挑眉。以前因占著原身的身子，總覺得該補償一點，對她們百般容忍。如今她們當真是越來越過分，看她三番兩次的好說話，就次次都不要臉的來找事？

既是如此，那她也沒啥好說的了。「自是人話。小鈴！」

「姑娘！」于小鈴聽得趕緊從外面跑進來。

李空竹瞥了眼臉有些白的郝氏。

「妳、妳要做甚？」

見她臉露擔憂，李空竹只當看不到般。「去叫里長通知村中百姓，對了，再去趙家族長那裡，將族人請來。就說我這趙家的兒媳被娘家逼得沒法了，要停了建作坊的事，為了我那好妹妹退親賠銀哩！」

「是，婢子這就去！」于小鈴認真聽完後，轉身就向門外快速跑去。

「回來！」郝氏看得大驚，在那兒不停的掙扎大喊。「快回來！」

李空竹只當聽不到般，又坐下後，見趙君逸面露笑意的向她看來，就也回了個笑。如今，她可不想再這般躲著、忍著了。為了讓他放心，心無旁騖的去幹他的大事，這些極品，就讓她來著手收拾吧。

想著，她轉眸看他。「可否把劍濁借一下？」

「自是可以。」男人點頭，朝暗處喚了聲。

當劍濁聽到趙君逸的喚，從暗處房梁飛下來後，郝氏又驚了一跳。

李空竹看著拱手聽令的劍濁，淡道：「去了李家村，通知一下李家的族人，還有我二叔他們。」

「空竹?!」郝氏這回是徹底的慌了。要是讓李家族人來的話，那她、那她豈不是……

「娘既然不想跟我做了母女，做女兒的自然要成全妳！」

「啊──」郝氏大叫，開始不住的亂扭起來。「我是妳娘啊！我是妳娘啊，妳咋能這樣啊？蘭兒也是妳的妹妹，妳咋就這樣冷血啊！啊……啊！」

她一邊大哭著，一邊見扭不開架著她的于家的，終是被激出本性的扭曲著臉，用腳向後踢踹起于家的的膝蓋來。

一邊踢還一邊大喊著。「放開我、放開我！妳這個不孝女、不孝女啊！我是娘啊！俺辛辛苦苦把妳從肚子裡生出來，妳就這麼對俺啊，老天啊！老天啊──」

那淒慘斷腸的哭聲，震得房頂都險些掀了。李空竹卻只淡淡的看著，不為所動的哼了聲，轉頭看著趙君逸道：「怕是要麻煩當家的了。」
趙君逸點頭，伸出長指一彈，一個東西順利的彈中了郝氏的穴道。
下一刻，果見她閉了嘴，驚懼的瞪著他們，在那兒一動也不動。
李空竹點點頭走過去，笑著拍拍她，令于家的將她搬到凳子上坐好後，便拉著趙君逸再次坐下，靜靜的等著人前來。
趙家村的人來得很快，尤其在聽說了李空竹的娘家來要銀，要停了作坊後，一路上更是怒氣沖沖，直罵郝氏不要臉。李空竹都是那趙家的人了，咋還有臉來找嫁人的姑娘要錢？都說過年過節走點節禮就算是敬孝了，哪兒還有這般明目張膽貪心的？
這越傳越烈，不知哪個又說出李梅蘭訂親的事，說那備著的嫁妝都值好幾十兩，憑那李家以前賣過女兒，哪能拿出那般多的銀子？指不定是找嫁人的大女兒要的哩。
這重磅消息一出，村中的人更是罵得厲害了。
大家心有不平的過來敲響院門，李空竹親自前去開門，讓他們進了院子暫歇。由於人多，她並未讓他們進屋，而是讓于家的跟于小鈴，把前段時間用在桃林的遮陽傘搬出來，撐在院子裡遮蔭。
待搬了凳子上了冰水，她才笑著解釋道：「屋子小，還請大家在這兒屈就一會兒，我已著人去喚里長跟族長。」
說著，她故作難過的用衣袖抹了下眼睛。「實在過不下去了，要說了我不孝也好。建這作坊，我可是存了好久的銀哩，眼看桃子再兩月就下來了，要停的話，那滿山的桃，到時賣給誰去？」

「趙三郎家的，不用說了，俺們都知道哩。這樣的娘，不認都行啊！」

「是啊，是啊！」這要的不是一兩、半兩，要得連作坊都建不了了，哪有這樣的娘家人？

一些人說著，兩眼就恨恨的朝堂屋看去，見裡面有個中年婦人在那兒低頭坐著，就不由得鄙夷。敢情這是裝可憐哩，可惜了，這事關村中生計，哪能讓她討了好去？

過沒多久，隨著院中的人越來越多，陳百生跟趙族長另還有幾位趙姓族老也跟了過來。

趙君逸作為趙家人，自是前去迎著他們進屋。

待于家的上了茶後，趙君逸拱手道：「我還著人去請李家族人，還請各位長輩多等一會兒。」

「無妨。」族長老頭瞇了下犀利的眼，掃了眼下首沒有吭聲，乖巧坐著的郝氏，又轉眸與趙君逸對視了眼。

見他點頭，就招呼著轉移其他族老的視線。

院中的人，在聽說還找了李家的族人，都不由得大呼著。「叫了他們也好，讓他們看看，他李家的媳婦是如何不要臉的逼死親閨女的？這嫁出的女兒潑出的水，就看他們還有何臉面？」

「說得是，一會兒咱們可要好好打打那群李家的臉。」

李空竹心下好笑，面上卻不動聲色。

那劍濁在請李家族人時，得知事情經過的李家族人都推脫著不願來。弄到最後，只餘李二林一人坐車前來。

李空竹在他到來時，趕緊福身行了一禮，又將他拉到一邊說了她這麼做的原因。當李二林在聽說李梅蘭已經失身，還被人拿走了底褲，那臉色氣得簡直堪比豬肝了。

李空竹見他滿臉怒氣，就說了自己的想法。「那邊要三百兩銀，我實在拿不出來，不是我這做姊姊的惡毒，這事若不徹底解決，給多少銀都是個無底洞。她若想好好保著名聲，只有嫁人這一條了。」

李二林點頭，臉色鐵青，心中惱怒，話中對李空竹的大張旗鼓，還是有點埋怨。「即使是這樣，妳私下跟我說就是，何苦整這般大的陣仗？」

李空竹苦笑。「二叔有所不知。娘跟二妹自拿到那二十兩的嫁妝銀後，已對我用了多次的逼迫手段，且次次都無理至極，若我再不想辦法制止，嚇她一嚇，往後怕是會更變本加厲了。」

李二林聽罷，看她半晌，仍心有顧忌。

卻聽她又道：「二叔放心，只單純的著人嚇嚇，讓她多少顧忌點。柱子老弟也不小了，作坊開業後，我打算讓他過來哩。那邊有建住宅，屆時過來幹得長的話，說的婆娘也可住在裡面，可不是好事一樁？」

李二林聽得臉上動容了下，下一瞬，心頭對她的不滿也消了。「一會兒我進去跟你們族裡賠個不是，妳娘就交給我來處理吧！」

「是，煩勞二叔了。」李空竹點頭，比著手勢請他進堂屋。

待李二林進去後，在掩門的同時，她給趙君逸打了個眼色。只見他頷首，就隱著手指又向那坐著的郝氏彈了一指。

「唔！」這一彈令郝氏一哼，重心不穩，直直的向地上倒去。

眼看就要倒地了，她本能的啊了一聲，兩腳一蹦的從椅子上跳起來。這一跳，她發現自己能動了，驚恐的向趙君逸看去。

李空竹將門關上後，就對在座老者們福了個身，說明了一下自己娘家妹妹的情況。「雖說退親有違道德，可要銀這般多，我這個做姊姊的也實在拿不出來，就算是停了作坊、賣了鋪子，離那三百兩還有好大截哩。」

被關在外面的村人聽了這話，皆齊齊的倒吸了口氣。「那任家的也太過不要臉了！人都要死了，要人沖喜本就不厚道，居然還有臉要三百兩？」

「誰說不是哩？簡直是可恨。這郝氏也太好說話了，人要三百兩妳就給啊？不過是訂個親罷了，退親被人說道幾句就說唄，反正都還小著，過個兩、三年，再找戶人家，不也同樣找得好？」

「可不是，有空竹這麼個大姊在，能找多差的去？」

「是啊！這就是外弱窩裡橫的玩意兒，要是老娘，非得鬧死他們不可！」

外面你一句、我一句的高聲議論，令坐在堂屋裡知情的李二林一臉鐵青，直恨不得找個地洞鑽進去。

同坐在屋裡的趙家村里長、族長跟族老們聽了，亦是面帶責備的看著下首又驚又怕的郝氏。

「我說李家的，妳再是如何沒法子，也斷沒有這般逼迫閨女的。要知道，妳這閨女嫁來，可是屬趙家的人了，就算要孝順，頂過天也就年節時走動一下，妳這般貪心，可知妳要的銀，都是屬了趙家的？」

「族長說得是。」底下的族老們點頭附和。「再說了，不過退親罷了，那任家再是如何，都是等不起的，如此拖上一拖，到時那邊急著沖喜，哪還有不妥協的道理？」

「是這麼回事！」

郝氏白了臉，看著眾人你一句、我一句的批她，心頭很是不悅，忍不住向李空竹看去。

李空竹見狀，故作難過的別過臉，一雙眼還紅了。

那邊的李二林見狀，瞇眼打量了下還在那裝可憐的郝氏。

起身不著痕跡的移了身子，正好擋住郝氏向李空竹祈求的目光，冷聲道：「大嫂，蘭兒的事，咱們回去說；任家讓嫁，我李家的女兒也斷沒有那勢利之說。當初訂親可是千挑萬選上的，如今這樣，怎能做那背信之人？回去後，我會請示族裡的。」

郝氏一聽說請示族裡，就縮了下脖，再去看他，見他眼裡似盛了滔天怒火般，直恨不得將她燒死，就害怕的抖了抖。

李空竹紅眼泣道：「娘，我都跟二叔說了哩。」

郝氏聽得登時腳下打趔趄，一雙眼很驚恐的瞪著，嘴皮子哆嗦個不停，接著捣臉大哭。

「哇！都知道了……他二叔，你該是知道，若不答應，蘭兒就沒活路了啊！」

「怎就沒活路？不就是讓嫁嗎？」聽她哭得煩人，李二林又忍不住暴脾氣的低喝。「給老子止了哭去，再是這樣，這李家可就容不得妳了！」

郝氏被喝得呆住。

李二林見此，快速的拱手朝趙姓這邊的族人、里長道歉。「這事我老李厚著臉皮在這兒給各位賠個不是，如此不要臉的事，族人都覺沒了臉皮，這銀子也是斷不能要的。我李家的女兒沒有那背信之人，當初大姪女婿那樣，空竹都能嫁來，更何況這還是她們親自選的，就更不能做出此等受人唾棄之事了！」

趙族長聽了，又收到趙君逸遞來的眼神後，就點點頭，指著郝氏道：「如此甚好。不過這事之後，還請這位親家以後還是少來敝村的好，畢竟她做到這分兒上了，便是親母女也難做了。」

「空竹啊──」一聽母女難做，郝氏一口哀怨又嚎了出來。「我是妳娘啊，妳作何要做這麼絕哦？我的老天啊！嗚嗚……」

看她又在捣臉嚎喪，李二林氣得臉色鐵青。他在這兒極力挽回李家的顏面，她倒好，教出的女兒如此不知廉恥的與人無媒苟合，還有臉在這兒哭上了？想想，都替死去的大哥不值。

「夠了！再鬧，就滾回妳郝家去！」

郝氏顫抖，鬆了捣臉的手，一臉的灰敗外加可憐的看著屋中眾人，口裡喃喃著。「這是在逼死我啊！」

「沒人逼死妳！」李二林一副咬牙切齒的看著她，道：「妳若還要了臉面，就趕緊回去給那不要臉的玩意兒備嫁去。否則，不僅是妳，連她都別想再待在李家！」

「他二叔！」郝氏驚呆。

李二林是懶得再看她這拙劣的表演，揮著手，跟屋中人作揖道別。「那啥，這事就這樣吧，人我帶回李家發落了。」

「嗯。」趙族長點頭。

李二林聽罷，直接過去拎了郝氏的衣領，低吼著。「跟我走！」

「他二叔！」郝氏被拉了個趔趄。「蘭兒不能嫁啊！」要嫁了，以後還咋再找好人家啊？要真當了寡婦，一輩子就那麼完了啊。如今她兒子靠不著，大女兒又這樣疏遠，二閨女再被當成笑話，她要咋辦啊？

想到這兒，她又大哭起來。

李二林被哭得心煩，直接想一巴掌抽死她。可想著畢竟是自己的嫂子，就又忍著氣怒，將人用力扯出了屋。

這一扯出去，就見滿院站著不少趙家村人，大家再看到他們，紛紛指指點點的說著郝氏。有那聲音大的，甚至直說郝氏是個蠢人，這事明擺著好解決得很，偏非得要了那銀，也不知這腦子是咋長的？

李二林被看得臉臊得慌，郝氏卻還在掙扎哭叫著「空竹」。

李空竹站在後面靜靜的「抹淚」，一副愛莫能助的樣子，惹得趙家村人看得很是義憤填膺。

也不知是誰，突然叫了一句。「滾出趙家村去，以後都別再來了，要再來，當心俺看妳一次揍妳一次。」

「對，滾出去！」

「滾出去！」

人群中有人開了頭，緊接著就是大家一波接一波的不斷高叫著。

那齊心震耳的聲音，直把個郝氏嚇得心肝亂顫。白著臉、抖著唇，再不敢哭叫的搗了臉，任李二林拖著她出院。

李空竹作勢追了幾步，追到李二林時，拿出了二兩銀子。「實在沒有多餘的銀了，這點銀子還請二叔幫拿著，回去後，記得幫我拿給我二妹，就當是我這做大姊的給她添箱了。」

她嘆了聲，又道：「出了這事，我怕是沒法去幫著送嫁了。」

大家一看那二兩銀，皆吸了口氣。「當真是好生大方，這二兩銀子，可是夠一年的吃喝了。」

「可不是呢！」

隨後大家又紛紛讚起李空竹的孝順，說她也不易，這好不容易有點進項，又被娘家這般巴著，就是有那金山銀山都不夠揮霍啊。

邊上搗臉的郝氏將這些人的話，一字不漏的全聽進耳裡。面對著李空竹這前後的兩張臉，她終於明白過來，心底升起了一絲怒火。

李二林接過銀，沈著臉點點頭。

李空竹讓于家的去找了趕車的趙大爺，很有孝心的讓他們坐上後，送他們出了村。

屋裡的里長他們，見事情也完了，就招呼村人趕緊散了。

待院中徹底冷清下來，李空竹看著不早的天色吐了口氣。「正正好！」好在驚蟄還未下學歸來，不然可又要在他心裡劃上一刀了。

趙君逸看她那樣，難得肯定的點了下頭。「倒是用了好手段。」

「嘿嘿！我也不能靠你一輩子嘛！」她笑著過來挽他的手。

那邊一直躲著的華老見清靜了，才剛出來，就聽到兩人的對話。再看了那旁若無人的恩愛樣，終是沒多說什麼的又退了出去。

第六十四章

晚間，在大家都洗漱歇下後，李空竹躺在炕上，說出了心中的疑惑。「那任元生前段日子還生龍活虎的，咋這一晃眼就要不行了哩？」且看當時臉色紅潤白皙，根本就不像要得病的樣子啊。

還是說他老子先病，把他給傳染上了？

黑暗中的男人聽她問，平靜的看著某處哼了聲。「管那般多作何，趕緊睡了。」

「說得也是！」李空竹黏著他，點頭笑道：「我這心裡不知咋了，還興奮得痛快著哩。」

趙君逸勾唇，更痛快的還在後面呢……

鬧事後的第三天，是李梅蘭沖喜的日子，李空竹沒去，卻被蔫蔫回來的李驚蟄告知，在接親的早間，新郎官斷氣了。

「任元生死了？」

李空竹很驚訝的道了句。「這也太快了吧！」才幾天啊，人就沒了？

李驚蟄整個人無精打采的癱坐在了椅子上。「是真的，還來鬧了場哩。二姊被打得面目全非，我都快認不出來了。」還未到拜堂呢，新郎官就被剋死了，以後二姊在婆家的日子怕是不好過了。

李空竹見他那樣，就過去伸手摸了把他的小腦袋。想他小小年歲就被大人間的諸事攪得不寧，也著實不易。「你如今啥也別想，只管好生念書就成。」

「嗯！俺知道哩！」李驚蟄順著她摸頭的動作想躲她懷裡一會兒，不想正伸手討抱，那邊自家姊夫卻突然從門口出現。

這一個冷眼飛來，嚇得他趕緊又將手縮了回去。

趙君逸沈著鳳眼大步的進來，拉過小女人安撫自家弟弟的手。「該是吃飯的時候了，去淨了手。」

李空竹被強行拉著也不惱，嘻笑了聲後，便抬步跟著他出了屋。

李梅蘭這事就似個小浪一翻過去了，作坊的建築卻快速的進展著。

待到七月下旬，冰鋪徹底的停業，鎮上的小子跟半大女娃們也都拿著工錢回了村。此時的作坊，也因人多力量大，已到了上梁之期。

這一回的上梁，李空竹是全權交給趙君逸去辦。

因是全村的利益，各家各戶都拿著禮去了作坊吃席。

李空竹也捨得，直接訂了一整頭豬燉了，好好的把全村人招待一番後，又說了下自己將來的大計。為了防人走漏消息，屆時進作坊的人除了要簽保密協議外，且作坊的全年收入她還會拿出一成來分給全村的所有住戶。

「雖說不多，卻是我的一點心意，屆時還請各位叔嬸哥嫂們監督。為了咱們村共同的利益，可得守好村中這個秘密才成。」

眾人聽了她如是說，皆好半天反應不過來，陳百生也愣著說不出話，直到她叫了好幾聲里長後，才堪堪回神，叫道：「趙老三家的，妳說的當真？」

「當真！」李空竹點頭。「作坊就這般大，不可能顧全全村的人，屆時沒顧到的村人，不能來作坊幹活，我李空竹占著趙家村的地頭，也斷沒有吃獨食的。

「我還準備將咱們村整成全環城鎮最富有的村落，屆時，讓咱們全村的姑娘、小夥子都成那搶手的香餑餑，讓外面的人擠破頭的想爭進咱們村。這樣一來，咱們就能把這趙家村壯大成幾百戶甚至上千戶的大村莊，讓外人誰也不敢再小瞧了咱們，大家說這樣可好？」

村人對於壯不壯大村莊沒甚興趣，只在乎有銀子就可以。聽了這話，哪有不好的理，直點頭拍手的說她心地善良，讓她儘管放心的去幹，說是定會幫著監督那監守自盜之人，不讓外人盜了村中的秘密。

李空竹自是感謝一番，還很尊敬的請了陳百生屆時代為執筆寫契，到時請全村人按手印作證。

彼時陳百生內心也激動不已，看著李空竹行禮，他是連連說著不敢，眼眸裡卻盼著她早日完成這事才好。

王氏在婦人那桌聽得早已坐不住的起身，奔向自家將筆墨拿過來，說是趁眾人都未散，擇日不如撞日，先寫了這契約才好。

見眾人也說好，李空竹自是不會推辭。待陳百生將契約寫好，眾人都按了手印後，這場上梁宴也正式的落了幕。

拿著契約的李空竹，心情甚好的跟著自家男人回家。坐在堂屋裡，又著于小鈴研磨取紙，她準備先訂下一些坊規來。

趙君逸一直在旁默默看著，見她寫得認真，就有意引她注意的偷瞄幾眼。

沒幾下便被小女人發現，只見她趕緊捣了那醜得無顏見人的字，很不滿的瞪著他。「不許看。」

男人點頭，看著她道：「確定不要我代筆？」

「不需要！」睨了他一眼。「俺這是練字哩，你懂個啥？」

了然的點頭，男人靜坐在那兒默默的喝起茶來。

李空竹趴在那裡聚精會神地好不容易將規定寫完，再抬頭時，卻見男人不知何時不見了影蹤，便招手找來于小鈴相問。

「姑爺嗎？剛看劍濁好像從外面飛進來與他說了些什麼，隨後就見他起身離開了。」于小鈴疑惑的看著她，道：「姑娘不知道？」離這般近，就在眼前哩。

李空竹呃了半晌。她一個勁兒的埋頭苦思冥想，哪有那多餘的心思去管他？想到這兒，又揮手故作不在意。「算了，不管他了，今兒心情好，教妳做樣新吃食。」

「啥吃食？」于小鈴好奇道，想著她的手藝，吸了吸口水。

李空竹看她的神色，想著前世的美食，被引得跟著吸了吸口水。雖說立秋了，可秋老虎的熱力還是很厲害，如今不用大量的做冰，有了多餘的空閒，倒讓她想起前輩子吃的涼皮跟麵筋來。「洗麵筋！」

「洗麵筋？」

李空竹賣著關子，帶著疑惑的于小鈴鑽進廚房，又拿出麵粉，和好麵團。

教于小鈴將那麵團搓得只剩下一點的小糊狀後，再放鍋裡蒸上幾分鐘，這樣一來，麵筋就算作做好了。隨後，兩人又將那洗出的澱粉做了涼皮。

待做好，涼皮切條，麵筋切塊，再用過了油的辣子、蒜水、陳醋一拌，立時那飄散著獨有的蒜香酸氣，勾得人是滿口生津。

正當李空竹拌好涼皮，準備讓于小鈴分出給眾人嚐嚐時，那邊于家的聽著院門響，快速地去開門。

剛將門打開，一道既熟悉又陌生的男音竄了進來。「想不到一別經日，趙兄家中竟有了如此變化，當真錯過不少啊！」

正端著涼皮出來的李空竹聽罷，尋眼向那院門口看去。

見正向這邊步來之人，手拿金絲摺扇，一副風姿瀟灑的騷包樣，就忍不住在心中翻了個大白眼。

那邊過來的崔九正好亦看到了她，一雙修長上挑的桃花眼笑得好不曖昧，衝她作了個揖。「嫂夫人，多日不見，別來無恙！」

「崔九老弟。」李空竹衝他點頭，只當不知他的身分，對後面的趙君逸道：「還說去哪兒了，卻原來是去迎了崔老弟，正好，我剛做了涼皮，一起吃點解解熱。」

「涼皮？那是何物？」

李空竹抿嘴不語，那邊的趙君逸過來接手。「吃過便知。」

崔九聳肩，對身邊的兩侍衛打了個眼色，就見兩人迅速地隨劍濁隱了身去。

李空竹想了想，又著于小鈴再多做點涼皮出來。「一會兒放於廚房裡就成，三位壯士可不能餓著了。」

「是！」

李空竹將涼皮端進堂屋，又親自去村中找到正跟老頭們閒聊的華老。

兩人剛回來，就見崔九很討好的從上首步了下來，拱手腆臉笑著。「舅公！」

華老瞪他一眼。「如何現下才來？」

「路上甩了些人，父皇又交代了些事情，便耽擱了。」

華老輕哼，李空竹則將拌好的涼皮盛進小碗裡。「沒有芝麻醬，不過味道也還不錯，大家一起嚐嚐吧！」

見是新奇之物，華老就問了這是何物？李空竹答是涼皮，並親自端予他手中後，道：「且嚐嚐看合不合胃口？」

老者知她手藝，自是沒有異議的嚐了一口。一入口酸溜爽滑開胃，不由得大讚了番。「倒是難得之物。」說罷，又快速的吸進幾口。

那邊的崔九見狀，跟著端起嚐了一口，瞬間滿意的瞇了一下眼。「當真是新穎之物。」說著，亦跟著華老一起，開始吸溜起來。

趙君逸端著小碗，看女人自個兒沒有盛，就將自己的碗遞給她。

李空竹搖頭。「我回房吃。」給另兩人行了個禮後，便向屋外走去。

趙君逸看得輕蹙眉尖，崔九卻乘機抬頭，看了眼旁邊之人道：「當真進展神速。」

不鹹不淡的瞥他一眼，男人優雅的吃著碗中之物。華老在吃完一碗後，接著又盛了一碗，趁空檔問崔九。「藥可帶來了？」

崔九跟著也盛了一碗。「自然。拿到後，就馬不停蹄的趕來了。路上我那三皇兄可沒少蹦躂。」說到這兒，他又看向一旁的趙君逸。「來餘州的路上聽暗衛說，環城的縣官是三皇兄的人？」

「嗯。」趙君逸點頭。「知情人已解決，剩下的縣官就交給四皇子吧。」

「這個好說！」唏哩嘩啦又一小碗下肚的崔九，拿著鑲金絲的綢帕擦著嘴，末了輕咳一聲道：「信已截下，那人我也派人在暗中盯著。倒是你……」

他別有深意的拍拍趙君逸的肩膀。「下手夠狠的，怎麼說那也是你妹夫，將來可是一家親，這樣斷人性命，就不怕嫂夫人埋怨你？」

淡漠的瞧了他一眼，男人將吃完的碗放下，見老者亦是吃完後，就打算喚于家的過來收拾。

起身，並不回他話，另道：「想來舟車勞頓，四皇子這一路風塵僕僕，身子必是乏了，臣現下就著人將房間收拾出來，再備了熱水為四皇子洗塵。」說罷，就假意拱拱手，走了出去。

崔九看著那遠去的背影，轉回頭看了自家舅公一眼，指著閃過窗框的身影道：「那邊好似是主屋？」

「哼！」老者冷哼。「休得多管閒事，你也有王妃，屆時好生學著點。」

「是是！」崔九漫不經心的點頭，起身上了堂屋小炕，蹺著腿斜躺下去。「看來得等一會兒了，我且先在這兒歇上一歇。長途奔波，倒是乏得緊。」

華老瞥了他一眼，見不過轉瞬他已睡了過去，就不由柔了臉，眼露寵溺的哼了哼。「臭小子！」

聽說拿到了解藥，李空竹對崔九這小子是立刻就熱情起來。

將東廂的兩間房其中大的一間收拾了出來，又親自拿了新被褥，連冰盆這些，李空竹都未曾假手他人。

崔九對於這一熱情招待，自是理所當然的受著，又要求她晚間再做一頓那涼皮。

材料都是現成的，李空竹也沒啥好拒絕推辭；因沒有芝麻醬，就讓劍濁去鎮上磨油的油鋪買了些回來。

為了味道更加正宗，李空竹還去村中要了些嫩頭黃瓜，切了絲一同拌在裡面。待到做好，晚上李驚蟄也下學歸來，一夥人就坐在院中痛快的吃了一頓。

飯後，依舊是大家坐在院中歇涼。

崔九毫無皇子形象，慵懶的躺在躺椅上，愜意的伸著腰，端盞刮著杯中茶沫。「這用了醬味道果然不同，如此再配上爽口黃瓜，竟比下晌時還要好吃幾分。嗝！」

極為不雅的一個大嗝，惹得華老頭將之鄙視了一番。「這是幾輩子沒吃過好東西不成？皇城裡的東西難不成還少過你的嘴？」

「嘻嘻，瞧舅公說的。這山珍海味再是精貴，吃得多了，也終有膩煩的時候；再說嫂子這手涼皮確實好吃，比那珍饈來，依我看也差不了多少呢。」

一通馬屁雖拍得好，可李空竹卻沒心思在這上面。看李驚蟄在那兒拄著個下巴一臉好奇樣，就吩咐了聲。「驚蟄回屋去，若不想睡的話，就溫習遍先生授的課業。」

「俺還有些熱哩，大姊。」李驚蟄不想進去，想繼續聽他們說話。尤其對那愜意不已的崔九，更是令他心生好奇。

穿著一身亮閃閃的薄絲綢不說，連手帕都是鑲了金絲的，聽口氣還說到過皇城，感覺好像是位很厲害的人物。

「若熱就讓小鈴給你再上盆冰。這兒大人有話要說，有啥想問的明兒再問，可行？」李空竹雖用商量的語氣，掃過去的眼神卻不容質疑。

李驚蟄癟了下嘴。「知道了！」

看著小兒頹然的起身離開，崔九拿著金絲扇，騷包的搧了搧。「小兒倒是乖巧，都是半大小子了，想來沒什麼聽得聽不得的。」

李空竹拿眼橫他，見驚蟄似看到希望般的轉眼看來，就對他揮手讓他快走。

待看到李鶩蟄進了屋後，女人才不滿的看向崔九道：「你莫要誘惑他，而且我也不希望他知道太多。」好好的童年享不了，小小年紀被逼著承擔大小事，那是他們有權人的福利，她可不想讓自家弟弟過於早熟。

崔九陪笑。「倒是逾越了。」

李空竹才不想跟他探討這些，她是有另一事兒問。

看了眼一旁一直淡淡不作聲的自家男人，就暗地裡伸手扯了他衣袖一下。見男人眼露愉悅的看來，沒好氣的橫他一眼。有毒的是他，竟是問都不問嗎？

「無須擔心。」大掌裹著她的小手，令旁邊的兩人別有深意的笑了笑。

「嫂夫人可想知道君兄之毒如何解？」

李空竹忍下沒用白眼對他。這不是廢話嗎？

趙君逸淡淡的掃了這邊的華老頭一眼，卻聽他道：「還得等上兩日，待藥材備得充足後，方可裡外調治。」

「裡外？」李空竹疑惑。「不是光吃解藥就行啊？」

華老輕哼。「要如此簡單倒還好。」

「解藥引是極寒之物，且他中的亦是極寒之毒，光吃解藥，憑他再有如何高深的功力也逼不出毒。因此，還得用極陽的藥浴方法，內外調和著。」

「藥浴？」

「對！」

李空竹不懂什麼極寒極陽，只知道在準備好藥材兩日後的晚上，在後院裡，看著男人脫得只剩褻褲，在院中臨時打出的灶臺上的大水缸裡打坐，才明白了藥浴是怎麼回事。

難得瞧見他的狼狽樣，一時間，不禁有些憋不住的笑出聲。此時灶眼裡的柴禾正旺，而那坐在缸裡的男人，正閉眼全力的運著功。

院中瀰漫著一股濃濃的中藥味兒，李空竹看著男人額頭滲出的大顆汗珠，趕緊憋笑的上前，拿著巾子為他擦汗。

男人不經意的一個睜眼看來，見她一臉笑意眼露調侃，就不由得沈了臉。

坐在一邊的華老頭見狀，過來就是一掌狠劈在他頭上。「靜心！」

趙君逸黑臉，卻又不得不照做的閉了眼，暗中調勻呼吸，任女人在那兒憋不住的逸出笑，只好故作聽不見。

李空竹雖覺這法子好笑，可到底還是有些擔心。見火越來越旺，男人的汗也越來越多，忍不住看著那頭愜意坐著歇涼的華老，問：「這還得多久？還有火這麼一路旺著真的沒事嗎？」

華老不語，只閉眼靜靜等著。

李空竹見狀也失了笑意，只得暫壓心中焦急，拿著巾子時不時替男人擦著額頭上的汗。

終於，于家的從前院端著熬好的藥過來。

華老見此起了身，自于家的手中接過藥碗，走過來，對男人輕拍了下。「喝下！」

趙君逸睜眸。此時的他，全身上下被高溫藥浴蒸泡得通紅，聽了這話，自水中拿出紅透的臂膀，伸手接過藥後，半分猶豫都沒有的仰脖喝了下去。

「待再一次出大汗後，就可慢慢撤出柴禾了。過程需持續半個時辰。」華老接過藥碗，見男人眉頭緊皺，就解說道。

李空竹點頭，拿著巾子正準備再給男人擦汗時，卻見此刻他的臉色好生難看。

「很痛苦？」

「無事。」自牙縫蹦出兩字後，男人又閉眼調節起體內的氣息。

李空竹在一旁時刻的觀察著他出汗的情況。

待終於看到他那額頭和通紅的臉上都出現汗水後，就趕緊與于家的兩人相互接替，將柴禾從灶眼裡移出來。

半個時辰後終於熄了火，女人趕緊上前去扶缸中坐著的男人。

此時被她扶得半站的男人，全身上下燙得嚇人，似沒有骨頭般軟綿綿的，使不上一點力氣。

看著他懊惱緊皺眉頭，想獨自撐起身，李空竹趕緊將他胳膊從自己脖子處環過。「別怕壓著我，都什麼時候了，還顧這些。來，搭著我慢慢出缸。」

暗中的劍濁亦是早跟了過來，見著此景，只好意的在後面幫扶了把。

趙君逸聽了這話，雖說止了獨自撐起身子的意圖，但壓著她的半個身子，還是儘量放輕了。幸而劍濁在後頭幫忙，倒是很順利的從缸中走了出來。

這一出來，于家的就趕緊拿著乾爽的長袍過來，給他披在身上。

李空竹彎著身子為其拉好後，便扶著他蹣跚著腳步向前院行去。

前院的崔九與華老正在商談著什麼，見到他們過來，皆起身相迎。

背後的劍濁見狀，改幫扶為正扶的顯了臉，給兩人作了個不工整的揖。

崔九問道：「如何？可是好點了？」

趙君逸淡淡抬眸，抿著乾澀的唇，虛弱的輕嗯了聲。

「解毒過程有些複雜，再一回後，痛苦就可逐漸減輕了。」華老補充了句。

「嗯。」

趙君逸點頭，李空竹卻急著將人扶回房去休息，催道：「有話留著明兒再說吧，這會兒還是趕緊休息為好。」

華老頷首，拉著崔九讓了道。

將男人扶回房，關了房門，屋中只餘兩人後，李空竹看著炕上一動也不動的憔悴男人，眼泛心疼的走過去。

想著從前他就算臉色再是蒼白的打坐壓毒，看人的眼神永遠都是平淡冷漠，行走的姿勢也永遠都是挺拔傲氣。而能將如此驕傲之人，弄得這般四肢無力又渾身癱軟，可見那毒有多麼陰險霸道。

伸手輕撫了下男人的俊顏，對上他轉眼看來的鳳眼，問：「可要喝水？嘴都起皮了。」

第六十五章

男人搖頭。此時他連伸手的力氣都無，只想就此一覺睡過去，哪還有心情去管起不起皮？

李空竹見狀，笑著拿起炕桌上的小壺倒了杯溫水，端杯輕抿了口。轉頭，就將一口清甜之水就著他的薄唇渡了進去。

待餵完，見男人眸中閃過驚怔，就好笑的拍拍他，調侃道：「幹啥？好不容易你倒一回讓我占回便宜，還不願啊？我都讓你占了好幾回，怎麼著，也得讓我扳回一城吧。」

男人勾唇。「知道了。」

「我又不傻！」女人嘀咕著拿眼瞪他。當初沒有親吻過自是不知那是什麼玩意兒，如今都在一起睡過了，親也不知親了多少回，回想起正月得病那次，要是再猜不出來，可不就真笨死了？

「呵——」男人輕笑出聲，憔悴的臉上難得的放了光彩。「當真不傻！」

李空竹見他揶揄，就故作惡狠狠的磨牙，露出一排小米牙道：「再敢嘲笑，當心在你胸膛烙印。」

「不敢。」男人悶笑著，無力的搖頭，難得的配合著她。

李空竹挑眉一下，隨即脫鞋摸上了炕，吹燈躺在他的身邊。就著月色，將下巴拄在他的肩頭看他，用他的語氣對他道：「累了，快睡！」

「好。」男人無聲的勾唇，聽話的閉上眼。

可能解毒當真耗費了男人太多的精力，他才一閉眼，很快就沈睡過去。

黑暗中，女人就著月影聽著他沈穩的呼吸，用小手輕描他俊逸的臉形。

「還有多久才好哩？」

她喃喃著埋首在他肩窩，心頭止不住的泛酸……

果然如華老所說，在趙君逸再次經歷過一回那極致的痛苦後，後面的解藥，便慢慢溫和起來。藥浴雖還是在火上進行，但再不用那般長的時間，且每次趙君逸在藥浴過後，即使還是疲憊，但已有餘力走出藥缸了。

如此一連進行了七天，待最後一天趙君逸自那缸中出來後，整個精神大好，神采煥發。

他披著衣袍從後院過來，華老幾人招手讓他近前。

李驚蟄則趕緊讓了自己的位置。「姊夫，坐俺這兒吧！」

李空竹笑著摸了他一把，待于家的跟于小鈴又端來兩把椅子，大家皆坐下後，華老這才開始為男人診脈。

「如何？」一盞茶工夫見他鬆了手，李空竹忍著焦急，看著他問。

「自是無礙了。」華老捏鬚。「明日再調理一服藥即可痊癒。」

李空竹心下一鬆，臉上的笑也跟著自然不少。

一旁的崔九見狀，把玩著摺扇，揶揄的笑道：「嫂夫人倒是對趙兄關愛有加，這幾天衣不解帶的照顧著，連那好吃的涼皮都未再親手做過了呢。」

李空竹白了他一眼，趙君逸也尋眼看去，見他在使眼色，眼神閃了下，並不作聲。見看過了診，也沒有啥事後，李空竹就拉著趙君逸準備去休息。

崔九在一旁見狀，先一步的起身，伸了個懶腰道：「是該多休息休息才是。這些天擾得很，我亦是沒有睡好呢。」

華老聽得冷哼一聲。「天天日上三竿才起之人，也敢說沒睡好？」

「嘿嘿，這話說的……」崔九放下伸展的手，回頭看著華老笑道：「舅公，您老人家又不是沒經歷過，該知那前三十年睡不醒，後三十年睡不著的痛苦吧！」

「你個臭小子，你這是啥話？是咒老頭子我睡不好不成？」華老聽罷，橫眉怒目，立時起身就要去揍他。

崔九見狀，趕緊腳底抹油，哈哈大笑。「不敢不敢，外甥孫哪敢如此咒舅公？要知您老那呼嚕震天響，我就是懷疑了誰，也斷不會懷疑您啊！」

「你個臭小子！」華老被他調侃得老臉一紅，邁著老腿就追了上去。

那邊崔九一看，亦是加快步子向自己的東廂跑去。

看著兩人你追我趕，李驚蟄拄著下巴，天真的眨眼道：「這兩人都那麼大了，還幹這麼幼稚的事，俺早幾年前就不玩了。」

李空竹亦是木著臉，眼中鄙夷不已的點頭。

趙君逸沈著臉不知在想什麼，見這邊鬧劇收場，就起身拉著小女人，又吩咐李驚蟄道：

「睡了。」

「喔！」

眾人辭別，各回各屋去睡了。

日子進入八月，農村田間呈現出一片黃燦燦之景。稻米與玉米皆到了成熟的重要時期，看這樣子，不出半月，就又到了一年中最為農忙的時節了。

村中，作坊如今也蓋上了瓦，那先修建好的宿舍，李空竹最先分給了幾個有家室的守山農家漢。另外的半大小子，則讓他們暫時先擠在一間住著，並承諾著待他們日後成婚，若還在作坊上工，都可來找她申請住房。

這一重磅消息，令村中又炸開了鍋，紛紛眼露欣羨的同時，還時不時前來探問李空竹何時開工？

這日李空竹前去山上巡視了一圈，見那黃桃已經長得很大了，就順勢拿籃子摘了一些回去。

去廚房跟于小鈴母女兩人將桃洗淨，削了皮弄成大小均勻的小塊。

再拿出小爐、小鍋，放桃塊進去，將水放到與桃齊平冒出一點，接著加入冰糖，熬煮到口感軟中帶硬後，放涼了再放入那瀝乾水的小罐裡，倒入熬煮之糖水，加以密封好就成了。

桃罐頭的工藝很簡單，想通了其中關卡就能做出來，是以這一點上，李空竹還真是不得不防。

抱著做好的罐頭去後院冰窖，路上不期然的碰到了出門回來的趙君逸與崔九。兩人看到她，皆挑了挑眉，崔九更是嘴饞的看著她懷裡的罐子，笑問著是什麼好吃的？

李空竹本不欲作答，又似想到了什麼般，笑眯了眼道：「自是好東西，不過得等上一等，味兒才更佳！」

「哦？那我可就等著嫂夫人又做出一美味了。」

「自然。」李空竹施禮後離去。

崔九搧著扇子看著遠去的人兒，挑眉看向身旁的男人道：「如今靖國乾旱，結的可都是癟穀子。本王剛還得一消息傳來，聽說九王欲加重稅糧，你說，他這是在打什麼主意？」

男人隨著他向東廂步去，聽了這話，冷笑道：「他最擅長布局，想來想搞得民不聊生，乘機發動民變吧。」暗中觀察了這般久，他要還不知九王的打算，當真是枉費了。

崔九點頭。「若成功的話，他就成了煽動這場政變的最大得利者。」

屆時，在民生怨聲載道下，乘機奪得帝位，這樣一來，不管是民間的聲望，還是皇城內，都被九王一手掌握。

如此，上位成功後，他再承諾許給黎民百姓一些好處，再殺幾個貪官，來個開倉發糧，到那時，為了飽肚的百姓，哪還會去罵他弒兄奪位，行了大逆不道之舉？怕是叫好都來不及。

末了，崔九嘆道：「倒是好深的心機！」

趙君逸嘴角掛著冷冽至極的殘忍之笑。「此人謀劃這般多年，想來各方面都已成熟。如今的靖國之旱，怕他還覺得是天助他呢。」

崔九笑看著他，將搖著的扇子輕輕合攏。「如此，倒是可先滅他一路，讓其先急上一急。」

趙君逸心中明白。「何時開始？」

「不慌，怎麼也得先等那加稅的消息發下去，百姓動亂了後才行。」說著，他又一笑。「加上嫂夫人的新品未吃，君兄難不成捨得？」

冷冷的瞥他一眼，男人自炕上起身，神色整肅，拱手作了個揖道：「何時前去，屆時請四皇子及時給臣消息。臣，定當萬死不辭！」

「好說！」崔九眼中滿是笑意，偶爾閃過的精明昭示著他的滿意。

那邊李空竹將桃罐放入了冰窖，等了一天後，在第二天晚飯時，就著于小鈴去冰窖拿出來。

屆時她剛將密封的樹葉和著蓋子打開，立時一股甜甜香香的味兒竄出。她聞著黃桃罐頭獨有的香味，笑眯了眼，拿著乾淨的勺子給每人盛了一小碗。

眾人拿著小勺子，看她試吃後，亦跟著挖了一塊進嘴。

「好吃！」驚蟄最先嘆出聲，又喝了口那冰涼甜香的罐頭水。「大姊，這湯也好喝哩。」小子一邊讚嘆，一邊仰頭很崇拜的看著她，只覺自家大姊當真好生厲害，會做這般多的吃食。

李空竹看他閃著一雙亮晶晶的眼，就止不住的輕笑出聲，從自己碗裡舀了一勺進他的嘴兒。「好吃就多吃點。」

「嗯！」

無視邊上自家姊夫掃來的冷眼，李驚蟄在接過大姊的餵食後，又趕緊埋頭將自己碗中的幾塊黃桃送進嘴裡大嚼。

那邊的華老吃過後，很中肯的給了句。「難得保留著桃香，水裡亦是混著果味，甜而不膩，果肉也不硬，倒十分適合似我這般上了歲數之人。」

「真的？」旁邊崔九聽得挑眉，見老者瞪他，就又嘻笑一聲。「若真如了舅公說，再過幾天可就是皇……祖母的生辰了，如此好禮，自是不能錯過了。」

「承蒙崔九老弟看得上，若真是這樣，明兒開始，我倒是可先命村中試做出來哩！」

崔九眼皮跳了跳，瞥了眼趙君逸，見男人臉色淡淡的點頭，就有些咬牙切齒。敢情這是想拿他作筏子，跟宮中連繫？

放了匙，用金絲帕抹淨了嘴，笑道：「不是不可以，可這白跑的路……」

「崔九老弟放心，一年送一批的桃，所得之銀予你二成可行？」見他別眼癟嘴，女人輕笑。「我這村中得分一成，跟旁人也有合作，還望體諒！」

「倒是沒什麼不可。」崔九後仰躺著，輕哼。「這點小利我還不看在眼裡，倒是嫂夫人的製冰之技，實在令在下佩服。要知道，此技若運用得當，於國於民都是好事一樁。」

李空竹暗中緊了下拳頭，面上輕笑。「自然！為了國民，倒是贈送也無妨。只一點，望崔九老弟成全。」

「嫂夫人請講。」

李空竹起身一禮。「便是我這北方之地的批發冰鋪，還請崔九老弟能允了我長年開著。」

崔九嘻笑瞇眼看她。「嫂夫人的話倒是嚴重了，我只要了製冰之技即可，其餘的隨嫂夫人自便。」

「如此多謝。」李空竹心下鬆了口氣，又對他行了一禮。

崔九搖著扇子故作不在意的揮手，又一個正身，要了碗罐頭。

翌日一早，李空竹著趙君逸幫忙去傳李沖前來，她則跑去村中找到王氏跟陳百生，跟他們說了摘桃之事。

王氏雖說有些訝異桃還未熟就要摘，可一聽她說已有人訂貨，就立即拍胸脯打包票的包攬下來。

李空竹又跟陳百生說作坊雇人之事。

王氏在一邊聽得心癢癢，最後實在憋不住的道：「那啥空竹，妳看我跟妳叔兩口子沒啥田地，平日裡也閒著，妳那作坊，我能去不？」

李空竹摀嘴嬌笑。「嬸子，作坊我打算雇年輕力壯的哩。」見她馬了臉，趕緊又解釋道：「若嬸子真要來的話，不若叫了吉娃娘回來替吧，屆時那邊有新住宅，讓她住在那裡，又可與兒子團聚，也能幫我看著點作坊裡的女工哩。」

王氏一聽，臉色立時稍霽，想著自家兒媳在鎮上做針線也拿不到多少錢，倒不如回村跟了她幹。「行，待這事過後，我就問問她去。」

「噯！」

陳百生見婆娘說完了，就打發她趕緊去做事，又問李空竹招人的事要咋弄？

李空竹先說了讓幫著寫一遝契約。「先頭留出空白填名，後面再寫本人畫押處。」

她盡力想著前世的合同簽約模式，將知道的一點一點的告知陳百生，見他點頭明瞭，又說起招人所需的品性。「只兩點，奸猾之人不要，好吃懶做之人不要。其他的只要肯吃苦、認真肯幹，我都要！」

頓了下，她又想起一條。「對了，一家只能出一人。前段時間培訓過的半大小子、姑娘們我全留用了，屆時還請叔幫著讓他們簽了契。」

「自然！」陳百生點頭，磕著煙桿子讓她放心。

李空竹覺得交代完了，這才告辭回家。

回到家，拿著畫筆在屋子裡畫了張圖樣出來。這時李沖趕了過來，惠娘也與之同行。

李空竹聽了趕緊放了手中的圖樣出去相迎。一出去，就見一個多月未見的人兒，此時正一臉紅光滿面的看著她笑，就笑迎上去拉她的手。

「幾日不見，差點認不出來了。」

「可是胖了？」惠娘擔心的摸了把臉，又轉頭瞪了眼自家男人。「都怪你！成日裡怕我吃不好，每日裡湯湯水水的灌了不知凡幾，我都吃得膩死了，還不讓停。看吧，如今連空竹都在說我胖了哩……」

李空竹好笑的搖頭。「我哪有說妳胖？不過是想說比從前更漂亮了。」見她紅了臉，又道一句。「惠娘姊這般，可是在向我炫耀？」

見她急欲辯解，她又笑瞇了眼。「倒是成功了，我可羨慕得緊。」

明白被打趣了，惠娘紅著臉，立時輕呸一聲，伸手作勢要擰了她的皮，李空竹見狀，則嘻笑著趕緊躲開去。李沖見兩人嬉鬧，就將自家女人護了一把。「懷著身子，如何還這般小兒性子？」

惠娘被說得不好意思的低了螓首，眼眉卻斜飛的瞋了他一眼。「有人看著哩。」

李空竹抖起了一身的雞皮，卻忽然發現後脖涼了一下。轉眸看去，見不知何時從崔九房裡出來的男人，正一副似笑非笑的表情看著她。

女人訕笑了下，趕緊喚那兩口子進堂屋，說是有事要說。兩口子聽罷，亦是正經了臉色，跟著她快步的進屋。

進去各自安坐後，李空竹招呼于小鈴上水，並囑咐她將昨晚特意留下的一點桃罐頭也拿出來。

「這是何物？」惠娘在那罐頭一端上來的時候，鼻尖就聞到了那香甜中帶著點酸氣的味道。這新鮮的味道，令她頓時口齒生津，想立刻嚐嚐看。

「這個是我新弄的產品，你們可以嚐嚐，惠娘姊少吃些，這帶著冰哩。」

那邊惠娘不待她說完，就急得舀了一勺進口中，這還未嚼完，那邊男人一聽還帶冰，就過來搶了她的碗。

「李沖！」惠娘舔嘴。這味道她正喜歡哩，如何就管這般嚴了？

李沖瞥了她一眼，跟著試吃一口後，頓了下，又拿著碗遞向于小鈴道：「煩請熱一熱，婆娘現在吃不得冷。」

于小鈴點頭接過，那邊惠娘則聽得紅了臉。

這兩口子蜜裡調油的，李空竹只覺得牙有些撐不住的泛起了酸，急得揮手道：「咱趕緊說正事吧！」

「好。」李沖正襟危坐，做手勢請她說。

李空竹點頭，趕忙將畫好的圖樣交給他們。「大罐子能不能兩天之內訂做出來？至於小的，可晚點再交。」

李沖接過圖樣，見那圖裡的大小罐子皆普通得很，唯一不同的是那罐子口有凸出螺紋狀，而蓋內有凹槽。

「怕是有點困難。如此新穎之物，怕是得試驗幾天哩。」

李空竹聽罷，也不氣餒。旋蓋本就是臨時想起，倒沒抱多大希望。「那成，你先著人試做這罐子，明兒個先另幫我買些普通的來吧！」

「成！」

李沖將那圖樣收下後，正逢那邊于小鈴將罐頭化了冰端過來。

惠娘見此，趕緊伸手接過嚐了起來。「倒是沒有冰凍的口感好吃哩。」雖語帶不滿的抱怨著，嘴卻是實誠的吃得極歡。

一旁的李沖見罷，很無奈的搖搖頭。

待聚會完，吃過中飯後，惠娘便乘機留了下來，李沖勸了幾句，拿她沒辦法，只得交代讓李空竹多照看後，獨自坐車回了鎮。

下晌時，王氏來說了找人之事，李空竹聽後，就點頭將時間定在翌日的辰時初開工。

待這一整天終於忙完，回屋歇覺時，摟著她腰的男人卻很平淡的問了句。「妳羨慕惠娘？」

李空竹不解的抬頭看他。

「上晌時，不經意的聽到了。」

女人見他神色有些不對，恍然大悟，埋頭在他的肩窩笑了起來。「有那樣的丈夫疼著，誰能不羨慕？」

又似故意想惹他吃味的道：「你是沒看到李大哥對惠娘姊那個疼愛，連吃個罐頭都怕她吃到涼的引起不適，還特意細心的著人幫著溫熱哩。吃中飯時雖說分了男女之席，可他卻幾次藉故從我這主屋路過，這不就怕她吃不好嘛。

「當時我那心哪，可是拔涼拔涼的。」女人很調皮的衝著自家男人耳朵吹了口氣。「心想著，夫君什麼時候，也能這麼疼俺哩？」

一聲夫君，喚得男人心頭酥麻不已，攬著她腰身的手亦是緊了幾分。

女人感受著他的變化後，更是咯咯的嬌笑出聲。男人任她調皮的笑著，只在她笑完後，報復性的在她腰間軟肉處加大幾分力度的捏了下。

「嗯——」腰上瞬間的酥麻令女人猝不及防的哼吟出聲，下一刻，她嗔怪的捶了他一下。

男人挑眉，摟在她腰間的手慢慢的摩挲起來。女人身子僵了一分，見他手越來越往上，小臉忍不住泛起了紅暈，心跳也加快了幾分。

他遊走得極慢，女人被他這樣弄得有些怕癢的閃躲開來。

男人倏然頓了手，下一瞬竟是一個翻身與她面對面，將她懷抱於胸前，低聲問道：「當真羨慕？」

炙熱的呼吸噴灑在她的額頭，女人腦中空白了瞬間，待回過神，一個仰頭，不期然的撞上男人那在黑夜裡，還能閃爍著光亮的墨瞳。

心頭頓時漏跳了兩拍，被他瞳孔攝住心神的女人，半垂下那漾著水的翦水雙瞳，極輕、極輕的嗯了一聲。

輕如蚊蚋的聲音，令男人憐愛地伸手撫了下她的額頭。

「我知了。」話落，男人一個輕吻落於她的額頭，再來是她的鼻尖、朱唇。當唇與唇相接在一起時，男人是再難捨的在她朱唇上纏磨細咬起來。

李空竹只覺胸口好像有如敲著重鼓，那咚咚如雷鳴般的響聲，甚至蓋過了彼此粗喘的呼吸聲。

男人吻得很認真，每一下都想攬著她與之共舞，卻又生怕操之過急令她退卻。上回之事是不得已而為之，這一回，他只想慢慢的帶領她，在她清醒的情況下與他一起共赴極樂。

「嗯……」

似感受到了她的呆愣，男人在她唇上輕咬一下。女人感受到疼痛的回了神，不想卻聽到他很粗喘的聲音傳來。「放鬆。」

李空竹臉紅了一瞬，卻聽話的放鬆了身子，伸了手，摟著他的脖子將自己貼近了一分。

感受到她的主動，男人亦是深了眸，將她攬得更緊，那吻著她的唇舌，開始由淺變深的纏綿……

第六十六章

一夜縱慾的結果，令女人第二天艱難的在炕上磨了許久也不想起身。

彼時趙君逸早已不見了蹤影，李空竹抱著被子，看著已然不早的天色，瞇著眼，不停催著自己快起。奈何催了半天，思緒飄飛得很精神，身子卻一直誠實的巴在炕上不肯動。

門外的敲門聲再次咚咚響起。「空竹，妳可起了？已經快辰時了，再耽擱怕是來不及了哩！」

「來了……」有氣無力的回了這麼一句。

外面的惠娘卻忍不住嘀咕道：「半個時辰前妳就說來了，這是咋了？可是不舒服？」

「沒有！」拚命的跟著似貼了符的身子抗爭，李空竹黑著臉、咬著牙，終於使了吃奶之力，一個大力的一躍而起。

「嘶……」車輾的疼痛再次熟悉的傳遍全身。看著一身的青青紫紫，女人抱著被子，很不雅的撓了下頭，嘀咕著。「當真是屬狗的。」

「什麼？」

「沒什麼！這就來！」

女人裸著身準備去找衣服時，不經意的發現枕邊已然放了套乾淨的替換衣裙，臉上露了個滿意的笑，心頭也跟著甜蜜了把。拿過衣裙，忍著身子疼，急速的穿了起來。

待收拾好，又開窗通風後，她才打著哈欠去開門。

外面的惠娘見她終於醒了，提著的心才鬆了口氣。「醒來就好，我去堂屋等著，可得快點，還有不到兩刻鐘就辰時了。」

「知道了。」有氣無力的答著，正逢于小鈴端淨面水過來，就趕緊拿著巾子打濕，開始擦臉醒起了神。

待到終於一身清爽的出現在惠娘面前後，離辰時只餘半刻來鐘了。彼時惠娘也來不及叫她先吃早飯，拉著她就急忙出院。

兩人來到山腳南邊作坊時，全村的男女老少皆齊齊的站在那裡等著了。一看這陣仗，一路漫不經心的李空竹，終是為了自己的貪睡，有了那麼點小小的心虛。

圍觀的人群見到她來，皆主動快速的讓出了一條道。

李空竹親和的笑著與每人打過招呼後，與惠娘慢步進了那圈子中心。

一進去，王氏就招呼著她趕緊上前。李空竹這時才發現，來迎接開業的除了陳百生外，居然連趙族長跟族裡的幾個長輩也跟著一塊兒來了。

趙族長再看到她時，很是親和的笑了聲。「趙三郎家的，趕緊過來，快到時辰了哩。」

李空竹點頭，心想她本只打算揭個紅布放掛鞭炮了事，沒承想，倒讓他們搞得這般隆重了。

與惠娘快步行到那作坊掛牌處，有人拿來揭紅布的一頭紅繩遞予她們，趙族長站在那裡講了幾句賀喜的話後，就令人點燃鞭炮。

噼哩啪啦的鞭炮聲一起，眾人就跟著大力鼓掌。李空竹也在眾人的拍掌大呼聲中，與惠娘將那蓋著紅布的牌匾揭開。

紅布一落地，「人人作坊」四個大字立刻就出現在眾人的面前。

眾人的拍掌聲越發雷鳴震耳，伴隨著一聲聲的叫好連綿不絕，陳百生令李空竹上前講話。

李空竹笑得輕快，揮手讓眾人安靜後，只道幾句。「多說無益。招來上工的人隨我進了作坊清潔用具；那摘桃之人，就隨王嬸上山吧！且記，桃兒需溫柔對待喔，可別碰壞了。」

「哈哈！老闆娘放心，這事俺們包准做得妥妥的。」那摘桃的雖也想進作坊看看，可到底不想才頭天就莽撞的惹了老闆不喜，是以就跟著說笑，想在老闆面前博個好印象。

李空竹聽得點頭。「大家只要實幹，自是有多多的好處。好了！咱們這就分開吧，是作坊的人，往這前面站成一排給我看看。」

話落，立時從人群裡竄出些青壯的男男女女。

陳百生將簽了契的單子遞給她，又拿了本名冊給她。

李空竹點頭，首先點了趙猛子過來，接著照本子唸了些男壯漢出來，讓趙猛子來當管男工的頭子。

待吩咐他先帶人進去後，她又唸了女娃跟其他的婦女名字來。待到唸完，又確認一遍人都到齊後，就親自領她們進作坊。

惠娘則在外面陪趙家族人散場後，才後腳跟了進去。

一進去，就見大家都在打掃環境清潔。

那洗桃、堆桃的地方，當初建的時候，都是用那上好的打磨光滑的石板，是以在清洗的時候，李空竹命人用石灰多刷洗幾遍消毒，屆時好直接用來堆放清洗過的桃子。

還有一些木盆、小刀，這些李空竹都讓婦女們燒大鍋煮過消毒。

待這些工具都清潔好，李沖又運著罐子從鎮上過來了。眾人又將罐子煮了遍，待罐子倒扣著瀝水時，那山上摘桃的人已經將桃子一挑一挑的向山下擔了。

李空竹見此，趕緊命男工們將桃子接過來，準備洗果子。

女娃們負責在那堆放洗好果的地方削皮切塊，婦人們則在另一個通風的大屋子裡添柴煮果。待熬煮好的果兒倒進那半人高的大木桶後，由男人們推送去冰窖冷卻。

冷卻過後，亦是由另一批婦人、女娃檢查，裝填進罐，外加密封。

一整天，李空竹都在安排相關事宜，每一件事都親力親為，領工人們跑一趟流程。除此之外，因為給工人的排工不同，給的工價她也調整一番。

男工負責重活清洗，一天是二十八文；煮食的活兒因為靠近火源，不管冬夏都非常難熬，是以工價與男工一樣；至於裝填檢查品質與削皮切果的則是每天二十五文。

如今只是短時間的作工，是以李空竹每天會多給個一、兩文，並且還承諾，待貨源充足時，若是能幹滿一月，還會另有全勤獎金六十文。

這樣算下來，先頭有分得住房的幾家人，因著一人守山、一人進作坊，一月下來，就有了一兩多的銀子。

這要放在以前，那是想都不敢想的事情。

待到下工的時候，李空竹向眾人說明了工錢調整一事，又說了發工錢的時間。「這頭一批，待貨全部裝填好了，才會發薪。秋收時，會在每月的五日發，統一時間，也是給大家提個醒，屆時也好少些麻煩。可有問題？」

眾人雖說勞累了一天，可在聽到工錢這般優渥時，早已興奮得眉飛色舞了。聽到她如此問，哪還有什麼問題，皆紛紛搖頭說沒有。

李空竹點頭，就令眾人散場。

待作坊人人都走後，她又細細巡視了遍作坊的環境才提腳出來，鎖了作坊的大門。將鑰匙交給守山的于叔後，便拖著累了一天的身子，向家行去了。

路上，那一天未見人影的趙君逸，倒是良心發現的找了過來，在半道迎上了她。見她一臉的疲憊，男人眼中一絲心疼滑過。

女人伸手示意他牽，他亦是乖覺的如了她願。

兩人手牽手漫步行在村中，過往的村人看了，都禁不住的打趣一句，誇上兩誇。這時的李空竹就會適時作出害羞的表情，假意躲在男人的背後撒嬌。

趙君逸心頭無奈的一笑。好不容易行到自家方向的村頭，見沒了村人後，女人仰頭看著一臉冷淡的男人問：「我表現如何？」

「尚可。」男人中肯的點頭，將她的小手在掌心緊握了下。「有那麼幾分小媳婦的樣兒了。」

李空竹有些自傲的笑道：「不是我說，別說讓我演什麼小媳婦，就是演了那貴婦，我都能裝出三分樣來。」

男人行走的步子頓了下，回眸的眼中閃過一絲複雜。

女人則嘻笑的伸手在他俊顏上拍了兩下。「怎麼，不信？要不弄個回來讓我試試？屆時你就在一旁看著，就看我有沒有那氣勢。」

男人勾唇。「……好。」

二畝地的桃子採摘只用了一天半，而作坊加工，則整整用了兩天半。

給工人們發了工錢後，在回來的這天晚上，趁眾人歇涼的時間，李空竹便問著崔九要何時走？

「倒是不急，還有兩天哩。」崔九搖著扇子，吃著剛出冰窖的冰罐頭。「若嫂夫人著急的話，我倒是可明兒就走。」

旁邊的華老聽得白了他一眼。「別聽他胡扯，如今快中秋了，再不趕路，你這是準備在路上過節不成？」

崔九嘻笑。「也不是不可。多年來中秋之夜都是各世家大族獻寶之時，難得有一清靜之地，怎就許了舅公你待，就不允了甥孫我待呢？」

「休得耍寶！」老者沒好氣的瞪他一眼。「老頭我無欲無求，自是不願意那些諂媚之人虛與委蛇，與你不是一路人！」

「是是，變國境內，誰人不知華老的為人……」

眼看兩人又要吵起來了，李空竹趕緊拉著自家男人，起身淡道：「既是如此，明兒我就令人找了騾車前來裝車，送了崔九老弟走。」

崔九被截了話，也不惱，回眸對她揮手道：「騾車就不必了，我會另著人用馬車前來裝運。頭一回麼，就先裝個一車試試。」

「知了。」李空竹福了個身後，便拉著趙君逸向主屋行去了。

崔九的馬車是在第二天的晌午到的，馬車很小，裝了不到半畝地的桃子量；不過銀錢倒是給了很多，不過十個中罐，竟給了二百兩的銀票。

李空竹拿著銀票，看著已經出村的馬車，心頭有種說不出的難受。

身旁的男人亦是一直沈默著。看她還盯著那走遠的馬車發呆，就將她的纖手包裹在掌心。「回吧。」

李空竹回神，衝他燦然一笑。「好！」

抬步與男人向家走著，她腦中卻還迴盪著剛才送走崔九時的情景。想著那馬蹄下滾滾揚起的灰塵，看著遠去的馬車再不見了蹤跡，恍恍惚惚中，她似看到了不久的將來，男人也會這般離開。

被他握著的纖手用力的回握了他一下，男人轉眸看來，女人卻嬌笑出聲。「走時要記得常寫信喔！」

男人深眸看她半晌，終是輕輕的點頭應了聲。

崔九走後的第二天，李空竹考慮著餘下的一畝半桃罐頭的銷售。託李沖做的螺口大小罐子，也在初十這天運了過來。

李空竹在罐子到手後，就著人用了一天的時間，將冰窖裡大缸中的果肉挨個兒裝在小陶罐裡密封好。

待到十二這天，她便裝了一車前去鎮上，想讓李沖去趟府城賣。畢竟賣冰時人脈已經積下了，再出了新品，想來應該不難推銷。

兩口子也覺可行。只是惠娘懷孕，十五那日店中有活動，又不可無人掌管，想了想，李空竹便商議著自己上鎮，暫時掌店兩天。

待商議妥，當天下晌回去後，她就跟趙君逸說了去鎮上住兩日的事情。

「可以。」彼時男人坐在堂屋，看著一本不知從哪兒拿來的舊書，抬眼問她。「可是有什麼要幫的？」

「沒有。」搞了多次活動，程序也差不多，不過就是在裝扮上費點勁頭罷了。

男人頷首，女人見他沒了多餘的話後，就起身步向廚房與于家的一起做起晚飯來。

待到十三這天去鎮上時，男人意外的也主動要一同前去。坐在劍濁趕著的馬車上，李空竹一直神遊著，好幾次都抑制不住甜蜜的笑出了聲。

待她再一次傻笑出聲後，坐在她身邊閉目養神的男人終於被迫睜了眼，看著她，滿臉的無語。「這般好笑？」

「嗯？」女人回神，待明白過來後，又一個甜蜜的點頭。「嗯！」

男人聽得再次閉眼。「既是如此，隨了妳吧！」

李空竹勾唇，快速的挪過去挽住他的手臂。「當家的，我從前有說過很愛你嗎？」

「嗯。」

「那我如今就更愛你了。」

男人聽得心頭顫了下，待再次睜開眼時，見她正橫歪著腦袋，仰視著他，一雙水漾的明眸在那兒眨啊眨，惹得他有些不敢與她對視，伸手將她拉直坐正。「坐好。」

「是！」她一個乖巧聽令狀，惹得男人又是好一陣的無語沈默。

待行到了鎮上，惠娘看他們竟是兩口子一道來的，且看趙君逸那亦步亦趨護著女人的樣兒，就忍不住的牙酸不已。

「你們兩口子，這是看我當家的不在了，故意給我酸瓣吃哩。」

「嘿嘿！」李空竹隨她步進新店小後院，看了眼後面跟著的自家男人，以大家都能聽到的音量道：「可比李沖大哥還差著一點。妳看看，我都答應過來作陪了，他還買了個下人回來伺候妳哩。」說著就努嘴，直指她身邊正扶著她的一個小丫頭。

惠娘被她逗得樂出聲，伸手拍了她一下，瞥向趙君逸對她道：「別不知足，我瞅著妹夫將來可是個了不得的人，還能少了妳的丫鬟使？」

李空竹癟嘴。若可以，她才不想要什麼他將來了不得，買奴僕她又不是買不起，她要的從來都是細水長流的溫暖陪伴。

不過這些她不好說與外人知，只含糊笑著，就糊弄了過去。

待安排好後院房間，放下了行李後，李空竹就開始投入中秋活動的事宜上了。

十五這天，逢集上鎮買月餅的百姓很多，人擠人的，給匯來福又帶來了相當火爆的效益。兩騾車的罐頭量，分成小罐子有好幾百瓶，卻在上架的短短兩個時辰內就全部銷售一空。

除此之外，李沖當天也從府城回來了，還帶回一批不小的訂單，說是那些雇主很願意訂了那貨，還希望能儘量早點發貨。

「這樣看來，從明兒後就有得忙了。」李空竹聽了，甩著手上剛簽下的鎮上批貨訂單。「不過這樣也好，我看以後咱們只管做批發生意，鎮上這店就用來打樣吧。屆時只要一出新品，就寫上帖子請這些新、老雇主前來參觀，咱們也來個新品發布會！」

「新品發布會？」惠娘咬著湯匙，將一口黃桃滑進了喉。「倒是個新鮮詞兒，聽起來不錯。」

「自然！」李空竹起身，眼眸四下掃了一圈。

那邊服侍惠娘的丫頭見了，就問她可是在找趙君逸？

李空竹點頭，卻聽那丫頭道：「趙三爺剛剛讓婢子與姑娘說一聲，說是活動若完了他還未回的話，就請姑娘先回家去。」

李空竹頓住，好半晌才僵著臉的笑了笑。「這樣啊……」

辭別了憂心她的惠娘兩口子，李空竹依然坐的是頭回來的馬車。不同的是，這回駕車的卻另換了一人，身邊也少了一人。

李空竹沒有過問什麼，只與那看似老實之人點個頭後，就上了車。

回到家，李驚蟄因休假而去了李家村，家中只餘下華老與于家母女。行到廚房與于家母女包月餅，李空竹囑咐著讓于叔跟于小弟也一起來過節。

于家的見她一臉落寞，且回來時並未見到自家姑爺，心頭很是明白，點點頭。「成，那小鈴妳這就去南山，將妳爹跟弟弟喚回來吧。」

「欸！」于小鈴也機靈，舀水洗去手上的麵粉後，就解了圍裙出屋。

李空竹將包好的蔥油月餅放在模具裡按好，又一個用力反敲，立時一塊呈梅花狀的小巧月餅就出來了。

如此咚咚的連敲了好幾個，女人的心情才舒緩些。

見月餅都包得差不多了，于家的就趕著她道：「姑娘先出去吧，如今只需上籠蒸了，廚房就交給老奴吧！」

無力的衝她笑了笑，李空竹也不反駁，洗手後就甩著水滴行了出去。

院中華老正著過來的于叔跟于小弟兩人搬桌子，連于小鈴也被他指派得團團轉，搬著那不知從哪兒弄來的菊花，正一盆盆向院中兩邊擺著。

李空竹看了眼那大開的院門，見那馬車板上還放了不少盆，就也加入幫忙。待到弄好，一院的金黃滿地，隨著秋風，那菊瓣被吹得簌簌落下不少。

華老頭這會兒已愜意的坐在那放了遮陽傘的桌邊歇息，手拿瑩白酒壺，一邊自斟，一邊口中喃喃的唱著什麼小調。

李空竹走過去，坐在他下首。

老者看到她，從那托盤裡拿出一只瑩白小酒杯，提壺就為她斟酒一杯。看著那淺黃液體盛在瑩白杯中，李空竹怔怔的發起了呆。

「府城靈雲寺菊花開得早，這狗頭府尹倒是會做人。為了巴結老夫，在今兒個趕著日子送了這般多的菊來，丫頭覺得如何？」

李空竹回神，抿嘴掃了一圈迎風搖擺的黃菊，沒有吭聲。

「今兒這個日子可不適合苦臉，陪老夫喝一杯？」老者挑眉執杯，伸手推了她面前的酒杯一下。

第六十七章

李空竹看著他這一推，一枚隨風飛來的菊瓣竟順勢落在她的杯中。那菊瓣在液體裡搖晃著，只一瞬就掛在了杯壁。

伸出兩手執杯，李空竹平舉於前的作了個敬禮，隨即仰頭一倒，便將那略辣的黃酒給嚥進了喉。

「妳這般猛喝可是要不得。這好酒得慢品，方能品出其中滋味。」

「呵。」李空竹輕笑，抬眼認真的看了他一眼，又移眸看著某處黃花發呆。「華老可知他們這一回的事，需得費時幾年？」

「怎麼，擔心他不辭而別？」

「擔心？」如今已經不辭而別了好嗎？

老者靜默半晌，也移了眸子，與她一齊盯向花叢。「別人老夫不敢肯定，那小子應當不會這般才是。為了守與妳之約，上回於京城治腿，是他毒發內力耗損最嚴重之時。本不該與調治身子同時進行，他卻偏偏逞強，在身子虛弱時，硬逼著老夫為他敲骨治腿，又在治腿後沒幾日，便不聽任何勸的匆匆坐車而回。」

見她移眼看來，老者又道：「妳可知為了提早回來，路途中的顛簸幾次險讓他廢了腿，若不是有老夫跟著，他如今哪能這般健步如飛？」

雖後面有誇他自己之嫌，不過李空竹卻還是莫名的放鬆不少，心底更因知了這些事，泛起一股酸意。

華老嘆道：「君家之人，從沒有背信棄義之士。」

李空竹點頭，頓時面上的頹廢好了不少，執著酒壺給自己與老者重斟一杯，道：「倒是失禮，見笑了！」

「哈哈！」華老執杯與她輕碰。「算不得失禮，人之常情罷了。」

李空竹抿嘴輕笑，輕抿著杯中酒與他同聊賞起花來。

夜幕降臨，一夥人不分大小的坐於院中喝酒吃菜，待到飯後，又同坐一起，看著天空滿月行著酒令。

眾人嘻笑吵鬧間，李空竹靜靜的喝著黃酒配著月餅。許是有些微醺，看著那已經快升至中天的月亮，她心頭又不禁搖擺起來。

那邊華老與于小弟嘻鬧了一番，見天色不早了，就搖著喝得通紅的老臉道：「老了、老了，身子跟不上了嘍！」

于家兩口子見狀，趕緊喝止了還想跟老者說笑的自家小兒子。

「時辰也不早了，于叔你扶了華老進去歇著吧！」李空竹放了杯子，看老者在那兒哼唧著，就著他扶人。

「是！」于叔聽令起身，彎身去扶老者的胳膊道：「老先生，回房休息吧！」

華老睜眼，哼哼了兩聲，搖著酡紅的臉孔隨著扶力起了身，抬腳走了兩步，又記起李空竹來，轉頭對她道：「妳還要等著？」

「還早呢，我再賞會兒月。」一說著，就揮手令于叔趕緊將人扶回西廂。

待等到于叔將人扶回來時，李空竹便揮手讓他們一家人下去，回南山重聚。于家的雖不贊同，可看她態度強硬，倒也不好辯駁，只得隨了自家男人離了這邊的院子。

李空竹撐著微醺的腳步關了院門，待再轉回院中時，卻沒有選擇落坐，而是執起酒壺、酒杯，歪著腦袋，在那裡開始輕吟，哼起現世的舒緩小調，一邊雜亂的舞動著腳步，轉著圈圈。

一邊哼著，一邊仰頭灌酒。也不知轉了多久，當女人的腳步終於變得蹣跚後，那轉暈的腦袋，似再也找不到平衡，帶著身體不斷的向一邊偏去。

咚一聲跪趴在地，女人打出了個極為不雅的酒嗝。

扔了酒壺、酒杯，理著因胡亂舞動而凌亂的頭髮，女人改趴為坐的仰頭看著空中滿月，下一瞬，又倒進了那滿地的花盆中。

李空竹伸手摘花瓣，又看著月亮，忽然發起了咯咯嬌笑，隨即又伸著手指指著月亮唱道：「月亮婆婆，我要給妳做個饃饃，妳吃芯芯，我吃殼殼。」

唱完覺得不該，又衝著月亮嬌羞的拜了拜。「俺不是有意指祢的，祢可千萬別來割俺的耳朵啊！」

花叢中的嬌人兒忽然一下人來瘋的，又開始躺在那裡手舞足蹈的跳起了前世的勁舞。這一幕幕詭異的畫面，弄得隱在暗處，自她在花叢中跳舞就回來的男人，半晌回過不神。

見她在那兒喊著怪異的節拍，越打還越起勁，男人終究有些無奈的嘆息著走過去。

「嗨嗨嗨——」正舉著手上下揮動的興奮女人，被突來擋在頭頂的陰影給弄得停了下來。「咦？」

歪頭仔細看去，見那擋著的人影慢慢的蹲下來，那背著月光的俊顏雖說黑糊糊的不甚明亮，但那雙極深極亮的鳳眼，女人還是認識的。

「當家的！」她嬌軟著聲喚道，伸手求抱。

男人嘆息著將她拉起來，任她下一刻就纏上脖子的手緊摟不放。

「回屋？」

「不要！」女人通紅著臉，貼在他的頸子處撒嬌。「我要看月亮。上屋頂看月亮！」

「好。」男人點頭應允，大掌穿過她的頸間，一手去摟她的膝窩。起身，一個輕躍，便向院中的五間大青瓦房頂躍去。

「哇！」驚嘆一聲的女人還不待其落地，就張開雙手大笑著。

正落地的男人眼眸一沈，摟著她的手臂不自覺的緊了幾分。

「放我下來！」

女人扭著身子要下去，男人無法，選了處房子的脊梁地放她坐下去。落了地，得了自由的女人終是安靜的拄著下巴，靜靜的欣賞起那離得近了不少的圓月來。

男人坐於她的身邊，依舊沈默著同她看了月亮。屋頂的夜風很涼，女人拄著下巴看了不過盞茶的工夫，就已有些受不住的打起哆嗦。

月。」

男人見狀，伸手來摟。「下去？」

「不要！」被冷風吹得回神不少的女人，把頭埋進他的懷裡，倔強的搖著頭。「我要賞月。」

「好。」淡沈的男音沒有拒絕，而是在說完這話後，就將她摟得更緊。

李空竹眼中有些泛酸，聞著他獨有的清冽之味，手不自覺的揪緊他胸前的衣襟。「何時走？」

摟於她肩膀的大掌，緊捏她圓潤的肩頭一下。「寅時。」似解釋般，男人又道：「白日裡的事太突然，當時妳正忙於店中活動……」

「我知了。」截了他的話語。「只要不是不告而別就成，至少讓我知道你是怎麼走的就好。」

「……嗯。」

「可有歸期？」

「未定。」

「一月？二月？……」還是半年，或是更久？

「我會儘早回來。」男人的嗓音莫名的沙啞起來，堅毅的下巴拄在她頭頂，滑動著的喉結上上下下，終是再沒了多餘的話語。

李空竹忍著酸澀想流淚的眼睛，自他懷裡抬起頭，拍了他一下。「哎喲，搞得跟個生離死別一樣，怪矯情的。」伸指彈了彈睫毛上的晶瑩，女人湊身在他唇上輕咬了一下。

「去這般久，會不會忍不住？我可是聽說，沒開葷的毛頭小子，跟開了葷的可是不一樣，雖說軍中有軍妓，卻是不乾淨。要不我捨身取義一回，讓你取個夠本再走？」

這般豪放之語，惹得男人僵臉看她，卻見她笑得很是大方的拍拍他的臉。「哎喲，姑奶奶難得大方一回，你確定你要這麼傲嬌不要？」

對於傲嬌是何意，男人不懂，可對於這般赤裸裸的挑釁，男人是不能忍的。一個抄手，女人再次落入他懷中，呈現了公主抱的姿態。

「這可是妳說的？」他語帶威脅。

「對對對，是我說的。」點頭如搗蒜的女人摟著他的脖子，還調戲般在他耳朵輕吹了口氣。「不要令我太失望喔，大俠！」

男人無語，不過動作卻很快。飛身下地，不過幾秒間就進了主屋。

一進去，男人才將門一腳踢上，在他懷裡的女人卻早已迫不及待的拉下他的脖子，狠湊上自己的唇，開始與他嬉戲交纏起來。

男人被吻得不過愣怔一秒，轉瞬就反客為主，單手緊扣著她的頭，加深這個吻的攪動她的唇舌。

女人被吻得有些缺氧難耐，卻又不甘心被壓制般的撕扯起他的衣服來。

男人身子僵住，眼中危險閃過，亦是毫不客氣的與她拚起了撕衣。

兩人風捲殘雲似的激起一室情慾翻飛，女人雖口口聲聲的叫著讓男人取夠本了再走，可看著她求饒低泣的模樣，男人終究捨不得太過。在她累極睡去之時，極憐愛的在她唇上輕印了一吻，壓下了他那又昂揚的鬥志。

睡夢中的李空竹撐著極疲倦的眼，窩在男人精壯的胸膛裡，迷迷糊糊的始終不願沈沈睡去。她怕別離，也怕傷感，雖用情慾掩飾，可終究不想讓他在自己沈睡之際，走得不聲不響。

天，終將破曉，也意味著離別已近在眼前。

趙君逸看著窩在懷中的嬌小身軀，指尖不經意劃過她身上的青紫吻痕，眼中有著一抹難捨的痛意。

低了頭，在她額頭上輕印了一下。

「嗯……」女人難耐的輕聲呻吟。

男人倏然離遠。見她並未有醒的跡象，才輕吐了口氣，小心挪開自己的身體。在她無意識翻動來抓時，又將她挪到自己睡暖的那處。

聞著熟悉的味道，女人停止了無意識的抓動，抱著被子的一角，嚼了幾下嘴，哼了幾聲，又睡了過去。

趙君逸深眼看她半晌，直到寂靜中一道尖細的哨聲響起，男人這才起身穿衣。待整裝好，小心的自貼身的天青色荷包裡，拿出一塊墜著青纓內裡有著水波紋的墨色玉珮。

將之輕輕的放於女人的枕邊，末了又忍不住伸指為她撫去額頭遮著的碎髮。他喉間哽住，張了張嘴，卻終是在第二聲哨聲響起時，輕腳走了出去。

無聲的關門，男人看著還未大亮的天空，滿眼堅毅的一個躍身而起，躍出了這間住了近半年的宅院。

飛身到村口，那裡劍濁騎著一匹高大的棗紅駿馬，他的身後，牽著的是另一匹通體泛著油亮的黑色駿馬。

見到他，劍濁雙腿一夾馬腹，馬兒踏蹄而來。待行至男人面前後，將牽於手中的褐色韁繩遞給他。「主子！」

趙君逸點頭，伸手拉過駿馬，一個極漂亮的翻身上馬，扯動韁繩，馬兒隨之轉動了半圈，男人回頭看著這個住了將近十年的小村。

眼睛盯著令他眷戀的方向，瞇了眼，終是狠心的扯動韁繩調頭，一聲極沈的喝聲響起。「駕！」那通體泛亮的黑色駿馬，立時就如那離弦之箭一般，快速的向前衝跑起來。

那揚起的灰塵阻擋了男人騎馬離去的颯爽英姿，不知何時跟過來的女人，從離村口不遠處的楊樹後轉了出來。

待纖塵落地，男人的身影再也不見後，女人才將手中緊握的墨玉珮放入腰間的貼身荷包裡，轉過身，臉上一派淡然的向家去了。

趙君逸再次走了，這一次並未讓村中再次議論紛紛。畢竟有了頭次的經驗，大家伙兒都當他又有大生意要談，是以，對待李空竹是愈加的恭敬。

這時的李空竹沒空去感傷，如今的她，幾乎把全部身心都放在搞好桃罐頭一事了。

從十六開始，她又把娘家堂弟李柱子找過來，並安排他進了作坊，又讓李沖帶他出去兩天，學著如何尋果農收果子。

除此之外，每天李空竹還讓他在驚蟄放學回來後，過來這邊學習一個時辰的認字，並且還親自試著教他撥了算盤。

可惜的是，這小子認字尚可，對於算盤卻是只通了九竅，那手指和腦子根本就跟不上。李空竹見此，只好讓他專跑收果這件事。

讓惠娘他們在鎮上找了新帳房和掌櫃後，李空竹立即要了一人進作坊工作，專門負責記錄工人上班出勤之事。

如今已進入農忙，家家戶戶忙著收糧、打糧，為種冬小麥忙碌著，而作坊亦同樣是忙得一片熱火朝天。

從二十起，那前來訂貨批發的客源就絡繹不絕，甚至有時誇張到，那來的騾車、驢車從作坊直接能排到大半個村中。

有了如此好的效益，那財源自是滾滾不斷，可照樣少不了眼紅的商家伴隨而來，開始做出廉價仿品，以次充好的冒充他們作坊的罐頭。

為了能讓人區分仿冒之貨，李空竹在罐頭瓶上的花紋作起了文章。用了專屬的素描圖打底，又在瓶底印上人人作坊的標籤。

雖說這樣杜絕了被仿冒利用，可仿冒品卻依舊在。不過為了銷量，這些仿品走起了低價、大眾路線。

這讓見趙君逸又不在了，為了安慰和口腹之慾暫時住過來的惠娘聽了，很不滿的哼道：「這些人，當真是太過卑鄙，做些仿品出來，先前打著人人作坊的罐頭為噱頭糊弄人，如今又壓低價走起了低端路線搶生意。當真是可恨！」說罷，一個狠手就拍在了桌子上。

李空竹眼皮跳了一下，只覺懷孕的女子當真好生喜怒無常。以前的惠娘，再是如何氣憤，也不會這般暴躁，如今的她，倒是越來越像麥芽兒了。

說到麥芽兒，自從惠娘來長住後，小妮子如今差不多是每天都挺著那渾圓的大肚子過來，與惠娘交換那懷孕心得。

這會兒她也正好在，看惠娘如此，亦是止不住氣憤的跟著拍了桌子。「可不是，這些人當真好生不要臉。想當初俺嫂子做那糖葫蘆、山楂糕，就惹來了好多的仿品，做的味兒又不好。咋到如今，還沒有自知之明哩？」

「總得想個法子制止才好！再這樣下去，可不得損失嚴重了？」

李空竹抿嘴。「那倒不至於。」如今她在等崔九給她的消息。若真能成了皇城貢品的話，屆時這低端一路，自是沒必要再爭了。

「怎麼就不至於了？」惠娘拿手絹扭著。「妳沒聽說嗎？如今那利潤差不多少了兩成哩。」

「少的不過是些小鎮的客源，府城與縣城倒是沒見少，且李大哥如今在跑著鄰府、鄰縣這一帶，來年若他們還想要冰，就不會輕易與我們斷了往來。何況那仿品，味道可是差了不少。」

他們可是用冰來冷卻，又加入冰塊密封保鮮。煮的過程有些商鋪現在才模仿出來，卻還是差了那麼點火候，短時間內，根本不足為懼。

惠娘見她說得輕鬆，就跟著慢慢的緩了焦躁。

李空竹卻在這次談話後，又著了柱子過來，告訴他不能只一味的收桃子。這個時節梨也該下來了，讓他收些黃皮梨回來後，就又開始做起了新的產品。

新產品梨罐頭一出，李沖照著李空竹所說，給那些老主顧發請帖，成功的在鎮上舉辦了一次新品發布會。

待又拿到一批訂單後，作坊的工作量也愈加繁忙了。

為了讓工人不過度勞累，李空竹又從鄰近的幾個村，選招了一批家中無田地，或是田地少又能幹的人進了作坊。

這事雖引來村中人有些不滿，可在這農忙時節，誰也不能丟了家裡的田活不是？好在，那批進作坊的人不是本村人，除了掙工錢外，是沒法過年分成的。對於這一點，本村人倒是滿意不少。

李空竹將作坊定成了兩班，為了補償上夜班的工人，夜班的全勤更是提到了一百文。這對於沒啥活兒幹的別村人來說，簡直就是從天上掉餡餅的事，驚訝得嘴都合不上了。

如今作坊的工人，都是統一的標配衣衫，胸前掛著證明名牌，這一下班，走在村中，那昂首挺拔的精神姿態，別提令旁人多羨慕了。

更有甚者，有那想進來的外村人聽到作坊的福利，更是打起了那作坊裡半大小子們的主意，這一天天，那進村口的媒人就沒斷過。

對於這一現象，村中的一些長輩們，更是樂得合不攏嘴。想著以前家窮人家看不上的自家小子，如今才進作坊多久，那許多姑娘就都開始排隊任自家小子挑了？

村中人對於李空竹的感謝，又表現在送禮上面。

李空竹對這些也不拒，只著于家的收好後，命她去鎮上買些相等價位的東西，待再包好後，又一一回禮送還回去。

雖說麻煩，可村中人收到回禮後，就明白過來不再相送了。

第六十八章

李空竹拿著一盤烤番薯出來，華老與惠娘兩人見了，在那扒皮扒得是毫無形象。

惠娘一連吃了兩個下肚，飽嗝連連，嘆道：「如今也不知怎的，沒啥反應不說，卻老覺肚餓得很，也不知是懷了個怎樣的皮小子？」

華老瞥了她一眼。「妳倒是能吃，住到這兒都大半月了，老夫也沒見妳有啥用，還累得丫頭費了米糧養妳。」

「唉唷，老先生您這話說的，我可瞅著您在這兒住了半年哩，成日裡不是進村跟老人嘮嗑，就是坐在院中看花賞月，也沒見你做啥啊！」如今混熟了，對於老者那時不時的冷臉冷哼，連惠娘都免疫了。

「哼！休得拿我與妳比較！」

惠娘則懶得理會他，直接一個起身，對李空竹道：「吃得有點撐，我去芽兒家溜溜。」

李空竹點頭，扒了個番薯慢慢咬著。

那邊華老見惠娘走後，就與她說起另一事來。「如今變國風調雨順，倒是可憐了靖國的百姓了。」

一聽靖國，李空竹手就頓了一下。雖說這大半月來，她故意以各種藉口忙得讓自己喘不過氣，可心中還是很希望得到某個人的消息。

「怎麼可憐了?」

女人抬眼看他,老者則別有深意的捏鬚搖頭。「靖國土地本就多為貧瘠,今年更是旱災連連,聽說那結的糧都是些癟穀子,一畝地的糧產也不足三百斤。而靖國皇帝都這個時候了,還頒布了加賦令,本就是六成的賦,如今加到了八成,普通百姓都吃不消了,況且那些農民呢?如今怕是地主朝廷兩相逼的在賣兒賣女了,唉……」

李空竹聽罷,徹底沒了吃番薯的心情。

卻聽老者又道:「聽說靖國國都內,有那精通天文地理的術士批論,今秋過後,還有洪澇、雪災襲來哩。」說罷,連連嘆息著。「生於何時何地,若沒有一國明君,都是在逼民造反啊!」

「呵。」李空竹輕笑。「從來國之興亡都輪不到百姓選擇。所謂的興,不過是討口飯吃,飽肚不餓;亡,亦不過是沒飯吃時,想要得一口飯吃,才會選了邊站,而操控這一切的,從來不是百姓。所謂的逼,不過是上位者對下位者使用的手段罷了。這個世道,手無寸鐵的百姓從來沒有選擇的權力,永遠都是被利用的一方。」

華老被她突如其來的長篇大論弄得愣怔,李空竹卻完全失了再聽下去的興趣。左不過就是自家男人以前的國家要內亂了,而他如今效命的國家,怕是想乘機打主意吧。

男人都走了這般久,想來開戰已經迫在眉睫了。

李空竹將番薯扔進盤裡,起身道:「才記起還有帳冊沒盤算好哩,就不陪您老人家閒嗑。」說罷,衝他福了個身後,便提腳快步的去了主屋。

華老見她離去，這才回過神，睇眼嘆了口氣。「丫頭這番話，當真是大逆不道。」不過卻又不無道理。

靖國國界某處

趙君逸領著三百精衛隱在叢林中，劍濁拿著剛傳來的信件，快速奔來遞予他。

趙君逸接過打開，快速閱覽完後就將之揉揣進懷。「吩咐下去，讓眾人小心隱著養好精神，屆時配合變國國界內的礦洞，將那小村莊一同剿滅了。」

「明白！」劍濁快速的隱著身形退下。

趙君逸則飛身至一棵參天大樹上，立起身，看著遠處那立於山峰極險處的小村莊，眼中閃過一抹嗜血的殺意……

夜幕降臨，這山林中極珍稀的鳥開始「咕咕」啼叫起來。

隱在暗中，身著黑衣的三百精衛，在領頭人的帶領下，慢慢向那險峻的山峰摸去。羊腸小徑上盤著密密麻麻的荊棘灌木，偶爾還能聽到被驚動的毒蛇嘶嘶吐著蛇芯子。

極陡的山路甚至全然沒有一處好落腳的地方，若不是這些黑衣人訓練精良、武功高強，踩著山石就能借力攀騰的向上躍，若是普通人在此，死一萬次也不足為奇。

行至半山腰的時候，趙君逸拿出懷中地圖，扔了一份予劍濁。「分頭行動，我堵入口，你領人且守著出口。」

「屬下明白。」劍濁抱拳，將那羊皮地圖揣入懷中，就對身後的一眾人等揮手道：「宇之輩的隨我來。」

眾人齊齊點頭。在未驚動一草一木的情況下，人馬分成了兩隊疾行，如鬼魅般快速的消散。

領著人馬來到入口處隱蔽好，聽著裡面叮叮噹噹傳來的鑄兵器聲音，趙君逸拿出一條蒙面的黑巾，眼中閃爍著仇恨，慢慢將臉圍遮起來。

「咻！」片刻，黑暗靜寂的天空裡，從遠處傳來極響的爆竹聲。一道白白的煙尾帶著紅光就那樣升上了天空，拖至最高處炸開。

趙君逸瞇眼，抬手在黑暗中揮動了一下。

立時有人從後面跑上來，從懷裡拿出個布包的東西，隨著火摺子一個吹亮點燃，就從裡面冒出一股極濃的燻煙來。

那人見煙起，就運用掌力，向洞口內大力搧去。

洞內的一眾人正熱火朝天的鑄兵器，裡頭叮叮噹噹的打鐵聲響使其未聽見爆竹聲，直到燻煙撲面而來，下一瞬，一道尖利的哨聲響起，那些人才反應過來，倉皇跑去抽那打磨好的刀劍，準備反抗的向入口衝去。

奈何洞口的煙來得過急過濃，好些人在反應過來不過幾個彈指間，就給燻得嗆咳不止，嘔吐著向地上倒去。

裡面被這番突擊弄得人仰馬翻，有領頭人在大叫著注意防毒、遮面，卻已於事無補。

外面的趙君逸所領人馬，早已做好準備待命。男人眼睛輕瞇，看著那搧動著毒煙之人，靜靜的在心中默數時間。

「啊——嘔！」待聽到越來越多人倒地，聲響漸小後，男人這才起身，對著後面的眾人使了眼色，率先向裡面飛身進去。

後面跟著的眾人一看，亦是身形如閃電般，一個一個的躍了進去。裡面的煙霧瀰漫，男人的眼睛卻猶如黑夜裡的狼眼般，閃著幽深的嗜血光芒。

那些吸入毒煙倒地的眾人，在看到有外敵侵入後，紛紛用刀劍支地，想重新站起來與他們交戰。

趙君逸只冷冷掃過那一眾無力反抗者，轉頭看著後面跟進的下屬吩咐。「這裡留幾人善後，其餘人隨我來。」

眾人點頭答是後，男人快速地衝向那洞壁的一處，找著一機關，向裡伸手拉扯。瞬間那擋在眼前的一塊巨石，「轟隆」一聲緩緩的移開來。

男人揮手，後面的下屬紛紛跟著他向那洞口行去。一進去，裡面是條極深極黝黑的地道，路途行進中，每隔三丈可見一處點亮的火把。為怕裡面缺氧，洞壁上還鑿有通風口，火光因而隨著氣流搖曳著。

趙君逸領頭在前面飛快的行進著，那豎起的耳朵也時刻的觀察著裡面的動靜。

輜重車輾壓的「軋軋」聲傳來，男人聽到後，直接從快步行進改為飛身跳躍。幾個瞬息間，就見那一隊隊推著輜重之人，正奮力朝下山的通道奔跑。

男人藉著洞壁翻轉向那邊飛躍著，待追上後，又踩著那推車人的肩膀，一個個的超速到了最前。

「什麼人?!」推車眾人一驚，紛紛停車，從車底抽出一把把閃著寒光的刀刃。

男人立在最前瞇眼，看著那領頭之人，抬手向後面無聲跟來的眾人揮手。

那推車的領頭人慌神一瞬，跟著轉頭向後看時，卻見男人手如疾電的射出一枚銀色尖釘，「咻」一聲整根穿過那領頭人的脖子。

那領頭人還未來得及驚訝，就那樣張大嘴，驚瞪眼的往地上倒去。

男人的這一動作，令這幾隊人馬驚亂了腳步，在那兒拿著刀劍倉皇比劃著，背對背慢慢的靠攏成一團。

被趙君逸揮手示令的一眾黑衣人包圍、攻擊，那靠攏的幾隊人馬，見又有數人被殺死後，亦是眼中閃著嗜血狠意，破釜沈舟的舉劍反抗。

鏗鏗鏘鏘的刀劍碰撞中，慘叫是一聲連著一聲。

趙君逸冷眼站在周邊看著，打鬥中，有人看他不動，就想乘機偷襲。

奈何那偷襲者只一調轉劍尖，就會被一枚極尖的尖釘射中，要麼入喉，要麼入眉，且招招致命，沒有一絲多餘的廢招。

連續幾次之後，再沒有人想從他這裡找出口，皆改變方向與那群黑衣人殊死搏命。

不想黑衣人亦是精心挑選的菁英，那推輜重的小隊雖也有拳腳在身，可在眾多的菁英圍剿之下，也不過是螳臂擋車。不出半刻鐘，一行幾十人被滅得一乾二淨。

趙君逸吩咐眾人再次確認無活口後，揮手示意眾人撤退，向下山的出口飛去。路上如此又解決了幾隊後，他們在出口處與劍濁領著的另一隊人會合。

「可有被發現？」對著前來稟報的手下，男人問道。

「並未。」

趙君逸點頭，留了幾人在這兒繼續蹲守，看是否有漏網之魚後，便又領著那會合的隊伍，向另一放置兵器的山澗處趕去。

回想當初為了探透這一地帶，自己與那暗衛，在這裡可是待了有小半月的時間。其間更是因為耗時太久，再沒了壓毒之藥的情況下，過度使用內力，造成元氣大損，讓他好幾次都險象環生。

如此大禮，他怎麼也得回敬點給九王才是。

一眾人隱身在黑夜裡，穿過山澗一叢小密林，來到一處幽靜之所。男人隱在叢林後，深眼看著不遠處，一座位於半山腰的兵器庫。在這座兵器庫裡也有著地下暗道，那是通向山澗另一邊的平坦官道，讓九王能夠直接運走兵器。

「可有安排人在出口處？」

「主子放心，人早已派去了，只待信號升空，便會有所動作。」

趙君逸點頭，看著那守在洞口徘徊的幾個帶刀侍衛，向劍濁點了下頭後，便抬步往明處走去。劍濁見狀，吩咐後面一聲，亦是快步上前護衛。

「咻！」信號彈升空，立時引起那徘徊的侍衛警覺。抽出佩刀，還不待大叫的詢問是哪路人，就又聽得震耳欲聾的爆炸聲相繼傳來。

聽到傳來的轟炸聲，趙君逸一個飛身躍起，彈出的銀色尖釘如長了眼般，迅疾的向那幾人的額間飛去。

「啊！」短促的幾聲慘叫，被那轟鳴的爆炸音淹沒得無聲無息。

等爆炸聲響止歇，男人才提腳來到那半山洞口。身邊人點亮火把後，男人抬步走了進去，看著那一洞碼得密密麻麻、閃著寒光的兵器。他只冷冷的勾了下嘴角，就又轉身出了山洞，提腳向山下走去時，聲音冷如寒冰的吩咐。「炸了。」

「是！」

待一眾人行至這邊山峰後，就聽見那邊又連續傳來數聲的轟隆響動。這還未完，在男人領人朝出口走時，一路走，一路又讓人照樣安插了大量火藥。

等眾人躍至安全地帶後，男人雙手背在身後的挺拔站著，看著那隱在險峻山脈裡的村莊，又是一個揮手，一個炸字落下。

接著，只聞數聲巨響，就見那整個小山立刻呈了崩塌之勢，山石轟隆著不斷向山下垮塌，而那隱在山脈裡的小村莊，也隨著整個山脈的崩解，給埋葬在了亂石爛泥之下。

「主子……」

「走吧。」男人靜靜看完這一幕後，沈聲吩咐，轉身便向變國國境躍去。後面的劍濁亦是趕緊揮手讓眾人跟上，往自己的國界行去。

一行人來到變國鐵礦山底處，趙君逸與崔九派來剿滅三皇子鐵礦的劍影會合。劍影看到他，立刻拱手行禮。「世子！」

趙君逸揮手免了他禮，看著那礦山山底處一眾被勞役抱頭蹲著的苦工，眼神暗了下。

「四皇子可有說如何處置這些人？」

「這些人裡多是被暗中抓來奴役的邊境百姓，也有些死刑犯。四皇子著屬下好生查清楚後，再行了那該放之事。」

男人點頭，卻見劍影又從懷裡拿出一封信來。「四皇子吩咐，待這事完後，會另派人前往靖國去煽動民亂。為防三皇子最後反咬一口，四皇子還請世子務必在重陽這天趕赴京城，提早安排做好防範。」

趙君逸不動聲色的打開信件，寥寥幾筆瞬間令他明白過來。伸手將信件撕了個粉碎，立刻轉身對劍濁吩咐道：「著人準備，回京城！」

「是！」

靖國九王與三皇子暗中合謀的兵器庫與礦山盡毀，而且靖國境內還有人開始煽動民眾仇視朝廷，起義對抗。

先期由於人少，靖國朝廷不怎麼重視，可隨之而來的連續暴雨，造成更多民眾流離失所、瘟疫氾濫後，朝廷非但沒有管，還令軍隊大力打壓災民。

經歷了旱災顆粒無收，又經歷了洪澇瘟疫而流離失所的百姓們，在接連的逼迫之下，終是忍無可忍，紛紛受人蠱惑的揭竿而起。

這時的九王，因兵器庫被毀，民間的煽動也被人提早了一步，在計劃接連失敗的情況下，與之一直友好的變國，也出爾反爾的在邊界增軍鎮壓。

重重壓力之下，靖國皇帝甚至懼怕兩國交戰，想派使臣前去變國說和。

九王此時意識到，變國怕知道了他與三皇子之事，又猜著自己的謀算怕也被變國看了個一清二楚，這讓以陰險著稱的九王，怎能甘心？原本只差一著的奪位之戰，搞得他不得不提前舉兵叛亂，弒兄奪位。

就在他血洗皇宮登位的第五天，消息就傳到了變國。此時被軟禁了的三皇子得知了前因後果，更是在九九重陽佳節設宴之日，開始了垂死掙扎，打算起兵謀反。

可惜最後他雖成功殺了變國皇帝，後來卻被崔九以誅殺叛軍之名，漁翁得利的奪位，成了新一代的新皇。鎮壓叛亂過後，喪鐘響起，新皇登基之日，崔九難得抽空在書房接見了趙君逸。

「如今靖國九王雖然成功登基，但靖國災情卻得不到緩解，國內依然暴動嚴重。想來我登基之事過不了兩天就會傳過去，屆時九王肯定會覺得我會先按兵不動。」說著崔九拿出一塊虎符遞予他。

見他伸手來接，就嚴肅著臉道：「君家之將君逸之！」

「臣在。」趙君逸接過虎符，一臉肅穆的抱拳單膝跪了下去。

「從今日起，本王授命你為忠勇將軍，率領我邊界三十萬將士北上征討靖國，解救靖國百姓於水火之中，早日脫離苦海。」

趙君逸眼神暗沈，摩挲著手中兵符，埋頭極響的回道：「末將領命！」

崔九嗯了一聲，隨又臉色輕鬆的從書案後走出來，拍了拍他寬闊的肩膀。「莫要辜負了忠勇之名，去奪回屬於你的一切吧！」

「多謝皇上。」

一聲皇上叫得崔九一愣，繼而哈哈大笑起來。「好，好啊！」搖著頭的再次拍了拍他的肩膀。「恕朕暫時不能為你辦餞行酒，只能讓你悄聲去了邊界。」

「末將明白。」

崔九點頭。「嫂夫人那兒你且放心，有舅公與我暗中派去的暗衛相護，必保她萬無一失。除此之外，朕可還會給她一份驚喜。」

「多謝皇上。」

「是。」

崔九不在意的揮揮手。「無事了，你退下去準備吧。」

待男人出屋，崔九重回座，抽出桌上的奏摺看了遍後，忍不住大笑出聲。

變國皇帝死了，變國四皇子登基了。這些都與遠在環城鎮的李空竹沒有多大關係。

唯一有一點關係的，就是聽說府尹被捋職，連帶著下頭的縣官也被捋了，而李梅蘭所嫁的任家，也因為曾巴結縣官，為其探過不少消息的任元生兩父子也被判了罪。

不過因任秀才癱瘓在炕，任元生還死了，新來的縣官無法問罪，只得捋了任秀才的頭銜，除此之外還罰任家賠了二十兩白銀。

因為這一事，讓李梅蘭在任家愈加難做人了，任元生的親娘幾乎每天都對她打罵不止。郝氏因想女兒去看了她一回，結果回來後的第二天，就馬不停蹄的跑來趙家村，想找李空竹哭訴。不想，因上回之事，這才一進村，就讓村人把她給追攆得十分狼狽，不但沒有見到李空竹，還被打了個鼻青臉腫。

無處可訴苦的郝氏，最後只得去了學堂找李驚蟄，一把眼淚一把鼻涕，哭得只差沒上吊了，卻還是沒換來李驚蟄的同情。

不過因著此事，李驚蟄最後被老先生狠狠的拿棍子打了幾個手掌。理由便是，他不尊了孝道。

李空竹彼時正替李驚蟄高腫的手掌上藥，一旁剛回家過完重陽，又跑來長住的惠娘看了，不由得心疼道：「你這娃子，何不跟先生解釋清楚？要下回她還去你學堂哭，不還得被打一頓嗎？」

「嘿嘿！俺沒事呢。」李驚蟄撓了下頭。這事不好宣揚，再怎麼說都是家醜，他要說了出來，少不得會被人拿來說道。

李空竹上好藥，在他手掌心吹了吹。

李驚蟄癢得抽回手，轉眸看了眼惠娘道：「惠娘姊，俺有事想跟大姊說哩。」

「你這娃子。」惠娘點了他小腦袋瓜子一下，又摸了把有些隆起的肚子後，便提腳走出去。

「啥事？」李空竹合上藥蓋後，轉頭看著他問。

只見李驚蟄撓著頭想了半天，才小心開口道：「娘今兒來找俺哭，說除了二姊在婆家不被當人外，還聽說鎮上來了個姑娘。」

「姑娘？」

驚蟄點頭。「說什麼是鎮上私塾先生家的姪女。說是……說是……」

李空竹看他有些臉紅，想著他沒頭沒尾的話，猜測了下，看著他問：「那姑娘，是為任元生來的？」

見他驚愣的瞪眼看來，李空竹便確認了猜測，伸手拍了他小腦瓜子一把。「大姊長你這般多歲，不是白長的。」

「也是喔。」李驚蟄撓頭，又不好意思的道：「那個姑娘找來了，說是、說是有了二姊夫的骨肉哩。」

李空竹瞪眼。「有了骨肉？」

「嗯。說是二姊的婆婆已經讓她住進任家了，還讓二姊好生伺候著。」

所以李梅蘭這是不甘心，才找了郝氏來搬救兵？可是那個任元生，不是跟李梅蘭感情也不錯，這才堅持訂親嗎？如何會與別的女子搞出個孩子了？

第六十九章

李空竹思緒有些亂，李驚蟄在一旁不解的問著。「先生常講君子之禮，又常講男女之別。況且，二姊夫不是跟二姊訂親了嗎？為何又與別的女子親近？」

「誰知道呢。」李空竹拍他一下。如今任元生死都已經死了，也死無對證，可看那任家既接受了那女子，想來孩子之事十有八九是真的，任家說不定本就知情。

「所以哩，你有什麼相求的嗎？」他是心軟了，聽了郝氏的話，想把李梅蘭救出來還是怎樣？

「相求什麼？」驚蟄疑惑的看著她。他只是覺得驚奇，憋在心裡不得勁，想找個人說說，又怕說給外人會遭說道，只有找自家姊姊罷了。

李空竹詫異了下，隨即又笑開來。「倒是我想岔了。」摸了把他的小腦袋，她自小炕上起身道：「既然閒聊完了，就趕緊去寫大字吧。至於先生那裡，我明兒隨你去趟學堂，與他解釋一下。」

「不用了！俺真沒事哩。」

見他堅持，李空竹笑笑，沒有多說什麼，走出了屋。

院子裡華老與惠娘又鬥嘴了。

看到李空竹出來，惠娘拿了塊蛋糕在手，起身衝著華老哼唧了聲。「得得得了，我呀，說不過老先生您，且先離遠點的好。」招手拉著過來的空竹拍了拍。「我去找芽兒，這老先生，還是留了妳與他談談事吧。」

李空竹笑著盯了眼她的肚子。「去可以，可別鬧得太厲害。如今妳倆都是金貴身子，可得注意點。」

惠娘被她說得有些臉紅，揮手掩飾的哼了聲。「知道了！」

看著走遠的惠娘，李空竹輕笑著坐在她剛坐下的位子。「說什麼了，幹麼兩人又吵起來了？」

「哼！」華老別過頭，隨即拿著酒壺問她要不要喝？

李空竹搖頭，拿了個蛋糕在手，慢慢吃著。

華老斟了一杯酒，道：「如今變國大部分的軍隊都在靖國邊界鎮壓，怕是不出幾天，這一仗就要打響了。」

李空竹點頭，在吃完一塊蛋糕後，又伸手拿了第二塊。

華老拿眼瞪她。「就沒有什麼想問的？」

「問什麼？」女人回頭奇怪的看他。「前兩天你不是說靖國發生洪澇了嗎？接著靖國九王跟咱們變國新皇都登基了，又是大軍鎮壓要開戰，這麼明白的事情，華老想我問什麼？」

華老頭被噎了一下，見她又拿了塊蛋糕吃，不由哼道：「最近老見妳吃得比那豬都多，當心君家那小子回來，看見妳那胖如豬的身材，不要妳了。」

「倒是要讓您失望了。」李空竹笑了笑，幾口再次解決完一塊後，又倒了杯溫水一口喝進肚。「這些天累得很，不但沒胖，腰還瘦了一寸哩。」

如今快要十月，那秋衣都加厚了，可她的尺寸卻沒有多大變化，且看著比以前還要瘦一點，也不知是想男人給想的，還是忙活給累的。

華老聽她如此說，眼中倒是閃過一抹心疼，嘴上卻不饒人的刺道：「哼，一天天的沒有半點大家閨秀的樣子，男人不在，就好好在家待著嘛！」

「怕是不成哩。這麼多張嘴要我養著，哪就能待家裡了？」女人嘻笑。「我知華老心疼我，放心好了，我知道該咋做。」

「休得胡言，老夫何曾說過心疼妳了？不過是看不過妳一個女人總拋頭露面罷了。」見他板著的老臉顯出一點紅暈，李空竹趕緊笑著點頭。「是是，你沒有心疼我，你這是在損我。」

「妳……」

老者被噎住，李空竹則笑著起身。「既然不跟我說與惠娘吵的原因，那我就去忙了。三十畝地的桃子快能摘了，我得去安排一番哩。」

老者聽了不耐煩的揮手。「隨妳便！」

李空竹勾唇，衝其福身後，便開院門出去了。

兩國開戰的消息傳得很快，各個府城官衙都貼了告示。

打仗的原因很簡單，說是靖國如今瘟疫橫行，靖國皇帝不但不想著扼制瘟疫，還將得了瘟疫的死屍，偷偷運到變國拋屍。

狼子野心的想害變國的百姓也感染那無藥可醫的瘟疫。若不是邊界戰士發現得早，如今怕是變國邊界這一帶就沒法住人了。彼時，人人都在談論這次的戰爭，村中和作坊，自是也免不了的熱烈討論。

李空竹視察作坊時，見工人們個個都憤怒異常，不停罵著靖國可恥，就笑著出了作坊。善良的百姓總是很容易糊弄，若不是她知道內情的話，怕也會被這輿論牽著走了。

想著那在邊界作戰的男人，李空竹心頭莫名的生出絲不舒服之感。

他離開快一個半月了，竟連一封報平安的信也無，所能知道的資訊，也不過是從華老那兒所得的一星半點。也不知他可還記得以前與她約定過，定要讓她知道他消息一事？

李空竹想得頓步，抬頭向遠方眺望了眼，又失笑的搖搖頭，收拾好心緒後，便回家去了。

李空竹才從作坊回來，正翻著作坊這一月的進出帳時，于家的來報，說是趙族長家的孫兒媳過來了。

李空竹聽了趕緊下炕去迎，才將步出屋門，那媳婦子就被于小鈴領到了跟前。

她未語聲先笑的伸手。「哎喲，這多日不見，嫂子越發水靈漂亮了，瞅瞅這小模樣，竟是比那十一、二歲的嫩妹子還嫩哩。」

李空竹拉著她伸來的手，笑得謙虛。「弟妹可別折煞我，就我這歲數，都是娃子們的嬸兒了，還跟十一、二歲的小娃子比，可不得讓人笑得慌？」

的。」

李空竹邊說邊讓她進屋，媳婦子瞇眼笑著搖頭。「可不進去了，我呀，不過是來傳個話

「啥話還不能進去坐著歇下說了？」

她嗔怪著，媳婦子只領情的搖頭，隨即附耳過來道：「是你們這幾房的事呢！那大房、二房去了我家，跟我爺說了些啥後，爺爺就讓我來傳話，讓妳隨我過去哩。」

李空竹心下了然，扯了個笑道：「倒是又麻煩族爺了。」說著轉頭吩咐于家的。「家中留樣的罐頭呢？全都拿來。對了，還有那蛋糕，我記著才剛出爐吧？也裝上點。我正好也多日未去族爺那兒了，今兒就順道去看看他老人家吧！」

「噯！」媳婦子拍著她的手。「哪兒就用得著這般麻煩了？妳只要過去就行，爺他老人家可是族長，這有啥事啊，還不是他的分內事？」

媳婦子雖這般說著，可眼中的笑意卻是怎麼也掩不住。

李空竹回拍她的手。「我明白，但這是我這做晚輩的心意。如今忙得腳打後腦勺，要忘了啥，若族爺怪，還請弟妹屆時多幫著我美言幾句。」

「瞧嫂子說的，放心好了，爺爺指不定啥也不怪妳。」

「如此甚好！」李空竹笑著點頭。見于家的將東西裝好用小籃子提過來，就給于小鈴打了個眼色，要她去接。

待于小鈴接過籃子，恭敬的立在她的身後，李空竹才對媳婦子道：「走吧，弟妹。」

媳婦子瞧滿滿一籃子禮，眼神一閃，下一瞬就答聲好，兩人便相攜向族長家去了。

彼時正在族長家堂屋坐著的趙金生、趙銀生幾人，皆低著腦袋不敢大聲出氣。就在剛剛他們才將話說完，族長就命他那孫媳婦子去請了老三家的，且從那以後就再沒有開口問過一句話，而他們亦是被這沈默的氣氛嚇得不敢再多說什麼。

院外傳來說話聲，是族長的孫子聽著婆娘叫門，前去開門。幾人聽到那夫妻倆的談話聲外，另還有道清麗的女聲笑著與人打招呼。

屋裡幾人心頭一緊，坐在下首的趙家兩房，暗中對視了眼，皆從彼此的眼中看到了勢在必得之意。這種同夥間心照不宣的團結感，瞬間令那緊張的心平靜下來。

李空竹隨那媳婦子進屋，不動聲色的將屋中之人掃視了幾眼，又面帶溫笑的衝著上首正在刮茶沫的老者屈膝福禮。「族爺！」

趙族長聽得挑眉，放盞於桌，看著她捏鬚笑道：「倒是不用這麼大禮，快快起來吧！」

「謝族爺！」李空竹起身，給于小鈴打了眼色。

于小鈴收到，將提了一路的精緻小籃子遞給那媳婦子。

媳婦子笑著伸手接過，很上道的不忘跟自家爺爺賣起了李空竹的好。「這一聽說要來看爺爺，嫂子可是四處找著見面禮哩。瞅瞅，這新封的罐頭都拿了四罐。要知道這玩意兒在鎮上，可是賣到三百文一罐哩，這一送就送了一兩多的銀子，更別說還有這新出爐的蛋糕呢！」

下首幾人聽得眼皮直跳，互相看著的眼裡是止不住的貪婪。

上首的趙族長將幾人的神色瞧在眼中，又爽朗的笑看著李空竹道：「勞妳費心了。趕緊坐下吧！」

「是，謝謝族爺。」李空竹笑著再福一禮，帶著于小鈴向趙家兩房的對面坐椅走去。將落坐，似才見到另兩房人般，驚訝的挑眉道：「大哥、二哥、二嫂，你們也在啊！」

張氏眼神閃了一下，見自家男人肅了臉，趕緊暗中拉了他一把，這才笑著回道：「是啊，有點事兒要找族長主持哩。」

「這樣啊！」李空竹點頭，見媳婦子端了茶盞上來，趕緊起身接過，給她道了謝。待坐下，乱盞喝了口茶後，才放盞笑看著上首的趙族長問：「聽弟妹說族爺趕著找我哩，不知有啥事？」

趙族長聽她裝傻，眯眼向她看來，不過轉瞬又笑著移開眼，看向另外三人。「人找來了，說說你們想要做的事吧！」

「族長！」趙銀生有些驚怔。他們不是跟他說過了嗎，為何這會兒又讓他們再說一遍？

「別看我，這事你們雖向老頭我說了，但我也斷沒有在人不知情的情況下，去強硬的主持。」

趙銀生聽得不忿，轉眼去看自家大哥。趙金生則用眼角瞟了眼李空竹，又去看了看上首的趙族長，垂了眸，囁嚅道：「俺們想跟老三斷了關係。」

李空竹怔了一下，心頭嗤笑。「所以呢？」都說到要斷關係了，以著他們的貪婪，怕沒那麼簡單俐落吧？

果然，她這話一出口，那邊趙銀生率先就繃不住了，在那兒揚著腦袋、斜著眼覷她。

「要斷絕了關係，老三就再跟俺們沒關係了。這以後，管他姓趙、姓李，都與俺們無關哩！」

「族爺，這般可以嗎？」李空竹轉眸看著趙族長。她倒是求之不得哩。

誰知趙族長卻看著她笑道：「老三是入了族譜的，只要族裡的人不將他除族，他就永遠是趙家人，這一點，老三家的儘管放心。」

李空竹心下好笑。「既然這樣，又算哪門子的斷絕關係？」

那邊趙銀生又要開口嘲諷，卻被張氏再次暗中扯了一下。見他發怒，她就趕緊示意他去看上首的趙族長。

趙銀生轉眼去看族長時，卻被他一個冷漠的眼神掃來，立時就令他心頭打了冷顫，不敢再開口。

趙族長見這邊沒人再多嘴，就瞇眼笑道：「他們想要斷的是與你們這層，與族裡無關！」

李空竹低頭不語，手拿茶盞在那兒刮著。

如今的她，與那兩房無異於斷了關係，他們現下拿來說，無非是想藉此過來占點便宜罷了。若是可以，她倒是想和趙家全部一起斷絕關係，順道除了族。不過現下看來，族長這個老狐狸，怕不是那麼容易對付。

如此，那便先解決了小的吧。「幾家人早已不來往了，既是要斷絕，那就斷吧。」

「這話可是妳說的！」趙銀生表情激動的喊著。

李空竹疑惑的看他。「我說的？我說了啥？這要斷絕關係，不是你們提出來的嗎？我不過是順著答應罷了，二哥這話，難不成還有其他意思？」

趙銀生急著要開口，那邊趙金生和張氏卻同時將他擋著。

「沒啥不簡單的，老三家的妳別多想，不過是想要回點從前的東西罷了。」

趙金生說罷，就起身衝著族長行禮，道：「這事於老三家的來說也不過分。爹娘養了老三八年，到死都還為了老三著想，當初給老三說了老三家的，也是我們兩房出的錢。雖說分家時，咱們兩房拿得有些多，讓外人看著有欺負之嫌……若老三家的也是這麼想，那在這裡，大哥就先向妳陪個不是了。」

說著，當真轉身給李空竹彎了一身。

李空竹見此，只輕側了下身子，並未起身的淡笑道：「當不得哩。」

趙金生眼深幾許，不予計較的繼續道：「誰也未曾想到老三家的會有那等本事，不但會持家，賺錢方法也是一抓一個準的好手。雖說我們兩房人先頭有起嫉妒之心，可論到底，誰對誰錯也分不清了。」

這是想打迷糊仗呢？李空竹聽得心下好笑，卻不動聲色的繼續聽著。

「再就是俺家的婆娘，是個粗鄙之人，好折騰、好打鬧，身為一家之主，我監管不力。為此，我再給弟妹道個歉了。」

李空竹心下對趙金生這番作為，不由得高看了一眼。玩了這般久的隱忍深沈，倒是行啊。

「不過……」

不過？終於要進入主題了嗎？

趙金生一臉落寞的搖頭。「不過今後這些矛盾不會再有了，弟妹放心。今兒這事解決後，往後我們兩家人就再不會出現在妳面前了，我與二弟兩口子商量好，事情完後，我們就會出了趙家村，去別的地兒定居去。」

去別地兒住？李空竹不得不承認，這話確實夠吸引她，但還沒聽到後話，她可不會隨意拍掌。不動聲色的刮著茶盞，並不著急的慢品著。

那邊幾人一直都在觀察著她的神色，以為在說出這話後，至少會令她喜不自禁。卻不想，她並沒有多大的情緒起伏，面上始終令人捉摸不透。

見她不接話，趙金生暗中咬牙又道：「出了村，去別地兒定居，相當於變相的自己除族。沒有族人護著的日子，去了外地，我想大家都明白，不然以老三家的這般恨了我們兩房，為何還不願搬離？道理都是一樣，外面日子不好混，若再沒了銀錢傍身的話……」

李空竹挑眉，心下呵呵了兩聲，依然不動聲色。

見她還是不肯接話，趙金生的臉色有些難看了，與另兩人對視了一眼。

張氏也是眼神閃了閃，猶豫不定。不過趙銀生卻是個急性子，最不耐的就是這樣拖拖拉拉，直接一個蹦起，道：「我們也不要多，八年的米糧跟那二畝桃地，一共給個二百兩就成。這點錢，老三家的，對如今的妳來說，想來不會太難吧！」

「呵！」李空竹冷笑，倒是敢開口。二百兩？如今她雖不缺這二百兩，可要讓她白白拿給這幾人，怕是想得太美。

幾人聽她出口一個呵字後，後面就再不接話，不由得有些急了。

還是趙銀生最先忍不住了。「老三家的，妳是個啥意思？都說到這分兒上了，我們也不礙妳眼了，還覺得不公不成？」

李空竹抬眼看了他一眼，又轉首去看上首的趙族長，卻見他不知何時閉上了眼，在那裡裝作沒聽到的假寐著。

「族爺覺得這事公平？」李空竹可不打算讓他糊弄過去，直接不客氣的詢問。「農家人養兒女，算著肥吃肥喝，一年四兩可夠？九年三十五兩可夠？另還有那二畝桃地，一塊只能種酸桃的地，當初值多少錢，我又是拿多少錢從村民手中買的地，族爺難道不知？」

趙族長被她這大聲的喝問，弄得不得不睜開眼來面對。

咳嗽一聲，還不待說話，那邊趙銀生卻又憤憤的喊出聲。「那地早已不同往日。如今被妳嫁接了大桃，做成罐頭，這一罐就值三百文，試想下，那二畝地能做多少罐頭？又是一輩子的事情，論起來，還是老三家的妳占了便宜哩。」

「哦？既然二哥這樣說的話，那二畝地還你們便是。」

趙銀生噎住，趙金生卻有些心動不已。若還二畝地的話，那桃子一年也能賣不少錢哩。

正當幾人對眼交換了意思，正想答應時，卻又聽李空竹又道：「可是能行？若行的話，我這就回去著人卸了那枝。」

「為啥要卸了那枝？妳憑啥卸了那枝？」趙銀生立刻不滿的跳腳。

「憑啥？」李空竹好笑的抬眼看著他們。「兩房哥嫂莫不是忘了？你們當初分給我們的可是二畝酸桃林，要還，自然也得還你們同樣的酸桃林吧，不然哪有公平之說？」

幾人被堵得啞口無言。好半晌，張氏眼神閃爍道：「不就是二畝桃林地，這卸來卸去也怪麻煩的，好不容易成活了，再卸不可惜嗎？聽說當初買那枝要不少錢哩，老三家的，妳能捨得？」

「不捨得也得還啊！」李空竹不在意的輕笑。「好在來年的枝兒我有的是，不在意這點兒。」

幾人咬牙。這是寧願浪費那幾十兩的銀子，也不願給了他們嗎？

見他們不再說話，李空竹漫不經心的又喝了口茶，末了，看向上首自睜眼就沒「搶」到過話語權的族長。「族爺覺得我先頭說的話可有道理？」

另幾人皆白著臉向上首看去。

趙銀生更是一臉急切的哭喪著臉道：「族長，我們可是都讓步到這境地了！」她都有那般多銀子，拿一點出來不行嗎？趙家村他們都不待了，還要將他們逼到何種地步才甘心？

這個老三家的，當真與老三一樣心思狠毒！

趙族長不鹹不淡的瞧了幾人幾眼，心裡來回過了一遍，正斟酌著怎麼開口，不想院外又傳來了敲門聲。

第七十章

「來了！」媳婦子將一籃子禮品收完，便在屋中做著針線，聽到叫門，就趕緊放了針簍子迎出去。

趙族長眼神沈了下，看向李空竹笑道：「有人叫門，等上一等可好？」

「自然。」李空竹輕笑，她亦不差這一點時間，自是磨得。

院子裡媳婦子一打開門閂，那大門就被人從外猛力的推開。

見到來人，媳婦子臉色有些不好的諷道：「喲，我當是誰哩？這不是那被休的前大嫂嗎？來這兒做啥？如今鄭氏與趙家，可是兩家人了。」

鄭氏才沒空理會她，她拉著大兒子才從李空竹家過來。聽人說當家的來找族長，連那小賤人都請來了，就越發覺得自己沒有猜錯，他們這是準備背著她，向那小賤人發難了。

想著小賤人厲害著，怕自家人吃虧的鄭氏，趕緊推了把那媳婦子，再暗中戳了下自家的大兒子。

趙鐵蛋領會，趁兩大人推擠之間弄出的空隙，一下便機靈的溜了進去大喊著。「爹——爹！俺跟娘來了哩！」

「當家的，你們是不是來找小賤人算帳來了？可得算清楚了，那地那糧，可都不能漏了啊！」鄭氏在外面仰著脖子，衝著裡面大喊，肥手還不忘使勁的將那擋在面前的媳婦子一把扒開來。

媳婦子被推得踉蹌，差點氣竭，扠著腰正要大喝，卻聽裡面的族長一聲沈喝傳來。「趙甄，還不快把那不是我趙家人的潑婦給我趕出去！這般隨意放這瘋婦進來，是沒將我這做長輩的放在眼裡了啊！」

裡屋的人在一聽到鄭氏的聲音，皆變了臉。

尤其是趙家另兩房的幾人，趙金生一雙眼更是閃露凶光，恨不得將那來搗亂的婆娘掐死才好。

看著叫得歡快進屋的自家兒子，他一個狠眼瞪去，低吼道：「滾出去！」

趙鐵蛋本興匆匆地跑進來看有沒有好吃的，哪承想，這才跨進門檻，就聽見屋裡大人的吼聲。還來不及發怔，又看到了自家爹恨眼瞪來，加上那聲滿懷怒意的低吼，立時讓他嚇得眼淚滾滾而出。

「哇——」心頭害怕，加上一屋子的肅靜，讓趙鐵蛋再也忍不住的仰頭哭出聲來。

族長的孫子趙甄在外面聽到自家爺的吼聲時，趕緊過來幫媳婦子將鄭氏請出去。

哪承想，在外面正想往裡闖的鄭氏聽到大兒子哭後，氣得大叫連連。「趙金生，你他娘的吼他做啥？不過是湊個熱鬧，又不是那衙門會審，咋地，還不讓人進了不成？」說到衙門二字，不知怎的，她臉上一虛，竟是聲音放小了。

媳婦子見她不知好歹，當即就伸手推了她一把。「就算不是衙門，這裡也是衙門管不著的地方。怎麼，如今妳可不是趙家人，還想硬闖不成？我呸！不要臉的玩意兒，也不看看這啥地方，妳算個什麼東西，滾出去！」

鄭氏被她推了個趔趄，當即捋袖子就要還以顏色。眼看兩婆娘要打到一起了，屋裡的趙鐵蛋也哭得哇啦哇啦的，趙族長黑著臉，當即就一個狠勁的拍桌，底下幾人登時嚇得眼皮直跳。

趙金生更是動作極快的自凳子上起身，快步過去，一把抄起自家還在哭的娃兒向院子跑去。

院子裡鄭氏還在趾高氣揚的叫喊著，趙金生出來見狀，上前就是一個大嘴巴搧去。鄭氏被打得懵了一下，待回過神，見自家男人扭曲著臉，帶著狠意的瞪著她，就不由得瑟縮了身子。

還不待她開口，趙金生又一個低吼道：「滾！」

鄭氏本有些心虛，被這一吼，當即就有些不服氣。「憑啥？憑啥你們就都背著俺？有啥事是俺不能知道的？趙金生你個狗娘養的，你成天除了打罵俺外，你還能做啥？」

「哇哇……」

鄭氏罵完，趙鐵蛋乘勢又添了把柴哭嚎不止。

趙金生一臉鐵青。看著這兩個攪家精，只覺得上輩子也不知是造了啥孽，這輩子竟是討了這個招人恨的婆娘，又有了這般蠢的娃子。

「給老子閉嘴！」趙金生被哭得不耐煩，抄起蒲扇般的大掌衝著趙鐵蛋就搧了下去。

趙鐵蛋被打，哭得是愈加大聲了。

鄭氏更是赤紅著眼大叫。「趙金生你個王八羔子，你要把他打死，當心死後沒人給你捧土了！」

趙金生見她罵著同時，還伸手過來想搶他懷裡的趙鐵蛋，便乾脆將趙鐵蛋朝鄭氏用力推過去。

猝不及防的推力，讓鄭氏抱著撞過來的大兒子，向後面仰了一下。還不待她站穩，那邊趙金生又直接揪住她的頭髮，一個用力拉扯，她就被扯歪了腦袋。

頭皮上突來的痛意，讓鄭氏立即發狂的尖叫。「啊——趙金生你他娘的快給俺鬆手，鬆手，啊！」

她一邊叫著蹬腿，一手還得抱著兒子。因沒法空出手，又沒法滾地撒潑，為了減少頭上的痛意，只得隨他向門外走。

一出去，趙金生扯著她的頭髮就是用力甩開。大力的甩動，甩得鄭氏高聲尖叫著向地上趴去，險些將懷中的趙鐵蛋給壓壞。

「啊——」

「哇嗚！」兩道同時被弄痛的聲音立刻混在一起，高低唱和著。

「王八羔子趙金生，我操你八輩祖宗。」鄭氏護著兒子，臉著地的撞破了額頭，氣怒至極的她正想起身，卻被趙金生識破了她的動作，當即又補上一腳，狠狠的踹倒。

「哈哈哈——」不知何時圍攏過來的村人看到這狗吃屎的一幕，不由會心的笑出了聲。

鄭氏吃癟，也顧不得被人笑，轉頭就跪爬著，向趙金生快速爬去。

趙金生一見她這樣，嚇了一跳，退了一、兩步，又是發狠提腳，向她的腦門狠狠的踹過去。

鄭氏腦門被他踢個正著，立時眼前一黑，慘叫了聲，當即就白眼一翻，倒在地上不再動彈。

「天哩！不會出人命了吧？」

周圍圍觀的人見此，皆倒抽了口氣，驚得大叫起來。鄭氏雖說可惡，可若被打死了，那也是要被判刑的啊。

「娘啊！」趙鐵蛋見他娘不動彈了，抹著眼淚爬過去，又開始呼天搶地。

趙金生被這一聲聲的啼哭和周圍議論，弄得腦中一片空白。他不過是煩到極點罷了，可沒想過要弄死她啊！他還想著等今後有錢了，去別鎮買個房子，再另娶房美嬌娘哩，千萬不能在這裡給毀了。

想到這兒，他趕緊尋眼去看那地上一動不動的鄭氏。見族長孫子不知何時已經蹲在那裡探著鼻息，就白著臉問：「如何？」

「想來只是暈了，還有氣呢。」

一聽有氣，趙金生這才吁了口氣，圍觀的眾人也跟著吐了口氣道：「既然是暈了，趕緊抬回去讓她躺著吧。」

眾人皆叫著趙金生趕緊動，趙金生卻有些不太想動。如今裡面正說到關鍵處，這一來一回，又不知要用多少時間？

正在猶豫的時候，于家的卻不聲不響的自外面擠了進來。一張臉沈著的看了眼那躺著的人，眼中不經意閃過一抹嫌惡，就快速朝大門走去。

裡面的媳婦子見到她，笑著問她可是來找李空竹？

于家的涼涼的睇了眼趙金生後，沈臉道：「是哩，還請夫人領老奴走一趟。」

媳婦子聽她叫自己一聲夫人，當即就笑眯了眼，領著她去堂屋。

外面的鬧劇，屋裡的人雖說不清楚，不過聽著人群大聲哄鬧，也能猜個八九不離十。

趙銀生兩口子等在那裡，見老大久未處理好，不由得有些著急。正想尋個藉口出去看看情況，那邊的媳婦子卻領著一個人走進來。

「嫂子，妳家來人找了！」

彼時李空竹早已將一盞茶喝了個精光，正百無聊賴，聽她喚自己，就轉頭向門口看去。

于家的看到她，當即轉頭跟那媳婦子告罪一聲，快步的進屋。匆匆地跟上首的族長行禮，就趕緊走到李空竹的耳邊悄聲嘀咕起來。

眾人不知道那于家的嘀咕了啥，可看著李空竹越變越沈的臉色後，皆不由得暗中對視一眼。這是出啥大事了不成？

李空竹聽完于家的傳話，眼睛當即就犀利的向對面掃了一圈。

趙銀生兩口子被這一掃，掃得全身過電般的起了層雞皮疙瘩。

李空竹這會兒心裡有些無語，亦有些憤怒，從座上起身，向趙族長行了一禮道：「族爺，這事可不可以移個地方再談？家裡出了事，跟大房有關，懇請族爺移步，到晚輩的住處談可好？」

「啥事？」一聽跟大房有關，趙銀生就不禁皺起了眉。想著那來鬧事的鄭氏，猜測那婆娘不會還去了李空竹那邊搗亂吧？

李空竹沒搭理他，只等著上首回應。

趙族長捏鬚沈吟了下。「若不是大事，說出來在這兒解決亦是一樣。」

李空竹輕笑。「怕是不成哩，此事人命關天，得請了族爺親眼見證！」

一句人命關天，驚得在場所有人齊齊瞪眼看她。

趙銀生更是不客氣的指著她喝：「老三家的，妳說話可得注意點，什麼人命關天？那也是能隨便說的？」

若說鄭氏那婆娘能鬧場、打人他們還信，「人命關天」這幾個字一出，搞不好可是要上衙門坐牢的。

張氏亦是有些不相信的瞇了眼，看著李空竹笑笑。「老三家的若是不想談這事，咱們可以慢慢來，何苦拿了人命關天這樣的大事說話哩？咱們都是鄉下人，禁不得嚇呢。」

「是不是，去看了便知！」說罷，李空竹哼了聲，抬眼再次看向上首催促。「族爺可要去？若是不去的話，那這事晚輩就著人報官了！」

趙族長認真的看了她半晌，見不似說謊，就再次的沈吟了下。見李空竹有些不耐的準備轉身，終是點點頭。

「行，那就轉個地方吧！」

李空竹福身，與那媳婦子過去扶了族長，一夥人便跟著往外行去。

外面的趙金生在眾人的勸說下，終於決心揹著鄭氏回家，卻不經意的瞥見從屋裡出來的眾人。

族長孫子立刻迎上去，接過李空竹的手，替趙金生問出了疑惑。「爺爺，你們不是在談事嗎？咋都出來了？」

「三嫂子說換到她家去說，說是出人命了哩！」媳婦子搶先答了一句。

出人命的話再次出口，連外面的眾人都騷動起來。

李空竹越過眾人驚疑看來的眼，對揹著鄭氏的趙金生道：「將大嫂揹去我那兒吧，現在住在我家的老者就是個大夫。」問罪、看病兩不誤！

趙金生看了眼趙族長，只見趙族長點點頭，等眾人讓了道後，就由孫子、孫媳扶著走在最前，一行人往李空竹家去。

待到了李空竹這邊，開門的是住在這裡的惠娘。一開門，眼神掃到李空竹後，就趕緊走出來，拉著她的手道：「趕緊進去看看吧，華老正在施針，說是娃子的骨頭怕是裂開了。有一根肋骨還扎到肺裡了，嗆了好幾口血，也不知能不能……」

說著，她有些說不下去了，拿著絹帕不停的抹著眼淚。「當真好狠的心哪！」

李空竹拍拍她的手，在她耳邊低聲勸慰幾句後，轉頭對著疑惑的眾人道：「進去再說吧！」

趙族長眼神一閃，點頭揮手讓一幫人跟上。

于家的墊在最後，攔下了一群想跟進去湊熱鬧的外人。「不好意思了，家中有病人哩，人多了會吵著。」

「出了啥事啊？聽老闆娘說什麼裂了骨、扎了肺的，是誰啊？」問的人本想問是誰家的娃子，不過到底不好說得太白，就裝作沒聽清的探問。

于家的沈了眼，狀似不經意的道：「娃子過來時，村口閒著嘮嗑的老人應該有看到。」一聽這話，眾人趕緊對視了眼，隨即轉了身，紛紛告辭，向村口走去了。

于家的瞇眼等著這群人走遠後，就關上門，抬腳進院。

李空竹將人迎進堂屋，還不等眾人落坐，就又請趙族長去往李驚蟄房裡一趟。彼時趙銀生等人有些不知她到底要啥花樣，就嚷著也要一同去看她所說的人命關天。

李空竹看了眼還揹著鄭氏的趙金生，就著于家的過來。「領趙大爺去東廂，先將人放下。」

「是！」于家的福身，過來彎腰做了請勢。

趙金生對於這等待遇，眼中閃過一絲羨慕，不過轉瞬就恢復清明，點了點頭。

待趙金生將人放好後，李空竹才對著眾人肅臉道：「走吧！」

說著，轉身提腳在前帶路。眾人見狀，又一臉疑惑的跟著出屋。一行人到了李驚蟄所住的西屋，李空竹便伸手輕敲房門。

裡面有人走動了一下，片刻，就聽嘎吱一聲，房門被打開來。意外的，開門的不是華老，而是趙君逸走後，替換掉劍濁的那個中年馬車夫。

看到李空竹，他伸手指著唇作了個噤聲動作。

李空竹點頭，回頭看了眼眾人，也示意他們安靜。

趙族長一家倒還好，不過趙銀生卻不屑的冷哼一聲。不過只那一聲，他就變了臉色，隨後，就再沒見他發出其他聲響。

見他突然老實了，李空竹才提腳輕步的走進去。

華老正為一側著的小身子針灸醫治，他扎針抽針的動作迅速，並不時替換不同的針，對於眾人的進來，他置若罔聞，手下依然行雲流水的不停動作。

眾人就站在那裡看著，很是不解那躺在炕上、一身青青紫紫的小身子到底關趙家大房什麼事？

趙金生亦是疑惑著，盯著那炕上胸脯起伏緩慢的小身板看了半晌。

他感覺有些眼熟的皺眉，這時的華老卻突然一個側身，那被他擋住的蒼白小臉立刻就出現在眾人面前。

眾人見了大吃一驚，一齊倒抽了口氣，卻不想惹來華老的一個瞪眼。

李空竹朝他抱歉的笑笑，轉頭去看眾人。

這會兒的眾人臉色各異，趙銀生跟張氏則一臉不可置信，趙金生更是一臉慘白。趙族長一家眼神閃爍不定，臉色憐憫中帶著訕笑。

李空竹福身，又作了個無聲的請勢。

趙族長點頭，給眾人使眼色，領頭走了出去。

眾人沈默的向堂屋走去。早準備好茶水的于家母女，快速的給眾人上了茶盞。

眾人看著那纏枝花紋的杯盞，都沒什麼興致的垂眸，在那兒不知作了何想。

李空竹不管各人的心思，將于家的跟她嘀咕的話徐徐說出。「娃子來敲門時就已經快不行了，捂著胸口直說痛。華老看其臉色不對，拉著診脈時，才知受了很嚴重的內傷。剛才各位也看到了，那一身的青紫，很明顯是被人用棍棒打的，若是小兒玩鬧跌倒的話，是不可能有棍棒印子的。」

見眾人沈默不語，李空竹看著趙族長道：「這事其實與我無關才是，可娃兒在受傷時，卻找到我這兒來，聽于家的說，找來時他哭得是唏哩嘩啦的，還大叫著『三嬸買了我，我要在這兒做活』的話。族爺您說，我該不該管了這事？」

趙族長皺眉輕咳，趙銀生在邊上想出聲，卻奈何發不出，只能扯著自家婆娘不停給她使眼色。

張氏明瞭，點著腦袋的哼了幾哼，轉著腦子想了想，道：「這事，老三家的打算如何管？」

「如何管？」李空竹垂眸。「娃子雖說是大哥家親生的，可再是親生也斷沒有打死的理。這事沒人管也罷了，可我是個凡事認死理的人，你們若要讓我管，我自是要給娃子一個公道。」

趙金生聽了猛的抬眼，張氏也僵扯了下嘴角。「妳要怎麼給個公道？」

「誰人出手害的人，自是就罰了誰。」

「怕是不合理哩！」趙族長咳了兩聲，終於開口，看著李空竹嘆息。「父母教訓子女，多的是失手之人，這屬於家務事，官府怕是不會管。」

尤其看那樣並沒有死，就算去告官，不使銀子也等於是白搭；便是使了銀子，也不過打幾板子，屆時出了衙門口，還不得再報復到小子身上？

李空竹垂眸不語。若論同情心她真的沒有多少，可聽到于家的敘述時，心頭還是止不住的升起了怒意。

再加上剛才進屋所看到的那幕，顯然營養不良的瘦小身板，全身上下幾乎沒一塊好地兒，青青紫紫印在那只剩骨架的身上，看著都令人憐憫得慌。

不過才大半年的時間，昔日紅潤羞澀的小兒，竟是變成這副模樣！李空竹心下有些難受，想著那句「三嬸買了我，我要在這兒做活」的話。

泥鰍這娃子心性好，以前，她確實有打算讓泥鰍將來為自己所用。

本以為還得等個幾年，待他到能適齡上學的時候供他讀書，卻不想，如今竟搞成了這番模樣。

「若打的是我的人呢？」李空竹抬眼，認真的掃向幾人。

趙族長皺眉，趙金生則有些沈了眼。

張氏心頭也直蹦躂的道：「這、這怕是不合理吧？」

「是嗎？如此，倒是可惜了。」李空竹冷笑著。都這般時候了，這些人還想坐地起價？還真是貪得無厭！

見幾人在她說完這話後，皆驚愕的看著她，李空竹再次冷聲道：「我的憐憫之心只在我能承受得起的範圍內，若超出了，便是我再如何可憐小娃子，也只能放棄不理。何況有了這次之事，想來大哥以後會更加重視泥鰍的，再怎麼說，那也是你的親兒子不是？」

趙金生登時憋脹了臉，趙銀生急得不行，在那兒張嘴啊啊了多次就是發不出聲。張氏轉眸奇異的盯著他看了眼，見他一個勁兒的指著自己的嘴，神情扭曲，心頭終有些明白的驚惶不已。

「大哥……」張氏衝著趙金生使眼色。

趙金生轉眼看她，見她使眼色直指趙銀生，就跟著尋眼看去。

趙銀生衝他搖搖頭，又比了兩個指頭，再指了下嘴。

趙金生立刻明白過來的白了臉，轉頭正準備張口時，卻聽李空竹先一步道：「這事既不談論了，那咱們還是繼續剛才在族爺家那事。」

「那個老三家的……」趙金生急喚，見她轉眼看來，就通紅著臉的直搓手道：「泥鰍早想賣身了哩。」

李空竹眼神一暗，見其識了趣，就點點頭。「于家的！」

「姑娘！」

「去拿了筆墨來。」

「是！」

待于家的下去備筆墨，李空竹轉眼看向上首的趙族長，溫笑道：「一會兒還請族爺作個見證，一份賣身契，另加一份決絕書，都需得有中間人在場哩。」

趙族長眼皮跳了幾跳，對於她這明顯拉他作保，要坑人坐牢的事有些不喜，卻又不得不應。看著李空竹緊迫逼人的眼神，終是點點頭應了。

第七十一章

待于家的上了筆墨，李空竹執筆寫下一手雞爬字。

兩份契約寫好，又著在座的人都按了手印後，李空竹才將兩份契約收好，解了身上的鑰匙，交給于家的，著她去拿來兩張一百兩的銀票。

銀票一拿出來，那邊的兩房皆有些坐不住了。

李空竹眼中閃過一抹嘲諷，揚著手中泛黃的銀票道：「說出的話，就得做到。我給你們兩天的時間收拾，後天一過，我不希望還在村子裡看見你們；若是你們不願搬，我有的是辦法幫你們搬！」

趙金生三人對視一眼，自是明白她那幫著搬的意思。想著趙銀生到這會兒還說不出話，皆心驚的連連點頭保證。

李空竹見此，這才著于家的將銀票交過去。

趙金生伸手接過，看著那蓋著紅泥印的銀票，一雙手激動的發起了抖。旁邊趙銀生兩口子也趕緊圍攏過來，看著那銀票，亦是跟著激動的伸手摸了起來。

趙金生見兩人摸著摸著竟想要搶，就趕緊擋開，唬著臉道：「先回家去再說！」

兩人聽此，皆點點頭，收起了貪婪的德行。趙金生將銀票收進懷裡，兩房人趕緊衝著族長彎身行了最後一禮，還想說幾句好聽話。

李空竹不耐再聽，下了逐客令，只是想到趙苗兒那乖巧的小女娃，心頭有些遺憾。

于家的在送幾人出去時，趙金生眼角瞥了東廂一眼，隨即再不管的離了院。

看著離去的兩房人，趙族長長嘆了聲。「當真是家門不幸！」靠著賣兒賣妻得來的銀子，也不知那廝良心可安？

「何來不幸？」李空竹不動聲色的端起茶盞。「不過是惡有惡報罷了！」

趙族長瞇眼看她，卻見她竟是理也不理的在那兒垂眼看茶，就起身，道：「老頭老了，這身子也大不如前了。甄兒，扶我這把老骨頭回去吧！」

「欸！」那族長孫子兩口子聽罷，趕緊攙起了他。

「族爺慢走。」李空竹起身行禮相送。待人終於都散了，這才出屋，又去了李驚蟄的西屋。

敲開門，依然是那馬車夫來開門，李空竹作了個手勢，讓他出來說話。

「夫人。」一出來，那人便恭敬的拱手。

「你喚什麼名？」

「屬下劍寧！」

李空竹點頭。「可會功夫？」

「會！」

「如此甚好。」李空竹看了眼東廂。「如今有件事要讓你去做，可是願意？」

「但憑夫人吩咐！」

「好！」李空竹笑指著東廂一間房道：「裡面之人，將我的人打至重傷，我要讓你去鎮上官府走一趟，可是願意？」

「屬下明白！」

李空竹點頭，正打算揮手讓他去時，卻見華老從裡面走出來，肅著一張黑得能滴墨汁的臉道：「等等，拿上老夫的名帖，請那縣官親自過來。」

李空竹心下感激，衝他福了福身，道：「多謝華老！」

卻聽老者冷哼了聲，將懷中名帖遞予劍寧道：「沒有人性的畜生，留著也是為禍人間！」

李空竹點頭，又問泥鰍如何？老者聽得一臉沈重。「其餘倒還好，只是有一根肋骨穿到了肺裡，我需得小心給他正骨，若不然，怕是會破了肺，丟了性命！」說著，就朝她招了下手。「來與我打下手。」

李空竹點頭，見劍寧躍出了院牆，就又叫來于家的吩咐道：「去東廂將那暈著之人給我綁了。」又在她耳邊輕聲嘀咕了兩句。

于家的眼一深，福了個身道：「老奴明白了。」

同華老再次步回房間，看到那躺在炕上的小身子時，那一身的青青紫紫，令女人還是有些不忍的移了眼。

華老拿出乾淨的繃帶，招手讓她近前。「一會兒我會試著慢慢將骨頭撥正，妳幫把手，不能讓他亂動，那骨若再進一分，怕是大羅神仙也難救了。」

李空竹點頭，拿著凳子坐在小兒頭邊，伸手輕撫了下他那變得蠟黃的小臉。小兒皺眉細微的喘著，似難受得不行。

旁邊華老將繃布打開後擱在一旁便走過來，用手在他側著的一面肋骨處輕按一下。只一下，那躺在炕上的小兒，立時疼得皺眉輕呼，身子開始不住的顫抖起來。

李空竹見狀，趕緊捧住小腦袋，見他伸手亂揮，又騰出一手去握住那粗得裂口的小手。

「泥鰍乖，乖乖不動可好？一會兒就好，待好了後，就到三嬸這兒來常住可好？」

昏迷中的小兒聽著她那悠遠的溫聲細語，不知怎的，心頭的疼痛像是得到放鬆般，令他緩緩的舒展了小眉頭。

小兒氣息有點粗喘，樣子十分不安。李空竹在他臉上輕輕撫摸著，又在他耳邊如講故事般輕聲的低語安撫著。

待他終於安靜下來，兩個大人便相互交換了個眼神。

華老點頭，等她將小兒頸子以上跟手都一起摟住後，這才上得炕去，用膝蓋壓好小兒的腳。

華老伸手到剛剛那點過的地方，一手扶著那根肋骨，另一手慢慢推動，做著正骨的手法。

「啊！」突來的鑽心疼痛，令昏迷的小兒開始不停的發抖痛呼，扭擺著身子，想要將那疼痛擺脫了去。

李空竹在他抖動前就快速的摁住了他，不讓他亂扭。可那矯正的手法太過尖銳刺痛，便是一般的大人都無法忍受，更何況一個不滿五歲的小兒？

那閉眼扭身的小兒，見疼痛不但不止，且四肢還被人壓著不能舒展，就更加的暴躁，奮力大哭了起來。「哇啊！嗚哇哇……三嬸！」娃子受不了這非人的折磨哭叫著，哭到極致處，還不忘叫著他心中敬愛的三嬸。

按著他不斷亂扭的身子，才這麼會兒，李空竹身上就出了一身的冷汗。聽著他那難過的嚎叫跟呼喚，想到他健康乖巧的模樣，眼淚洶湧的奪眶而出。

翻身翻不了，打滾打不了，小兒滿頭是汗的叫得愈加高亢淒厲。怕他將嗓子喊破，李空竹趕緊低著腦袋在他小臉上一邊親，一邊哽咽道：「泥鰍、泥鰍，你聽得見三嬸說話嗎？咱們乖乖的好不好？好不好？再一會兒就好，一會兒就不痛了，好不好？」

「唔？」還在奮力掙扎的小人兒，被突來的親暱舉止弄得頓了一下，華老乘機一個狠心的下了重手後，小兒又開始哭叫起來。「好疼啊，三嬸、三嬸──」

「按緊了，要包紮了！」

李空竹掛著滿臉淚的點頭，抱著他的小腦袋輕輕撫著、親著，再不斷低聲哄著。

華老那邊也加快了進程。在將骨頭扶好位後，拿過大繃布，快速的為其包紮起來。

或許是過了最疼痛的時候，那淒厲高叫的小兒，聲音變得小了一點，不過雙手雙腳卻仍極力伸著、踹著。李空竹極耐心的依舊輕聲細語著，不時親他一下，替他鼓著小勁。

待那邊華老終於完活，小兒也徹底沒了掙扎的力氣，停下想亂晃的身子，只餘那低泣的哭音，還在昭示著他剛剛所受的委屈。

李空竹見狀，小心的為他抹了眼淚。那邊華老卻開門出去，喚于小鈴將熬好的藥端過來。

「妳怕是還得按著他。這藥有安神、鎮痛、化瘀的功效，記得，灌藥時也是動不得的。」

李空竹嗯了聲，隨即小聲的喚著小兒吃藥。見小兒沒應聲。就再次無奈的按住他的頭跟手。

華老灌藥的方式，跟當初趙君逸灌崔九時差不多粗暴，捏著鼻子一鼓作氣，那快狠準的手法，令李空竹又是好生的手忙腳亂。

待小兒終於喝完藥，停了低泣，安靜的昏睡過去，李空竹才慢慢的鬆手，起身拿了絹帕，替他擦淨那滲出的滿頭冷汗。

華老收拾藥箱，說了些注意事項，末了又說到那邊的兩房人。「妳想要怎麼收拾他們？」

收拾嗎？李空竹搖搖頭。「華老有何主意？」

老者輕哼，沒有吭聲，將藥箱提到手上後，道：「既是想不出主意，就交給我吧。」他來幫著遞信，讓人想主意。

李空竹點頭。「那就有勞了！」

老者哼了聲，便提腳先行步了出去。

李空竹看了眼安靜的小兒，亦跟著出了屋，叫來于小鈴，讓其守在屋中看顧。「泥鰍若是醒了，別讓他亂動翻身。」

「知道了！」

于小鈴話才落下，忽然東屋傳來「砰」一聲巨響。

李空竹眯眼，揮手讓于小鈴進屋。惠娘聽見聲響，從隔壁走出來，看到李空竹，就快步過來，滿眼詢問的看她。

李空竹朝她搖頭。待她過來後，並不理會東廂傳來的聲響，而是拉著她去堂屋坐下，問著她可是有驚嚇到？惠娘搖頭，又問她小兒如何了？

「沒事了。喝了藥，正睡著，待再醒過來，就徹底脫離危險了。」

「阿彌陀佛！」惠娘向西方唱了聲佛。或許是懷孕的緣故，她心下對於這類事件，尤為憤憤不平。「那等狼心惡毒之人，就是死上百次也不足惜！人常說為母則剛，可用在這人身上，倒真真是白瞎了米糧供活她了！」

李空竹經今日一連串的事，累得有些乏了，肚子也餓得難受，聽著這話，先吃了塊桌上擺著的糕點，才吐了口氣附和道：「放心吧，我著人報官了。」

「準備打她幾板子？」惠娘皺眉，隨又咬牙輕呸。「倒是便宜她了。」

李空竹笑而不語，一邊打著呵欠，一邊繼續吃著糕點。

惠娘見她這樣，不由得心疼不已。「倒是自我懷著身子以來，給妳添累了不少，妳這裡裡外外忙著，可得小心注意身子才是。」

「無事！」一口糕點進肚，女人在喝了口水後吁道：「如今生意上了軌道，之後就能鬆下來了，到時，不愁休息不好。」

惠娘點頭，正逢于家的從外面回來。

李空竹看到她，不待她行禮就開口問：「衙役可是來了？」

「是！」

「話也傳到了？」

「傳到了！」

李空竹頷首。「去開了院門吧。」

「是！」

待于家的退去院中開門，惠娘才有些意會到，她怕不是要讓鄭氏挨幾板子那般簡單。好奇的抬眼看她，卻見她朝自己搖搖頭。「妳先留在屋裡待著，外面怕是很亂，別傷著了妳。」

那邊于家的才一打開院門，就見前去鎮上報官的劍寧，領著幾個著紅灰差服的衙役已經到了跟前。

于家的有禮的將幾個衙役迎進去，圍觀百姓見他們進了院，就紛紛議論開來。

「聽說了沒？」

「啥？」

「鄭氏差點把小兒子打死了。」

「竟有這事？」

「可不是。俺剛剛不知道，便去村口問了問，說是那趙泥鰍拖著小身子晃晃蕩蕩的走來這邊，路上還因不支摔了好幾跤。一村口老大爺看他可憐想揹他回去，他卻哭著說要找趙三郎家的，哭得可慘了，還說讓趙三郎家的買了他……虧得那裡面住的老頭是個大夫，診了那娃子脈，說是骨頭都扎肺裡了，也不知能不能活哩？」

知情人八卦的將所知道的情況說了個完完全全，圍觀眾人聽得更是驚得不行。「天哩！還有這樣的娘啊！」

還有人憤憤不平的呸了一聲。「那鄭氏平日裡就是個潑辣的，住得近的都知道，她沒事就在院子吵鬧，那泥鰍才多大？天天都被押著做活哩。看那老大趙鐵蛋，養得倒是白白胖胖的，要不是知了兩個都是她生的，俺還以為這老二是外頭撿的哩。」

「話說，剛不是看到趙金生揹那肥婆進去嗎？他們出來時，可沒見著她哩。我猜啊，這怕是趙老三家的報了官。」

「報官？」人群中有人聽了搖搖頭。「那玩意兒兒能頂個啥？那肥婆挨個幾板子就出來，以後還不是娃子受罪嗎？」

「可不是。」

外面人議論得正歡，卻見院門突然又打開了。眾人看著被差人推著不願走，還扭著身子，想掙了身上繩子的鄭氏，不由得鄙夷不已。

鄭氏恨著一雙眼，受著村人的指指點點。奈何口中被堵，撒潑不成，使她不由恨恨的又朝身後的院門瞪去。

于家的跟了出來，衝她勾了下嘴角。「鄭氏，姑娘讓我告訴妳，妳打的人不僅是妳兒子那般簡單。就在剛剛，趙大爺已經將泥鰍哥兒賣身給我們姑娘了，也就是說從今兒開始，泥鰍哥兒是屬於我們三房的人，雖說以前幾家人帶著親，可從今兒就是陌生人了。姑娘還說，要是泥鰍哥兒能活，妳最多就是坐個幾年牢，若是泥鰍哥兒死的話……這陰曹地府，也不能讓他太寂寞了去。」

最後一句話，于家的是陰著眼對鄭氏說的。鄭氏聽了這話，腦子似閃過什麼般，讓她止不住的全身發抖。

圍觀的村民在聽到趙金生將兒子賣了時，不由得倒吸了口氣。有人猜著是不是付不起藥費的權宜之計？可又被于家的那句陌生人搞得不明所以。

有人就問了。「于家嫂子，妳這話是啥意思？啥陌生人不陌生人的？」

于家的輕笑。「倒是忘了說。先頭趙大爺跟趙二爺去族裡找族長，說是要跟我們姑爺斷絕關係，這養大姑爺的米糧費跟地費，一共向我們姑娘要了二百兩！這錢他們都拿走了，可不就是陌生人了？」

「二百兩？」人群跟著又一個抽氣。怎麼也沒想到，趙家三房跟另兩房關係居然差到這分兒上了。

不過更多人覺得趙家另兩房人欺人太甚。這才養幾年的人，竟要這般多的銀！那二畝酸桃地以前才值多少？如今見不得人好，眼紅又見巴不上了，竟然說出這種大逆不道之言，簡直是惡劣至極！

人群中議論紛紛，鄭氏卻像魔怔了般，開始有些暴躁的發狂起來，幾個差人見狀，齊齊出手將她給狠按住，又是一通拳打腳踢。

村民看著那被打在地還在死命掙扎的鄭氏，鄙夷著退開來。

如今可好了，兒子不再是她的，還可能因差點打死兒子而坐上牢，男人也不再是她的了。她本就被休棄，如今趙老大拿著那百兩銀子，上哪兒找不到個黃花閨女娶，還會要她這麼個坐牢的老女人嗎？

地上的鄭氏還在掙扎著。她這會兒才真正知道害怕，本以為李空竹就算告官也不能拿她怎麼樣，畢竟她教訓的是自家兒子。

可怎麼也沒想到，自家男人居然將小兒子給賣了。賣了不說，他們居然還向那小賤人要了二百兩銀子！很明顯，他們這是想拋下她，要獨吞那銀子去吃香喝辣啊。

越想越不甘心的鄭氏，封著的嘴不斷嗚嗚叫著，任那幫差人下死手的打著也未止了掙扎。她不能坐牢，她要回去，回去找了趙金生，找他出銀把她贖出來。

幾個壯漢弄了半天，愣是搞得氣喘吁吁也沒將這個肥婆制伏。

劍寧在一邊看了半晌，就皺眉轉身進院，不過片刻就拉著輛卸了車棚的馬車出來。「搬上來！」

正費力扭扯的幾個差人一聽，趕緊手忙腳亂的將那鄭氏放倒，像抬待宰殺的肥豬似的，吆喝著，將她一個用力往車板上扔去。

「嗚嗚嗚！」鄭氏被扔，在那板車上打著滾的還想滾下地，劍寧見狀，立刻大力的扯著馬韁，隨之一揮馬鞭，那馬就如脫韁般撒歡的向前奔馳。

圍觀村人見狀，紛紛快速地讓道。那板車上的鄭氏被這極快的馬速嚇白了臉，看著那迅速向後倒退的景物再不敢掙扎，絕望的同時，心底還升起一抹強烈的不甘。

于家的驅散了村人，回院跟李空竹稟道：「如此，他們就別想繼續賴在村中了。」

李空竹點頭，伸著懶腰又打了個哈欠，疲憊道：「乏得緊，我先去睡一會兒。若泥鰍醒來的話，記得喚我一聲。」

于家的點頭。

李空竹又是一個呵欠出口後，起身向主屋去了，坐在旁邊的惠娘卻看得嘀咕不已。「咋就睏成了這樣？以前可沒這般呀……」

于家的腦中一閃，似想到了什麼，不過轉瞬又隱下念頭，退了出去。

趙家大房、二房要搬出村的消息，在第二天就在全村傳遍了，這一傳，又免不了的引起轟動。

第三天的時候，兩房人賣了所有產業，裝了滿滿三大驢車的行李，哭著出了村。

村中有交好的人前去送了，回來時，心頭有些不悅的說了下送行的情境。「面上是哭得挺慘，不過那嘴兒卻咧著笑哩，一看就不像捨不得的樣兒。」

一些村人笑那去送行的人傻，說人家得了二百兩的銀子，加上賣的良田、房子這些，少說得有近三百兩的白銀在身，那是去過富貴的日子，哪就會有捨不得的時候？也就是那心眼實的，才會信了那假哭的眼淚。

村中人的議論，李空竹只聽幾耳就沒再關注。對於大房、二房的離去，她倒是沒多少高興與不高興。

鄭氏被判了刑，安的罪名是傷人罪。因趙泥鰍傷勢過重，就將鄭氏判了五年的牢獄之災。聽說她當時在堂上鬧得夠狠，縣官見她不知悔改，甚至還用了重刑才使她消停。

彼時李空竹正將桃罐頭切成小丁，餵著終是挺過來的小人兒。

趙泥鰍昏了差不多整整兩天，連華老都覺得恐怕不行了，未料小子倒是堅強的在昨兒後半夜給挺過來。

一醒來，他就叫著三嬸，弄得李空竹大半夜的跟驚蟄換了房。她守著他差不多到天亮，才又睡了過去。

可這才睡了一會兒，小子就又醒了，嚷著說肚子餓。在吃了小半碗米湯後，李空竹又給他挾了塊桃子慢慢餵著。

見一大塊的桃子吃了三分之一，李空竹就趕緊收手。「好了，你現下不能吃太多，先少量的吃，多吃幾頓才好。」

「嗯！」趙泥鰍閃著晶亮的大眼，臉上雖瘦得跟個骷髏似的，卻洋溢著幸福的光暈。

李空竹笑著摸了下他的小腦袋。「翻不了身會不會覺得難受？若是難受就找三嬸來說說話，可千萬不能亂翻知道嗎？你至少得躺七天才行。」七天過後，也不過是能挪一下罷了，還不能夠大動著。

「我不翻！」他想搖頭，卻發現搖頭都難，就只好眨著大眼睛，急急的保證著。

李空竹給了個暖笑，在他額上輕輕印了一吻，寵溺道：「乖孩子！」

第七十二章

趙泥鰍被親得臉紅，不過心頭卻像被灌了蜜般，甜得他的小心肝都快化了，看著李空竹的眼神，愈加的孺慕跟崇拜。

李空竹笑著讓他閉眼休息，她則動手將未吃完的罐頭送進嘴裡。快速的解決後，于小鈴端著藥走進來，說是有人上門拜訪，華老讓她過去。

李空竹點頭，擦了嘴，起身對趙泥鰍揮揮手。「聽鈴姊姊的話，藥乖乖喝，三嬸先出去會兒。」

「嗯！」趙泥鰍睜眼，看著那開門出去的背影，又想著那天被自家娘打，還胡亂塞到炕上的情景，心頭一酸。

當時的他只是一時上不來氣罷了，沒想到娘竟然那般狠心的不管不顧。待他好不容易回過了氣，拖著身子起來。當時他腦中只有一個想法，去找了三嬸，三嬸不會打他、罵他，還會對他笑，三嬸曾經還說會讓他念書……

三嬸，比娘好！

「哥兒喝藥了。」于小鈴將吹涼的藥遞來，趙泥鰍仰頭，笑得很純真的點點頭，乖順的喝著藥。

有三嬸的這裡，連喝藥都不覺苦了呢。

李空竹行到堂屋與華老見面時，才知于小鈴所說的客人上門，居然是崔九從宮中派來的採買總管。

經過華老的介紹，李空竹管那白面暗紅衣者叫杜總管。

其人一來，就要嚐了罐頭。李空竹自是不敢怠慢，除卻讓他嚐了桃罐外，還將新品梨罐也讓他嚐了嚐。

待得了肯定，杜總管才拿了一份清單交予李空竹。

李空竹伸手接過，匆匆掃過幾眼後，不由得挑眉。本以為沒多少，不想，論他們的出產量來說，卻是不少；另外這清單末尾，竟連涼皮跟麵筋也列在其中。

見她訝異，那杜總管瞇眼笑道：「皇上說若趙夫人人手不夠，沒法做出來，亦可給了配方，至於配方錢，隨夫人開價。」

李空竹咬牙。隨她開價？這本就是她做來吃的，還沒打算投入買賣，這讓她怎好開口？又不是一次性的買賣，為了以後，她又怎能要這銀？崔九那廝究竟是有多饞，要她的製冰技術也罷，如今連她的涼皮跟麵筋都打起了主意？

收下清單，女人幾乎是磨著牙道：「不過是小吃罷了，算不得幾個錢，屆時民婦會寫好配方交予總管大人的。」

「如此，就煩勞了！」

李空竹壓下憋悶的笑笑，接著這清單的話題又往下說。待兩方商議好，又定了交貨的時間後，杜總管才告辭離去。

因為交貨的時間有點趕，李空竹在送走杜總管後，也來不及心疼那失去的涼皮跟麵筋配方，直接命劍寧去鎮上找李沖。接著自個兒又去了趟作坊，召集正在做活的日班人員，要求他們下班後，跟夜班人員一起再加班兩個時辰。

當然，加班費自是給得多多的。白班人員聽此，倒沒有不願，相反的，有多的工錢拿，人人都巴不得天天都能多加一班。

從作坊回來，正好李沖也趕著騾車過來了。李空竹也沒別的吩咐，只說了這是皇城要的罐頭，從明兒起，其他訂了罐頭的鋪子交貨日要延期幾天，另還著他悄悄的將這消息散出去。

「不用在大庭廣眾之下，只需在有地位的商家圈中散播一圈，如今桃兒要下季了，馬上又要接著做山楂，屆時還有山楂罐頭可出；雖說不愁銷路，可這一冬長著哩，為了不缺貨，咱們還得搞個定量銷售才行。」

如今三十畝地的桃都收了下來，放於窖中儲藏著，現下做的桃罐頭，原料都是自外地收來的。她想著等冬天過、春來之時，來個漲價高銷，有了皇城這麼個好路子，有想來巴結的，自然而然不會棄他們而去。

李沖點頭，面癱的臉上，難得出現了幾分激動。「妳讓我去別府鄰縣租的鋪子都租好了，可是要選個日子開業？」

「倒是不急。」如今他們沒有那麼多的貨品，今冬只能先供了自己所在的這一州縣跟府城，至於別府的，只有等來年再慢慢增加產品、產量，才能顧及了。「等新品出來後，可培養夥計，去別的府城鋪子宣傳一番，屆時有那動心的，自是會親自來看貨、訂貨。」

培養夥計跑業務推銷，也是不可少的一環，現下首要任務是穩住根基，多囤原料跟錢財，不用走得太急。李沖聽完她的解釋，明瞭的點點頭。

李空竹見狀，就又說起另外的安排來。「如今趁農閒空了出來，還是趕緊買些山地、果林為好。咱有嫁接的技術，當年接當年就能有了收穫；另外山楂要再去別的地方找找別的品種，若有比如今大的，就要了枝來嫁接。別怕那些模仿的次品，咱做那高端大氣之物，不愁沒有好的路子。此外，你看看有沒有旱地，就是能專種番薯這一類的地方。」

「這是要做啥？」對於前面，李沖還能理解，這種番薯的地，要來幹麼？移植樹苗？

李空竹笑笑，解釋著。「冬天再怎麼限量銷售，終有原料不足的時候。為防工人得斷斷續續上班，就得再推出新品才可。你去找些種番薯的農戶簽約，明年讓他們全力種番薯，就說咱們會高價回收；為博信任，他們今年種的，也可全部回收過來。」

那玩意兒要是受歡迎的話，這個冬天又是一番大忙了。想著那嘩啦啦的銀子不斷流來，李空竹就止不住的摸著下巴笑出聲來。

李沖被她弄得莫名其妙，可因信任她，還是點頭道：「成！」

見他一臉的疑惑不解，李空竹收住笑，說了心中願景。「咱們是做批發生意的，一樣、二樣貨品怎麼夠？這果子不同地域有不同的種類，糧食到哪兒都能有幾樣相通，難道你不想將批發店開滿全國？到那時各種罐頭南北都可吃到，相同的米糧都因咱們人人作坊，銷至全國。你想想，那將是怎樣的一幅景象？」

李沖被她說得臉色一變，繼而是難以抑制的激動，再看李空竹時，那抖著的嘴皮子是連話都說不清楚了。「知、知道了！」

李空竹點頭，待他起身同腳同手出屋時，又好笑的叫住了他。「那個李大哥，惠娘姊你不去看看？」這兩人，可是自重陽後就很少見面了，女人還挺著個大肚子，他就能不想念？

李沖頓步，想著自家婆娘的任性模樣，不由得有些無奈，聽了這話，眼神就掃了掃院外，四周尋找。

李空竹搗嘴輕笑。「這會兒，怕是在芽兒家，你過去尋看看吧！」

「嗯！」李沖衝她感激的拱手，腳步匆匆的離去。

待看到他出門後，李空竹又找來紙筆，開始想著前世的粉條做法跟所需要的工具來。

作坊連著幾天的忙碌，終於在第四天時，將貨交給領著車馬過來的杜總管。

村人對於這一隊特別氣派的車馬是格外注意，發現那護在車邊的不是粉面似俏女兒的白面小生，就是那孔武有力身著將服的士兵。

眾人圍觀討論的時候，有那識字的聲稱看到那車上印了個「京」字，眾人聽罷，皆驚得瞪大眼來。京？那是指京城嗎？若是的話……

天哩！那他們這個趙家村所出的東西，不就是已經傳到了京城？

京城啊，那裡住著的可都是非富即貴的大貴人，聽說平日出行，都常能看到各個王公貴族的坐駕。這桃罐頭都銷往京城了，是不是說明，他們村中的人人作坊要出名了？

一些人想到這裡，對於李空竹的敬畏，又增了一分。

李空竹讓此事由李沖散出去後，在送走杜總管的第二天，就迎來了不少往日裡合作的商鋪。而且這回，都是掌櫃以上的東家親自前來。

李空竹請人接待他們後，只匆匆的出來晃了下，便以不方便為由迴避。

她著于家的去作坊請了管事來，讓這些人前去參觀一下作坊。

當然，重要地方還是禁止進入的，只讓他們看了個大概，就讓作坊管事解說了十月十五的新品發布會。

一聽又有新品發布，那些掌櫃與老闆當場就表示要下訂單。

這沒看到成品就要貨的事，還是頭一次發生，可把作坊的管事給樂壞。

李空竹這邊要的工具跟番薯，也早已準備好了。

由於做這粉條做法，保密性還是極高的，也因此李空竹決定讓于家的兒子于小弟過來觀看，表示以後會讓他來管了加明礬這最重要的事務。

彼時李空竹在自家後院，將那磨碎、過濾好的番薯粉按比例加入明礬攪拌好，又拿著漏絲的工具，開始朝燒開的鍋裡倒粉漿，漏絲煮粉。

待粉絲成形，又撈起來放在竿子上晾曬，只一天，那粉絲就能曬好。收尾時比著長度用鍘刀切好、挽好，再用繩子一綁。

就這樣，一捆捆的紅薯粉絲就做好了。

當天晚上，李空竹特意用砂鍋煮了份超大的酸辣粉絲出來。

當酸酸辣辣的味道，一入口就立刻引起了另兩個孕婦的共鳴。李空竹也因很久沒吃過，這一嚐，就有些停不了嘴，弄到最後，竟是吃了整整兩大碗，實在撐不下了，才意猶未盡的放下筷子。

飯後，一行人皆打著飽膈，喝著山楂消食茶，探討這新品發布會的佈置。

「嗝！」李空竹打著今晚不知是第幾回的飽嗝，端著茶盞狠灌了一口道：「這粉絲，還有好多煮法，屆時新品發布會，我就多做幾道出來，若是有人要買，就將這些配方交出去。」

「尤其是酒樓跟小攤，李沖大哥到時記得去多多宣傳；對了，那鄰縣也可以告知一聲。這玩意兒最重要的一環掌握在我們手裡，幾年之內都不用擔心被模仿。」

李沖點頭。

那邊惠娘亦是飽嗝連天。「這粉兒，爽口順滑，指定能大賣。」

李沖無奈不已的看著她，那邊趙猛子亦是對著快臨盆的麥芽兒苛責了幾句。「知妳愛吃辣，可也少吃點啊，這一下吃這般多，要是晚上肚痛了咋辦？」

麥芽兒聽罷，直接一個拳頭就衝了上去。「咋地，俺還不能吃了？敢情沒吃你家糧你也心疼著？要不想跟俺過，成啊，明兒俺就搬俺嫂子這兒來，到時你一個人跟你爹娘過去吧！」

如今肚子越來越大，麥芽兒腿也越來越腫，夜晚還伴隨著抽筋跟被肚子壓著喘不過氣。每日休息不好，以至於這位準媽媽的脾氣也越來越大。

趙猛子被他說得有些無語，可又不敢頂她，怕再惹她不順心，只得閉上嘴，任她罵個痛快。

李空竹在上首哭笑不得，揮手讓大家散夥歇息。眾人見她也著實累得不輕，也都跟著起身。

「妳這些天倒是一直忙著，前些時日還說處理好那兩房的事就歇著，如今又忙了這些天，我看從明兒起，就讓我當家的留在村裡幾天，作坊裡的新產品，由他安排可好？」

李空竹想著最近確實身子乏得有些沒精神，怕又像上回一樣累病了，就點點頭同意。

惠娘見此，又去看了眼自家男人。李沖自是沒有拒絕的理由，痛快的應了下來。等送走麥芽兒兩口子，惠娘亦跟著李沖回了廂房後，李空竹撐著累得有些疼的腰自小炕上起身。

看著于小鈴端著藥經過，招手問了可是給泥鰍的？待她回了是，就從她手上接過藥碗道：「我去看看他，妳先下去歇著吧！」

「是！」于小鈴福身要走，旁邊于家的卻有些不放心。

「老奴隨姑娘一起去吧！」她心中的疑惑可是存了好些天，觀察好一陣，如今大概十有八九能確定了，可得小心護著才是。

「不用！」李空竹揮手讓她亦下去。

于家的不願，固執的在那兒站著看她，那滿臉決心的樣子令李空竹也有些無奈，只得點點頭任她跟著。

來到李驚蟄的房間，敲門進去後，見李驚蟄在幫她開完房門，就又快速的回到炕上，拿著書本指著上面的字，給躺著不能動的泥鰍講解著讀音跟意思。

李驚蟄一副很認真的語氣，儼然一副小老師的樣兒。

李空竹端著藥，笑著走過去，問兩人道：「講到哪兒了？」

李驚蟄撓著頭。「才第二排哩！」

趙泥鰍聽書聽得有些個暈。如今他還不能翻身，只能輕輕的挪動，雖說身子還是很痛苦，可一看到李空竹，小娃子感到的那點苦就立時不存在了。

泥鰍看到她，當即就露了個甜笑喊：「三嬸——」

李空竹坐在炕邊，摸了下他的小腦袋，吩咐驚蟄去一旁自行溫習，後又問躺在炕上的小人兒道：「想上學？」

「嗯哩！」小人兒點頭，然後又有些頹然的垂了眸。「不過俺有些笨，驚蟄小舅舅教了好些遍，俺都沒記住。」

李空竹笑。「你才多大，急什麼？待傷好了，再玩個冬天，你明年開春去讀書都還小呢。」

「俺可不小了！」

見他犯了急，李空竹趕緊伸手制止他。「好好好，不小了，那等你身子好了後，就跟著你小舅舅去旁聽可好？」

「嗯！」見能讓他去上學，小子又平靜下來。

李空竹看著手中已經溫涼的藥，用勺子輕輕舀起來。「既然想早早的去上學，可得乖乖吃藥才成。怕不怕苦？」

「不怕！」

小子的頭搖得很堅定，李空竹笑著又摸了他一把，給了個鼓勵的親吻後，就開始餵起他湯藥來。

藥很苦，小子卻是忍性極好，過程中沒有哼唧一聲。待餵完，李空竹趕緊拿了塊桃瓣進他的嘴兒，讓他緩解苦味。

那邊李驚蟄練完了大字後，就將炕桌搬到中間隔開，避免睡著時撞了泥鰍。他乖乖的鋪好炕後，就過來問泥鰍可是有什麼要調整的？

確認沒有後，小子就一個打滾的翻進了自己的被窩。

李空竹看得笑了笑，跟兩小子招呼一聲，就準備起身出屋去。

誰知，她一起身，腦子忽然就暈了下，繼而再就是雙眼一黑，腳下不支的倒下。

倒下去時，她只來得及聽到于家的跟兩小兒的一聲驚叫，而後，就再沒了知覺……

邊界的趙君逸，因剛攻下一座堅固的城，正在整頓休憩。

正當他巡查完將士營，著一身戎裝的回到自己的營帳時，外面的副官就掀簾走進來。

「將軍！」

趙君逸自演練沙盤抬頭，看到來人，俊逸的眉輕蹙。「何事？」

「信件。」

「呈上來。」以為是京城那邊的的信件，男人轉身便往營中放著的案桌走去。副官將信恭敬的舉過頭頂遞上，趙君逸接過後掃了眼，就頓了一下。

沈著臉，揮手令來人退下。待看到那副官掀簾退出後，男人將那信封快速打開來。

只匆匆幾眼，就沈了眼，將信捏於手中沈思了瞬，便起身快步的出了營帳。待來到離營帳一丈來遠的空曠之地，男人衝著暗處低喚了聲。「出來。」

「主子！」黑暗中，通體黑衣的劍濁，快速地閃了出來，單膝跪地。

「有件事需要著人去辦，你手中可還有人手可用？」

「除探查敵情派去了一個分隊，其餘皆在暗中等待著調令。」

男人點頭，將信交予他。「信上這幾人，著人回環鎮打聽，看去了哪裡？若是可以，給我讓他們此生再翻不了身的去做了苦役！」

劍濁伸手接過信件，聽到此話，不由得頓了下。

「怎麼，我這主子說話不好使？」趙君逸眼神冷淡的瞄著那跪地之人。「你要知道，不管你以前是屬了誰，從我將你挑來時，你的主子就已經變成了我。」

劍濁心中一凜。還真是忘了，以為自己仍是屬了京中那位，想著京中那位的手段心術，他又生了絲疑惑的看著手中的信件。

以他對那位的瞭解，該是不會讓家信送過來影響將軍才是；還是說，這信的內容不太重要，已是被挑揀過的？

正想著，卻突覺背脊一涼，醒神過來時，卻見將軍已然又冷了幾分面色，雙眼正向他射來寒光。趕緊收了心思，他立即拱手答道：「屬下不敢，還請主子放心，此事屬下定會著人辦好。

見他終是識趣的告罪，趙君逸這才不鹹不淡的點了頭，揮手令他退下。待周圍恢復了平靜，男人迎著冷冷的北風看著黑暗的某處。

本以為九王登基匆忙，他們可乘機打個措手不及。不想，靖國境內都亂成那樣了，這邊境守衛卻依然嚴防著。

打了一個多月的仗，才僅僅推進了不足百里，如今依然還在邊界作戰。想著崔九的野心與自己的大仇，趙君逸眼神深沈得如深海似的。

「這一別怕是要經年了。」男人喃喃，手指磨著堅硬的盔甲衣袖，心頭泛起了些許愁緒……

李空竹這一覺睡得極深，待再醒來時，她躺在炕上神遊了好半晌，才回想起昨兒她暈倒了。

無力的拍了拍額頭，輕笑的搖頭起身。「咋就累成了這樣？」她也沒覺得她有做多少活啊，對比起去歲親自熬煮山楂時，那簡直是差遠了。

「果然，安逸不得啊！」長嘆一聲的找來衣服穿上，待整裝好後，她就喚于小鈴端水進來。

沒承想，當門推開時，同進的還有于家的。

看她手端湯盅，李空竹就愣了下，隨即笑道：「怎麼了？大清早的端補湯來，我這是有多虛啊！」

于家的抿嘴輕笑。「姑娘如今可不能大動了，就是連那不吉利的話也別再說了。」將湯盅放於炕桌上後，她又走過來親自給那正在漱口的人兒扭巾子。

李空竹吐了口中的清水，看著她一愣一愣的。「這麼厲害？我這是得了啥大病不成？」

于小鈴垂眸憋笑，于家的卻瞋眼看她。「不是說了，不能說不吉利的話嗎？」

李空竹訕笑，接過巾子抹了臉，待要再潔帕時，又見于家的快速伸手接過，旁邊的于小鈴見狀，走到她身邊，不容置疑的扶著她的手道：「姑娘快來嚐嚐我娘的手藝，這盅湯，可是她天未亮就起來熬了哩。」

兩人這樣謹慎，令李空竹越發奇怪，視線在兩人身上來回移了幾下，見看不出什麼，不由得搖頭失笑，順從的坐在了炕桌邊。

「奇奇怪怪的。」說著，就笑著揭開了那盅湯品。

獨有的清爽湯香立即就朝鼻子灌了進來，李空竹深吸了口氣，嚥著口水，也不再去管她們神神叨叨，拿著湯藥就開始喝起來。

「醒了？」

正當她喝得不亦樂乎時，一道沈著的老音傳了進來。

第七十三章

李空竹自湯盅裡抬眼，見華老正背著雙手立在門外，肅臉、沈眼的看著她。

怔了下，女人放下手中的碗。「有何事不成？」臉黑成這樣，難不成出啥大事了？想著正在打仗的男人，女人心下一緊，起身就要往門邊走。

「欸，姑娘！」于家的適時扶住了她，看了眼華老，眼中亦是不解。「先喝湯再說，別再餓了肚子。」

這會兒華老似才看到那桌上的湯盅般，聽了于家的話，就揮揮手。「等妳吃了飯再說吧！」

都將人胃口挑起了，如何能再吃得下飯？

李空竹有些不願，于家的卻強拉著不讓她走。

「別餓著肚子，妳如今餓不得呢！」華老也覺來得不是時候，附和著于家的先頭的話，轉身又補了一句。「無關那小子，是妳的事！」

一句是她的事，令李空竹心下鬆了下來，隨後又疑惑不止的坐回去。「我的事？是啥事？」想著他說的餓不得，難不成真得了什麼大病不成？

似看出了她的想法，于家的向自家閨女使了個眼色，後又安撫的在其耳邊低聲道：「姑娘別多想，真沒啥大事。先吃了飯，有啥問題，老先生在那裡坐著哩，不過一會兒的事，不差這麼些工夫。」

李空竹聽罷，點點頭，又開始喝湯。

待喝完湯，吃過早飯後，李空竹由于家的陪著來到堂屋。

堂屋裡，老者正蹙眉想著什麼，看到她，就招手令她坐於小炕上的另一邊。

李空竹行了個禮，坐在他的對面，這時于小鈴將備好的蜜糖水端上來。

李空竹挑眉看她。「如何不是茶？」

「先不管這些。」華老揮手讓于小鈴下去。看了眼于家的後，就轉眼嚴肅的看著她道：「有一事我得跟妳說說。」

「嗯！您說。」李空竹也不糾結什麼茶不茶，端著蜜糖水抿了一口，聽了老者的話，就點頭，伸手示意他說。

華老沈眼看她半晌，見她轉眼看來時，道：「妳有喜了。」見她一臉呆愣，又沒好氣的瞪了她一眼。「就是懷有身子了。」

李空竹一愣，手上的端著的杯盞不經意的抖動了下，嚇得她趕緊將杯子放在小炕桌上，緩了下漏跳了幾拍的心，不敢置信的看著他，抖著顫音問道：「有、有身子了？」

「嗯！」

老者肯定的點頭，令李空竹心頭喜極的狂跳起來。「真的？」

見她那一臉激動得近乎扭曲的臉，老者沈著臉，再次點頭。下一刻還不待她將喜悅完完全全釋放出來時，老者又是一句。「近三月了。」

近三月？什麼意思？李空竹瞧著他神色不對，立時收住狂跳的心。

卻見老者見她一副笨樣，就氣不打一處來的道：「有近三個月的身孕了，也就是說在七月時妳就已經上身了，且胎兒還中了毒！」最後一句，也不知是不是因為心虛，老者竟是有些不敢看她的眼。

李空竹被他喝得一愣，繼而是一驚，再來便是一臉慘白不可置信的瞪大了雙眼。「不可能！」

女人驚呼。趙君逸在未解毒前，他們只同房過一次，而且那次她還喝過藥。再說了，八月下旬時，她明明就有來月事。

李空竹慌了神，在那兒不停的轉著眼珠，看著老者急急道：「會不會搞錯了？」

老者瞪眼，繼而是臉色一沈。「妳若不信，就去鎮上另找幾個大夫看看，除了那毒極弱診不出外，其他的與一般的孕婦無異。」

「怎麼會這樣！」女人垮了肩，蒼白著臉，在那兒不肯相信的低喃著。

于家的在下首亦是聽得好生驚疑，這會兒見自家主子備受打擊，也跟著不由自主的紅了眼眶，快步上前，伸手為其順著背，輕喚了聲。「姑娘！」

李空竹轉眸，將她放在肩上的手抓緊。「早上妳端湯盅時，是不是就已經知道了？」

「嗯。」她邊回答邊搖頭，抹著眼淚解釋道：「是知道姑娘有了身孕，卻並不知……」

後面的她沒說下去，李空竹卻明瞭的鬆開她的手，頹然的在那兒理著思緒，忽然像想起什麼般，轉頭朝老者瞪去。「當初當家的端來的避子藥是你親自配的，如何就沒了效果？」

老者也納悶，迎著她的目光有些心頭發虛的轉了眼。「我哪知怎麼回事？別人使就好使，如何到妳這兒就失了效用？」當初為怕那助孕藥過重，他可是加重了下藥的量，哪承想竟是這樣的結果！

李空竹聽此，不由得垂了眼，回想起那次的大吐，就皺了眉的再次看著他問：「那藥是不是吐了依然有效？」

「吐了？」華老眼神閃了下。「妳吐了多少？」

看他那樣，這是不能吐多了？李空竹有些遲疑，心頭也跟著不踏實起來。

「問妳哩，吐了多少？」似抓到了關鍵所在，老者對著她就是一通瞪眼大喝。

「全吐了。」李空竹莫名的縮了縮脖子，她又嘴硬道：「當初我有問過當家的，他說沒事哩。若不是你跟他說了效果，他如何就能說出那話來？他若不說出那話來，我也不能相信啊！」

還以為純天然無污然的東西就是好，如今看來，屁嘞！

老者抖著手，指著她好半晌，氣得是鬍鬚都亂顫了。

「你、你們……好啊，好啊！哼！」老者說不下去的甩袖，心下想著，當真是蠢人一對。他不過說喝了藥，胃會有些不舒服，免不了腸胃弱之人會出現嘔吐的現象，讓其在喝藥後再吃點粥為好。卻怎麼也沒想到，一對蠢人在藥吐光的情況下，還能信了那藥有效？

「這腦子，是塞豆腐了不成？」弄到最後，老者氣得是直拍桌子。「就因你們這一時的犯蠢，可知孩兒會受多大的罪？如今放在妳面前只有兩條路選——一，一壺紅花流了胎，簡單乾淨；二，按著君家那小子的排毒方法解毒，只是這樣一來，妳受得住嗎？」

「有沒有第三條可選？」李空竹的手下意識的撫上了小腹。雖說沒感覺到孩子的存在，可只要一想到一個可愛的娃子要離開，且還是從她身上強行剝離的，心頭就忍不住揪痛。

「有！」女人聽了希冀的抬眼，卻見老者衝著她就是一個瞪眼。「那就是等生下來，孩子受那毒發，全身僵直而死！」

李空竹抖了一下，眼淚一下就掉了出來，可憐的模樣，令正氣怒的華老一下就滅了大半的火去。

他嘆息了聲。「我有著人帶信去了邊界，且看到時那小子怎麼說吧！」好不容易這般大年歲才盼來個孩子，也不知屆時知道了，心下會是怎樣的難受？

李空竹聽他說帶信給趙君逸，不由得愣了一下。想著男人正在邊界作戰，這一去信，會不會令他心生慌亂？

明知不該在這時去攪了他的心神，可偏偏心裡某個角落卻期盼著能得一點倚靠。垂了眸，女人心下亂作一團不知該怎麼回答，在那兒沈默著，開始絞起了手指。

老者看她這樣，又是心下一軟。「要不，妳也寫封信去問問？」

李空竹心下有一瞬的歡喜抬頭，隨即又快速隱去的搖搖頭。「還是不寫了吧！」有他告知就可，若讓她寫，她也不知該寫什麼。是哭哭啼啼的訴一大堆苦？還是故作無所謂的讓他拿個主意？

不管怎樣的寫法，都令她心下矛盾得作不了決定。「信件幾天能收到？」

「若還在邊界的話，半月可一個來回，若是軍隊推行得遠，怕是得多等幾天。」

李空竹點頭。戰場瞬息萬變，誰知這一仗與下一仗男人會移去哪裡？

下意識的再次摸了下平坦的小肚，女人眼也不抬的盯著那處平坦道：「何時解毒才是最佳時候？」

「妳要解毒？像那小子那樣？」

李空竹點頭。讓她打掉她做不到，雖說解毒有趙君逸當時的先例擺著，可她一介弱女子，很有可能會因此撐不住，且一連七天下來，怕是肚中的孩兒……但要讓她輕易放棄這一絲生機……

想到此，她滿眼堅毅的看著老者。

華老被她這一盯，倒是心下生了幾分佩服來。若論一般的閨閣千金，有了君家那小子的先例在那兒擺著，怕是都會心生怯意，選擇打了這個孩子。

再加上大戶在乎所謂的高貴血統，生性多疑，就算告知她孩子能全解了毒，怕也不會全信了去，為防將來後悔，都會作了那殘忍的選擇。

「自然月分越小越好。胎兒大了就會損耗母體更多的氣力，若一個不行，就是選擇打掉，也極有可能造成一屍兩命。」

李空竹點頭。「那便請華老儘早安排吧！」

「不等君家那小子來消息？」

女人搖頭，對上他挑眉看來的眼，扯了個極無力之笑。「你不是說已快三月了嗎？再等下去，孩子可就成形了。」等到快四月時，孩子差不多該發育的都發育了，屆時若一個不好……

李空竹閉眼不願去想，在心裡做著最壞的打算。若真不幸到了那一刻，至少能讓她看不清楚孩子痛苦的樣子。

老者見她心意已決，就點點頭。「給我兩天備藥的時間。上回拿的解藥，還有一點。」見她臉色發白，又安撫道：「無須擔心，這回不用喝那寒藥，我儘量用藥浴的方法，使其滲進去慢慢解毒。」

「嗯……」

沒精打采的應了一聲，老者看得也是無奈，轉頭吩咐于家的。「這兩天好生看著，別讓她再累著了，吃得好點，多儲點力氣才是正經事！」

「是！」

商量完，李空竹便無精打采的斜躺在堂屋小炕上，看著屋頂捂著小腹發呆。

惠娘兩口子找來，要談作坊出新品粉條之事。見她臉色不大好，想著聽聞她昨兒個晚上暈倒一事，就快步的走過去，坐在她的身邊關切的問道：「出啥事不成？為何臉色這般難看？」

見是他們，李空竹收回看屋頂的目光，自炕上正身，並不回答的轉問著坐在下首的李沖。「為粉條而來？」

李沖點頭，李空竹見此，這才轉眸拍了拍惠娘的手。「俺有點小病，從今兒起，後面的事可都要暫時交給李大哥來辦了。」

「啥病？」

見她問得急切，女人扯著僵笑道：「要泡幾天藥浴緩緩，不是多大的事，只不過這期間，能不能請惠娘姊先暫時去芽兒家住？」

聽她說泡藥浴，惠娘心想該是不大的事，可一聽要讓她去芽兒家住，又隱約覺得不是那般簡單，面上就急切起來。「妳老實告訴我，到底出了啥事？」

見惠娘急了，李空竹轉頭，無奈的看了李沖一眼。如今她心下不好受，身邊又沒個人依靠，能撐著不哭已經是很大的勇氣了，再這般逼問，她可真要撐不住了。

李沖無奈的起身，過去拉了自家婆娘。

惠娘轉眸看他，見他搖頭，默了半晌，她終是忍著焦心不再相問，只是最後，還是忍不住出口關心道：「雖說不明白是啥事，可萬事還是多注意著點，好生保重身子要緊！」

李空竹別過眼，僵著嘴角笑。「我知道哩！」說著，就趕緊轉移話題，說到作坊的事情。

作坊的安排，她是早早打算好的。放明礬這事由于小弟把控，再有就是工具和工人分班製作的事。

「作坊北面還有幾個小間空著，屆時李大哥可讓人將那製作工具搬到那兒去。至於人手，如今倒是不用再招了，咱們從這批罐頭過後，下批山楂罐頭跟山楂糕點這些，全部定量批發。為補償供貨不足，就說咱們的粉條可八折優惠，當然，粉條不用定量。」變國這般大，番薯幾乎家家戶戶都會種上那麼個一畝、兩畝，不愁收不到貨源。

李沖拿著紙筆，將她交代的一一記下來，末了道：「這些交予我便是，妳且安心養病，實在不行，我就提拔幾個管事上來共同管著。」

「有勞了！」李空竹點頭。粉條出來，還得培訓跑業務的人員，李沖這鎮上鄉下兩頭跑，確實也有些吃不消。如今人手倒是不缺，可令人放心又識字的卻沒有幾人，倒真真是有些棘手。

送走了惠娘兩口子，李空竹便開始閉門拚命補起食來。

兩天時間裡，她除了吃就是睡，以至於在第三天解毒時刻來臨時，她覺得自己還沒下那正煮著的桶呢，全身就軟得渾身無力。

華老見此，又被氣得吹鬍子瞪眼，一面大叫著蠢貨，又說了一通養身子的方法，讓她再緩兩天再試。

無法，李空竹當天只得放棄的回到前院，準備再去睡時，被于家的拉著去兩小子的房間。「泥鰍哥兒這兩天可是擔心得很哩。姑娘為了養身子，這兩天可是一回也未去，趁這會天兒尚早，過去看看？」

李空竹頓住，想了想，終是點頭的往兩小兒的房間去。

李驚蟄被于家的早早遣回屋內，正不知是出了啥事的憂心著。

而趙泥鰍這兩天來，是一眼也未看到三嬸，心下有好些不解與擔心，見驚蟄早早被叫回了屋，這會兒正要纏著問他，就見自家三嬸正好推開門進了屋。

「三嬸！」小兒眼睛一亮，鬆了拉住驚蟄袍尾的手，咧著小嘴笑開，眼中卻有著一絲委屈。「這兩天妳都沒來看俺，這炕好硬，俺又不能翻身，俺渾身都疼哩！」

李空竹看著那逐漸回圓的小臉，心下因懷孕中毒引來的憋悶不由得一鬆，快步上前，順手就將兩小子的頭摸了摸。

驚蟄已經滿九歲，且書念得多了，帶了些書生氣質，被她這一摸頭，直覺有些害羞又覺不妥，在那兒肅著臉道：「大姊以後切莫再這般了，弟弟已大了，莫再把我當成那小娃子對待，男女有別呢。」

李空竹噗哧一笑，又去揪了下他那紮著的頭巾。「這才幾日，咋就變了樣？往日這般，你歡喜還來不及，如今倒是給大姊說起教來了？」

小子辯不過，卻仍舊嘀咕著。「反正以後就是不行了！」

李空竹抿嘴笑著，也不與他爭辯，轉眸去看趙泥鰍，卻見他正滿眼孺慕的看著自己，狀似憐人的小貓樣，惹得李空竹心頭軟得一塌糊塗。

「這兩天三嬸的身子有些不爽利，倒是沒能來看你，可是覺得太過疼痛難熬了？」

聽著她的身子不好，小兒乖巧的搖搖頭。「不難熬，俺只是、只是有些……想三嬸了。」

見他說完就紅暈滿臉的低了小腦袋。李空竹心下好笑，再次摸摸他的腦袋。「沒有就好，這明兒過後，三嬸怕還得耽擱好些天不能來看你哩，屆時可不要覺得委屈難過了。」

小兒抬眼，那邊的李鶩蟄卻在若有所思著。

李空竹看著那一雙清澈靈動的眼，思緒卻想著自己腹中，是不是也有著一雙這般惹人愛憐的清澈稚嫩之眼？想著那閃著水汪汪眼睛的白胖娃娃，嘴裡糯糯的叫著她娘親，那種感覺，竟令她心頭感動萬分。

垂了眸，看了眼小腹，等女人再抬眼時，臉上洋溢著的竟是前所未有的慈愛之光。

趙泥鰍認真的看她半晌，歪著頭要著求證。「那幾天過後，三嬸會來看俺不？」

「會！」女人說著，溫柔的在他額上印了一吻。

小兒被這一吻，眼神閃動得愈加晶亮有神。「那好，那俺就等幾天，再等三嬸來看俺吧！」

李空竹點頭，與他頭對頭的又絮絮叨叨了好一會兒，見兩小兒都有些累了後，這才心下輕鬆的出了屋。回到自己的主屋躺下休憩時，女人摸著自己的肚子，眼中閃爍著的是前所未有的堅毅。

待終於調節好了身心，也得了華老的首肯後，她在第三天的晚上開始藥浴。

由於不能像趙君逸那樣光著膀子，李空竹便著了套交襟的白色裡衣，坐進那灶臺上的大號藥缸裡。

華老在側院裡坐著，不時高聲問著這邊的情況。

缸裡的李空竹剛坐進去還好，可隨著于家的撒藥一層層的加重，那水也越來越熱，全身毛孔張開，藥性侵進皮膚後的效果立刻就顯了出來。

李空竹皺眉低呼，旁邊于家的趕緊緊張的問她如何？

搖了搖頭，她深吸了口氣，閉目慢慢的按華老所說的調氣息。可即使這樣，也未能令她好轉多少，那熱熱的湯藥，不僅燙得她全身難受，且小腹那裡也開始有如針扎一般疼。

起初只是輕微的扎痛，可越到後面，那痛楚就越來越厲害。不僅如此，缸裡的水，明明熱得她滿臉通紅、大汗淋漓，可小腹那裡卻涼得似冰在裡頭不停絞動，且還越來越感到陰寒。

那種如數百根針扎的冰凍絞動，再配上那快要把人蒸熟的高熱藥浴，李空竹只覺這輩子都沒體驗過的極致痛苦，全在今兒讓她嘗了遍。

伸了手，她不禁開始用雙手去捂緊小腹，伴隨越來越變態的疼痛，李空竹的臉色也變得慘白。

過不了片刻，她就再沒法按華老所說的平氣調息，緊咬著牙，開始由吸氣，變成大口的喘氣，那一臉的冷汗亦是驚得于家的緊張的抖了手。

那邊華老聽見她沈重的呼吸，趕緊喊道：「切莫亂了心緒，也不要用力去捂腹部，不然捂得越緊，那絞痛就會越嚴重，當心就此不支暈了過去。快！再試著吐納幾回。」

第七十四章

李空竹對於老者的喊話根本就無法聽到，此時的她只想彎了腰身，就此緊縮成一團，那小腹處的疼痛當真令她好生痛苦。

「姑娘，快、快聽了老先生的話，快吐納啊！」于家的試著扳開她緊咬的嘴，快速的擦著她那冷汗熱汗交替的額頭。見扳不動，心中的焦慮已瀕臨頂點了，便抱著女人的頭，朝側院大呼。「老先生！」

華老被喊得心頭一震，快步自側院行了出來，看到這一幕，亦是大驚的快步走過來。

只見缸裡的人兒，這會兒幾乎成了半暈狀，那緊抿的唇瓣都給抿白了，兩條秀眉緊皺，眼兒緊閉，那一臉蒼白的痛苦，像是在昭示著她已到了極限。

華老見此，「啪」一個大掌就落在她臉上，清脆的響聲，驚得于家的瞪眼朝他低喝。

「老先生?!」

華老沒回話，「啪」的又是一巴掌下去，女人那嬌嫩的臉蛋立時緋紅高腫了起來。

那正在自己痛苦中徘徊的李空竹，被臉上的麻痛驚得回了神，皺著眉，很不悅的睜了眼。「作何？」

臉上的麻痛令女人很不爽，華老見她瞪眼，更不悅的冷哼一聲。「還不趕緊深吸吐納，若是不願，就等著肚中的孩子消失吧！」

一句肚中孩子消失，令女人立即清醒過來，深吸了口氣，鬆了緊捂小腹的手。雖說還是疼痛萬分，可她仍是死咬牙關的硬挺起了腰身。

再連連幾個深吸吐納過後，女人感覺身上輕鬆了一點。

旁邊華老見狀，又一個冷哼出聲。「保持這樣，試著撤火，照樣用半個時辰。」

「是！」于家的聽罷，就喚著一旁自家閨女過來幫忙。

華老瞥了幾人一眼，不再吭聲的抬腳向前院而去。

好不容易等到了時辰，火全撤了。彼時李空竹如那煮熟的蝦子一般，紅得是觸目驚心，因沒有一絲力氣，出缸是讓于小鈴與于家的架出來的。

下了地，披了衣，為怕她著涼，于家的甚至還來不及等她喘勻了氣，就趕緊將她往身上一揹，快速朝前院跑。

待回了屋安頓好，于小鈴又拿華老讓煮的一碗保胎藥逼著她喝完，她就不省人事的昏迷過去。

解毒過程本來只需七天，可因她是孕婦，體力不支，是以，這毒整整解了十四天才解完。因為每解一回毒，她都要休息上個一、兩天來回復體力，不然的話，中途很可能就一命嗚呼或是胎兒不保。

在這些天裡，李空竹一直都閉門謝客，連惠娘、麥芽兒來找都沒有接見過。

十四天的時間裡，于家的負責跟她彙報作坊的事，還說了新品發布的事。

好在一切都很成功，那因著桃、梨罐頭下架，山楂罐頭定量銷售而惹得不滿的各家掌櫃，都在粉條出來的第一時間消了怨。

李空竹想著當時自己說要做幾道粉條的菜品，來解釋這粉條如何用，如今卻因解毒的事耽擱了。

這會兒，好不容易挨過了最後一天的解毒期，趁還有精神，李空竹便問于家的這事是怎麼解決的？

于家的見她放鬆，便笑道：「姑娘如今還虛著哩，這些事就暫別操心了。至於粉條的事，那外面大廚多的是，連麵條都能煮能炒，粉條這同是條的玩意兒，還能難著他們去？」

李空竹一聽，覺得確實是這麼個理，於是點點頭，待喝下安胎藥後，便慢慢的沈睡過去。

毒解完後，李空竹又在家中調養了近半月。當十一月鵝毛般的大雪紛飛而至時，她才正式的開啟大門，準備接待上門關心之客。

彼時正巧逢麥芽兒臨盆，聽到消息的李空竹，趕緊著于家的扶她往麥芽兒家去。

一到趙猛子家，開門的林氏看到她來訪，是連連驚叫呼著她怎麼近一月不見的，竟是瘦了這般多。

李空竹只摸了摸臉，說是自己先前身子有些不爽利，這養了近一月，已經恢復不少。

林氏聽她這般說，認真的將她打量幾眼後，見其雖瘦了些，但面色紅潤泛光，就信了她的話，領著她去堂屋。

這會兒堂屋裡坐著的人，除趙猛子一家外，還有惠娘與其伺候的下人。

看到她，惠娘當即就從椅子上不顧身子重的快速起身，向她奔來。「妳可來了！」

李空竹伸手拉住她伸來的手，兩人身後伺候的人，皆嚇一跳的在兩人耳邊輕聲囑咐，要自家主子小心點。

惠娘紅著眼，將她上上下下的打量許久，這才輕聲問著。「可是好了？」

「好了哩！」李空竹拉著她的手向兩邊展開，給她看自己的全身上下，又滿面慈愛的盯著自己那還沒凸顯的肚子看了瞬，拍拍她的手道：「快快坐下的好！」

如今李沖忙著鎮上村裡兩頭跑，她沒有回鎮上坐鎮，挺著越發大的肚子在這兒待了這般久，說到底，還是擔心自己來著。

惠娘用絹帕抹了眼淚，拉著她同坐在趙家讓出的上首小炕上。林氏給她上了熱糖水，而李空竹則在坐下後，就看了眼下首請假回來，有些魂不守舍的趙猛子。

「發作多久了？」

「吃了早飯開始的。」惠娘在見她好好的後，就放了心，跟著說起麥芽兒生產之事。「她本打算今兒再去妳那兒看看，沒承想，剛走兩步哩，羊水就破了。」

聽著從隔壁傳來的陣陣呼痛聲，惠娘下意識的摸了下自己的肚子。

李空竹在聽她說本是要去看自己時，心就緊了下，很怕是因著路滑給摔的，在得知是自動破羊水的後，就暗中吐了口氣。

算算日子，麥芽兒也該是足月的時候了。

這一等，是直接等過了晌午。

趙家三口人誰也沒心情吃飯，但兩孕婦卻不能餓著，也因此，在時辰一到後，于家的與惠娘身邊伺候的人便去了趙家廚房，做了卷餅配炒菜。

午飯端上來時，趙家幾口人臉莫名的紅了下。

李空竹拿著餅子捲了菜，遞給了惠娘一個。

見另三人都不過來，也不管，開始自動自發的也為自己捲了一個。

拿餅的惠娘見她吃得大歡，不由疑惑的盯著她看。

李空竹感受到她的眼光，抬眼看她，對她笑道：「大人能餓，小娃子禁不得餓哩。」

這話令惠娘又是一愣。這是說誰？

李空竹在吃完一餅子後，就吁了口氣，見對面之人還在探究的盯著她看，就對她迷惑的眨眨眼。

「啊——」突來的一個驚叫，令屋中眾人皆臉色一變，趙猛子更是白著一張臉，兩腿打顫的快步跑了出去。

「媳婦兒、媳婦兒，妳咋樣了啊？」

聽著趙猛子的急喝，眾人亦是齊齊跟著向屋外行去。

「哇哇……」還不待他們行到門口哩，就聽一聲啼哭傳來。

林氏當即就喜了臉，衝著西方拜了拜。「阿彌陀佛，阿彌陀佛，生了就好，生了就好。」

李空竹與惠娘對視一眼。這大人還未知安危哩，竟就開始拜起了佛？

穩婆抱著包好的小子前來討喜錢，林氏一聽是大胖小子，喜不自禁的抱在懷裡掂了又掂。

趙憨實打賞紅包後，穩婆便又去了產房收拾。這期間，趙猛子一直都守在麥芽兒床邊，雖令林氏不滿，可終是因李空竹她們在，沒有發難。

待穩婆收拾好，說可以進去後，于家的端來碗糖心雞蛋。

林氏再次的尷尬了把。這倒好，搞得她像個惡婆婆般。

一夥人相攜著進去時，麥芽兒看來精神尚好的躺在床上。

她聽著聲響，抬眼來看眾人時，不期然的看到了近一月未見的自家嫂子，面上一激動就想撐起身。

李空竹看得快步上前，壓了她半起的身子，握著她的手拍了拍。

麥芽兒哽咽著喉頭，沙啞道：「嫂子，妳咋來了哩？」

李空竹連忙拿絹帕替她拭淚，嗔怪的看她一眼。「月子期間可是哭不得的，不然將來眼睛可是會痛哩。再說了，妳生娃子，我再躲著不來，豈不是太不近人情了？」

麥芽兒感動的點點頭，鬆了身子的重躺了下去。「看著妳沒事，俺就放心了！」

「沒事了！」李空竹理了下她那被汗水打濕，還黏在額頭上的髮絲，那邊趙猛子抱著兒子過來給她看。

待麥芽兒看過，趙猛子見李空竹也正巴巴的看來，就笑著將襁褓遞給她道：「嫂子要不要抱抱？」

李空竹點頭，笑著伸手，小心的試著抱了把，旁邊的穩婆見狀，趕緊過來教她正確方式。李空竹羞紅了臉，好在在穩婆的幫助下，終是正確的上了手。

起了身，于家的便將糖心雞蛋遞予趙猛子，讓他餵自家媳婦，而李空竹則抱著柔軟的小子步到惠娘身邊。

兩人皆有些好奇的看著那剛出生的娃子，見其面部皺皺紅紅，根本就看不出是美是醜，倒像極了那小老頭般，雖滑稽，卻莫名的令兩婦女心軟得一塌糊塗。

惠娘伸手在小兒嘴角邊按了按，小兒感受到，立時就偏了嘴的想來咬。覺得有趣，她又伸指在他另一側按了下，果見其又偏了頭的來咬。如此三番，終是惹得小兒張嘴啼哭了起來。

兩婦人見狀，一時間皆手足無措，那邊林氏則好笑的接過手。「妳們還沒當過娘才不知道，這小子是餓了在尋奶哩，用這手指點他，他尋不到，可不就哭出聲了？」

李空竹與惠娘相視後羞澀一笑，林氏則抱著小兒去那吃過糖心蛋，體力復原點的麥芽兒處，將襁褓遞給她，讓她解衣試著給娃子吸一下，好早點下奶。

這一幕自是不適合他們眾人再待著瞧，紛紛說道了兩句，就一同出屋。

等趙家老兩口打發了穩婆，李空竹又跟惠娘說了下搬回去她那兒住的事情。待得到欣然應允後，她才由于家的相扶，辭別了趙家。

這場初雪下得極大極猛，走在雪沒至腳踝的村路上，李空竹看著完全被白雪包裹的銀色世界，不由得輕吐出一口白色的濁氣。

回想起麥芽兒生產時一夥人擔心的樣子，她想，那時對於麥芽兒來說，再多人的關心，也抵不過男人在其身邊的呵護吧？

雖說這近一月，她一直都禁止自己胡思亂想，總在心裡給某個男人找著什麼藉口，可在心間的某個角落裡，還是止不住的失望惆悵。

連華老如今見了她，都有些不大好意思來，幾次三番的問著她，是否要給某個男人寫信問問情況？

她記得自己聽了這話，只輕笑著撫了下自己的肚子，問過華老信件是由誰護送的？待得知是暗衛後，就拒絕了寫信相問這事。若是一般的信差，她可能會相信信件有可能丟失，可那高來高去的暗衛麼，除非是被暗殺，否則絕不會丟失了信件。

見她臉色有些不好，于家的擔心的看著她，問道：「姑娘可是累著了？」

搖了搖頭，正好行到自家門口，女人親自推門走進去。

已能下地出來蹓躂的小泥鰍，看到她，拄著小枴杖就想奔過來。後面的于小鈴見狀，趕緊低叫著上前去扶他。

李空竹看著如今越發圓潤的小泥鰍，白生生的臉上是一雙清澈的寶石大眼睛，一如既往的盛著滿滿的孺慕之情，看著她笑得是格外的可愛。

她心頭軟了下，招著手，大步的上去與他會合。

彎著腰身，拉著他的手，見入手軟軟的小手溫溫暖暖的，就滿意的點點頭。「如何蹓躂到外面來了？蹓躂多久了？可有累著？」

抹著小鼻子上出來的汗珠，小兒搖著頭大喊道：「不累！屋子裡悶得慌，俺想看雪哩！」

李空竹點頭，知這一個多月的躺炕對他來說算得上是極致的酷刑了。試想，讓一個成年人躺在那兒一動不動都十分難熬，更遑論一個不足五歲的小兒？

兩人上了臺階，掀簾進了堂屋。一進去立時一股暖意襲來，李空竹看了眼屋中放著的火盆，令于小鈴把窗戶開條縫後，就扶著趙泥鰍上了小炕。

正當兩人在小炕上說著玩樂話，玩著小玩具玩得不亦樂乎的時候，華老從村中轉了回來。他掀簾進屋，看到兩人時，不由得張了張嘴。

李空竹拿著木馬看了他一眼，隨即又轉了視線向他比了炕的另一邊道：「有啥事，老先生坐著來說吧！」

華老嗯了一聲，等于小鈴上了茶水後，這才道：「靖國如今迎來了雪災，且大雪比我們早下了半月，如今的靖國除瘟疫內亂外，流民、災民更是累積無數。」

「哦。」李空竹哼了哼，沒有說話。

老者想了想，似是替某人辯解般。「雖說靖國已經是多事之秋，可那軍隊看著亦不像是好糊弄的。聽說邊塞一戰，為了尋求推進的路子，君家那小子竟親自帶隊潛入敵營，燒其草糧、毀其車馬，這才將那守衛在邊城的牙齒給敲下兩顆來。如今雖還在擴進著，可實實在在是慢極了，想必軍隊定是疲憊至極。」

來年若還是這樣難推進的話，對於擴張領土滅靖國的做法，看來得改一改了。畢竟這樣長此以往還拿不下靖國的話，變國就是再富有，人力物力也終有虧空不支的時候。

華老說著就皺眉沈思起來，李空竹心頭則是輕抖了下，不動聲色的看了眼沈思的老者，垂了眸，故作不在意的繼續與小泥鰍玩耍著。

待老者回神，見她一臉淡定似事不關己般的在那兒與小兒說說笑笑著，心下不由一嘆。

想著那一去不回的信件，老者亦是有些不解。本以為以那小子對她的緊張勁，一定會著人回來看看，或是寫上長信一封問問，卻不想，竟是這般的杳無音信。

這近一月裡，他身邊之人倒是時時有傳消息回來，可每一回的消息，都不是他想問的消息。試著繞圈子的問了幾回那傳信之人，可得到的全都是一臉茫然外加不明所以。

嘆息了聲。「那小子，怕是忙得分不開身吧？」

李空竹沈了眼，只一瞬就轉了目，溫笑著似沒聽到般，繼續的笑鬧著。

華老無奈的看她冷漠的樣子，再次輕嘆一聲後，就起身向屋外走去了。

等人徹底的沒了影，李空竹才看著那動盪的簾子發起了呆。

不是她矯情，而是覺得，這信去與沒去之間是兩個不同的概念。若是沒去信，她可能會選擇隱瞞的依舊解了毒，但至少心裡不會難過，不會像現在一樣，為了男人一直在找藉口，也不會這般失落無力著。

「三嬸兒？」正拿著另一竹球玩的娃子，見她在發呆，就不解的輕喚了聲。

李空竹被這一喚喚回了神，不著痕跡的露了個溫笑，繼續兩人另一輪交換玩具的玩法。

進入十二月，懷孕四個多月的李空竹，肚子也漸漸凸顯出來。她這樣一顯懷，就是想瞞也瞞不住。

彼時村中雖說人人都在說道這事，可她如今身分不似以往，誰也不會拿到明面上來惹她不喜；況且那月分一算，很明顯就是趙君逸的。是以，這番流言倒也沒掀起多大的風浪。

李空竹對於這些根本就不在乎，在她看來只要身邊人能諒解就可。

好在惠娘在搬過來後不久，就知道她懷孕的消息，雖說對她有了好一通的埋怨，可最後，到底還是諒解了她懷孕初期因染病，不想惹人驚慌，刻意相瞞一事。

由於進入臘月，離過年也就短短一個月時間了，人人作坊卻因訂單越來越多，作坊工人都忙得腳不沾地。

即使是這樣忙碌著，每個人的臉上不但沒有抱怨，相反的，人人臉上是笑靨如花，幹得愈加起勁。

因為這訂貨的人越多，就意味著他們能持續加班，這樣到月底，工錢就會掙得越多，這些收入對他們來說，能過個不錯的豐年了。

李沖自李空竹好了後，又重回了鎮上掌事，如今按照李空竹所說，已培養出一批能說會道的小子們。

如今的主要任務，就是讓他們去各縣推銷粉條；而罐頭的業務則因缺得厲害，就暫時先不著重推薦。

即使是這樣，一些想訂粉條的商鋪，派人來作坊看了後，得知有罐頭，還是不管限制，紛紛跟著下了不少訂單。

搞得現今的山楂罐頭跟糕點，作坊就算定量給批貨，還是缺得緊。再加上仿品眾多，爭著收果子的商家也多了起來，因此為得果子，作坊投入了更多的成本。就算這樣，還是讓另外的商家搶走不少原料，弄得他們是十分無奈。

在離過年還有小半月時，李空竹便打算將這幾月的進出收入計算出來。

彼時她抱著帳冊去堂屋後，就著人叫了趙泥鰍過來。

待他來後，她隨意抽了本帳冊扔給他。小子伸手接過一翻，就很歡喜的拿著小算盤上炕，兩腿一盤，認真的撥動起珠子。

李空竹想著這小子因為在月初時，隨了驚蟄去學堂旁聽了兩課，由於聽得雲裡霧裡弄不懂，回來時很傷心的大哭了一場。

這讓李空竹見了，很是哭笑不得的安慰了許久，勸他大些再去，並讓他以後就跟在自己身邊，讓她在這一、兩年內，好好的教他一段日子，這樣到了適齡能上學時，就不怕聽不懂了。

當時小兒一聽，雖說仍是委屈愧疚，可到底哼唧著點頭同意了。

第七十五章

李空竹看了眼在她身旁打算盤打得噼哩啪啦響的小兒，不由好笑的搖搖頭。有些人，有些事，當親身遇到時，想不佩服都不行。

誰能想到這讀書認字不行的小子，對算盤之聲是尤為癡迷熱愛？這小子自跟在她身邊，就對看帳、算數極感興趣，以至於在當時看到的第一眼，就當場直纏著要她教。

李空竹那日正算著簡單的單日帳冊，因時間充裕，就欣然答應從最簡單的數數教起。誰知這小子悟性極高，對於數數，那是教過一遍後就信手拈來。

見此，李空竹又慢慢教了簡單的個位相加減法，小子也很快就能領悟。弄到最後，小子就晃著算盤在她眼前不停的亂轉，纏著她硬要她快點教他用算盤做加減法。

李空竹無法，又拿出兩天時間，教了他最簡單的十位到百位的加減法。現下，這小子都能幫她算那簡單的單日帳冊了。

「三嬸，這本俺算完了哩，妳加下總和吧！」

李空竹笑著摸了他一把，將那本帳冊拿來，看也不看細目，直接一頁頁的翻著，加起總和來。不是她不擔心小子算不好，而是這其間她已經檢查過好多次了，每次這小子都沒有算錯過。

嘆息著將那總和算完，用毛筆記好總帳，李空竹看著那撥算盤撥得興起的趙泥鰍，只覺這娃子要放在現代，簡直就是神童一般的人物。若家庭條件好點的，能好好培養，長大了搞不好都能拿不少數學大賽的獎牌了。

可惜生活在古代，算數師傅又極稀缺，而她這個三流師傅也是能力有限，照這樣下去，怕是不出兩年，這小子就會掏光她所知的那點數學知識了。

「泥鰍啊！待三嬸有能力名聲大噪後，三嬸給你請個好的，專門教這算術的先生可好？」

「嗯？」小子轉頭看來，回過神後，就露出一排可愛的小米牙笑了笑。「俺有三嬸教就行，到時俺要幫三嬸算帳哩。」

「傻小子！」這般天才只幫她算帳，可是埋沒了。

「呵呵！」

伴著小兒的歡笑，李空竹無奈的搖頭失笑了一陣。心裡想著，左不過還能教個兩年，待兩年後，她大概會比如今要更有名氣，屆時再慢慢幫著尋看看吧。

臘月二十三小年夜一過，就正式進入年節的時候了，李空竹正著手準備作坊跟店鋪所有員工的年終獎金跟禮品。

待年二十八這天，作坊、店鋪就正式停工。其間，她先將鎮上的夥計、掌櫃的年終獎金發完，就著李沖拿銀票去銀莊兌了整整一大筐的銅錢回來。

彼時那裝錢的騾車，才進了村中，就引得村人們紛紛出動的跟著車，伸脖仰看。等騾車行到作坊門口，這一路相看的村民也早早聚在門口等待。

作坊管事出來，著人將那筐銅錢搬到門邊的高臺上。等到李空竹一到，大家迫不及待的趕緊讓路，都盼著她趕緊上臺去，好能早些分了那成筐的銅錢，讓他們能補回一些為了年節買禮的開銷。

誰知李空竹自人群外走進來時，看著高臺上那放著的銅板筐子，只略挑眉，並不急著上去，而是轉身衝著村民道歉了聲。

「我這作坊裡的工人還未發送節禮，可否請諸位哥嫂伯嬸們等上一等？」

眾人看看那冒筐的銅板，又看看李空竹一臉笑意。這伸手不打笑臉人，況且那錢還沒到手就不算自己的，因此只能忍耐著點點頭，讓她先入了作坊去。

一進作坊，全作坊的員工都穿著工作服，整整齊齊的立在那裡。看到她來，隨著趙猛子的一聲吆喝，眾人皆齊齊的朝她行了一禮。

李空竹揮手，讓趙猛子先去村口看那訂的豬肉可到了？而她則步上臺，開始說起今年年終獎金一事。

「自開作坊到現今，不到四個月，雖說效益可觀，但掙銀也不算很多，不過這些日子你們都很努力，當初雖沒規定有年終獎金這一事，可想著作坊裡的大多數人都是明面沒分家，可實際過的也跟分家差不多了，想來村裡那分成的銀錢也不到了你們的手中。

「是以，從今年開始，作坊設定年終獎金，也就是全年上滿班的，按著一月十文算，一年十二月，就是每人有一百二十文的獎金。今年三個來月，算四月的獎金，一會兒每人領四十文的年終獎金，另每人還有兩斤豬肉可領！」

眾人聽完，止不住的齊齊吸氣，心中感動的同時，更下定決心以後一定跟著好好做。

那邊趙猛子迎來一車兩板豬肉進村，此時的作坊外面，也跟著傳來此起彼伏的抽氣聲。

等著那板車進來，李空竹吩咐拉車的柱子來給眾人砍肉、分肉，並囑咐他屆時可多領兩斤走。

柱子如今主要負責收貨，也因此工錢比作坊的工人要高出許多。

因此他娘成天想請了他這堂姊去家裡吃一頓感謝，不過如今看她挺著個大肚子，怕是這年節串門子要作廢了。

想著，他不忘拿刀開始割肉。

李空竹見狀，又著身邊的管事將作坊的桌凳搬出來。命于家的將懷中抱著的盒子放在桌上，她則坐在桌後，拿著帳冊，一個個的喚著名字前來領紅包。

待發完作坊，她又走上作坊門口的高臺處，說了一堆作坊效益之事，又說了堆感激之話後，才命作坊的管事，幫著將那一筐銅板分下去。

雖說一筐銅板分到全部村民手中，一人也拿不了幾個，但買兩斤豬肉錢還是有的。因此這白來的銀錢，令村人很是樂呵了許久，待在那作坊門口一通感謝，久久不願散去。

年二十九，李驚蟄百般不願回李家村，為表孝心，李空竹面子上還是讓他拿了幾斤肉，並給兩塊花布帶了過去。

待到年三十這天，為了熱鬧，李空竹照樣將于家一家四口招了來，一夥人在熱熱鬧鬧的吃了個團年飯後，就聚在堂屋裡一起說說笑笑，等著新年到來。

為怕犯睏，李空竹還興致甚好的教小泥鰍唱起了兒歌和新年歌。

一旁的于小弟聽著，平日雖因工作擺出個成熟樣，但到底還是個半大小子，居然也跟著和唱，在那兒搖頭晃腦著。

李空竹見狀，就乾脆叫他跟于小鈴一起，和著趙泥鰍並她，一行四個人拉成圈，在屋中轉圈跳起舞來。

「呵呵……哈哈……」小兒少女們跳著舞轉圈，發出了銀鈴般的笑聲。

李空竹亦跟著受到感染般，也是越跳越開心。

坐在下首的于家的看著有些過了，趕緊起身止了她，回臉瞪了眼自家娃子跟閨女，對自家主子好言相勸。「姑娘怎就跟小兒瘋起來了？妳如今雖說穩當了，可也萬不能過激了，凡事該適可而止才好。」

李空竹用手搧著因為轉圈而有些冒汗的臉，聽了這話，只笑了笑並未多說什麼的重回小炕坐著。

于小鈴趕緊端了酸梅湯來，一旁的華老見狀，有些沈了臉。「妳現今的身子該多休息才是。如今特殊，就是不守夜，也無人說道妳什麼。」

李空竹喝了口酸酸甜甜的湯品，聽了這話，只抬眸看著老者笑了笑，就又轉頭去看小兒們的鬧劇了。

華老嘆息，終是不再相管的起身。「人老了，這歲是守不到時辰了，你們慢慢守吧。」

李空竹同于家幾口人起身，恭敬的向他福身，算作是相送。

待老者走後，李空竹又守了近一個多時辰，有些實在熬不住的閉了下眼。

于家的見狀，起身走到她的身邊，扶著她的胳膊勸道：「姑娘，回屋歇著吧，再是如何，也得為肚裡的娃子想想才行。」

李空竹輕笑，也覺得自己有些任性了，由她扶著起了身。于小鈴立時拿著棉披風出來給她繫好，又拿了個暖手爐給她後，這才福了身，由自家娘扶著她出屋。

女人在行到門邊時，轉過身推了于家的，道：「我自己回房便可，反正裡外都點著燈，不怕摸黑滑倒，你們一家就在這裡好好團聚吧。今兒無分大小，任小兒們隨意鬧，那糕點糖果這些也別拘著了，買這般多，就算村中小兒來拜年也發放不完，就由著他們吃吧！」

于家的點頭，回頭瞪了眼自家的兩兒女，示意兩人趕緊道謝。

于小鈴、于小弟兩人心喜，皆齊齊歡呼著道了謝。

李空竹點頭，給了趙泥鰍一個安心的笑容後，就掀簾走了出去。

這一出來，迎著寒冬臘月的冷風一吹，立即就令她的睏意消散了幾分。抱著手爐立在屋簷處，看著那天空飄下的雪花，女人伸出纖細白嫩的手接下一朵。

她不是不想回屋睡覺，而是覺得今兒這樣的日子，是家家戶戶團圓的難得溫馨之夜，就算有這般多人陪著，還是令有些她倍感孤獨。

回想著去歲過年時，屋子雖破，但過年所置辦的東西都是兩人親手所弄。飯菜不夠精緻，只有少許的幾盤菜，卻是她親手滿懷憧憬做的，只兩人雖不熱鬧，可卻意外的在她撒嬌耍賴下，顯得格外溫馨來。

那時的男人少言寡語，卻常常被她弄得無可奈何，一次次妥協著。

嘆息了聲，將手中化成水的雪水慢慢暖化。短短的一年之景，卻像是橫跨了多年般，也不知如今的邊界又是怎樣的一番光景呢？

邊界沒得過年節，哪怕今夜是年三十，依舊是全營戒備。

但晚飯時，趙君逸為顯親和，跟著帳中將士們一起搭著大鍋灶吃了頓白菜餃子。本以為今兒一夜能來個平安守歲，卻不想，突來的敵營偷襲，令大軍全程一直緊張的戒備著。

男人在巡視完各個營後，就回了營帳，勒令各軍統帥回營商討起作戰策略。

正值亥時初，各個營帳統帥在確認好自己所管制的軍營後，皆齊齊聚在了將軍營帳。

趙君逸身著一身銅黃盔甲，站於上首的地圖處，深眼的看了良久後，轉回頭，掃視著下首的眾將問：「對於此次偷襲，各位有何看法？」

一眉清目秀的年輕副統領聽了立刻抱拳回話。「很顯然，今兒個過年，敵營會以為我方戒備一定有所鬆懈，派那小支隊突襲，不過是為了探聽一下虛實罷了。沒承想，來了個有去無回，想來偷襲這一招，對方沒法用了。」說完，當即就仰頭笑出了聲。

男人看他半晌，眯眼輕哼。「很好笑？」

他聽罷立即閉了嘴，脹紅著臉在那裡拱手道：「卑職失態，還望將軍勿怪。」

趙君逸並未多說，只轉頭再次看向地圖。「如今城州這塊地方，成了我們又一屏障，內裡坐陣之人，聽說是靖國新皇親自培養多年之人，勸降賈通怕是不成，要硬交手，其又一直躲於城中不出，陸陸續續交手也近一月餘了，除了我方一直主動出擊，可有見其出過手？」

眾人搖頭。

男人瞇眼。「一直不主動出擊，也一直未派小隊偵察過我軍，為何就會選在今夜來襲？當真是因著今兒是年三十，以為我軍會有所鬆懈才來的？」

眾人沈默。

趙君逸走向那沙盤演習的地方，看著那地勢瞇了瞇眼。如今的他們所處之地分外平坦，兩軍交戰之處，只前方十里處有一破敗堡壘可用。

那處堡壘因年代久遠，幾經戰火洗禮，如今只剩四周光禿禿的圍牆與兩個通行入口。

兩軍交戰時，他們幾次想將敵人引入那裡，來個包餃子的前後夾擊，卻屢屢被敵方看透並不上當，每每在離那堡壘幾里地時，敵人就會撤軍遠去。

不管是勝是敗，就是堅決不入了那口。

趙君逸點著那沙盤看了良久，隨即勾唇沈了眼。「著全軍整頓，分批歇息，隨時聽我號令！」

「是！」

眾人看他陰笑，雖有些不明所以，但依舊聽命的拱手，退了出去。

趙君逸轉身回到相隔的臥床處，用腹語傳音。「劍濁！」

「屬下在！」

「著一隊菁英，去那處破敗之地，給我好好仔細的巡查一番，我倒要看看，他們想使出什麼招？」

「是！」

外面夜風吹過，男人躺在那張行軍的小床上假寐著。

子時三刻，邊界的寒風吹得愈加張狂。聽了劍濁回覆的消息，男人眼神瞇得愈加深沈了。

「屬下去時，其暗衛還在佈置著，怕是這幾天還會時不時來刺探一下我方的情況。」

趙君逸點頭，揮手要他下去後，又要副官喚了眾將領過來。

等眾將再次過來時，男人道：「加強防備巡邏，每一營增加一小隊，另再派小隊去前方刺探敵情，務必做到我軍正處在嚴防不懈怠的狀態。」

「將軍是有何作戰計畫不成？」

眾將看著他，皆好奇不已。要知道如今他們軍營已經夠森嚴了，再加一隊的話，敵方若再想進營刺探就難了。難道將軍就不想乘勢抓幾個俘虜，逼問一番，看看靖國那幫玩意兒到底在打何主意？

「屆時自然明瞭，如今先按本將軍說的去做！」

眾將聽罷，皆拱手答是。待眾人散去，男人背手出營，看著那露出魚肚白的天色，輕嘆的吐出了口濁氣，轉身，大抬腳步的又開始了巡營之職。

年初一的早上，李空竹所住的家門，早早的就被村中小兒們給攻陷。這讓如今因著腹中胎兒大了，每每都會被踢得睡不好覺的李空竹，也跟著早早的起了身。

此時的院子裡、堂屋中，滿滿的都是小兒的歡鬧跟道喜聲。大家看著推門出來的李空竹，皆嘴甜的衝著她道了聲。「三嬸（三嫂子）過年好！」

李空竹笑著向大家一一頷首，看著那一個個穿新衣戴新帽的小傢伙們，心情也沒來由的跟著好了幾分。

堂屋裡趙泥鰍正給來拜年的小兒發著糖，看到她來，趕緊將手中的活兒丟給于家母女，邁著小腳跑過來，扯著她的衣袖就是甜甜一笑。「三嬸，過年好！」

「過年好！」李空竹笑著摸了他的小腦袋一把，把準備好的紅包拿出來。「哪，紅包，今年爭取長高高！」

「謝謝三嬸！」小兒高興的接過紅包，拉著她去炕邊坐著，跪下去就是一個磕頭。

李空竹笑著將他拉起來。「以後不需要這般，只管彎腰行個禮就成。」

「不成！」小兒搖頭，一臉認真。「俺給三嬸磕頭正該哩！」

她好笑的瞋了他一眼，轉頭看著屋中小兒皆羨慕的往這邊瞧，就趕緊著于家的將備好的紅包拿出來。

「來，大家都有，一人一個，今年都聰明長高高！」

「謝謝三嬸（三嫂子）。」小兒們拿著紅包，愈加熱情起來。

李空竹給趙泥鰍正了正身上的大紅繡元寶的襖子，又摸了摸他紅潤的臉蛋，笑道：「難得大過年，你就隨他們一起去村中給各位嬸娘、嫂嫂們拜個年。家中有買爆竹，帶上幾個，請大點的哥哥們幫你們點著，一起好好玩吧。」

趙泥鰍聽得有些羞澀。以前他被他娘經常關著做活，不讓出屋，平日裡也鮮少與村中的小兒們玩，大多時候都是遠遠的看著，並不敢接近。

再加上他娘……小兒有些不敢抬頭的絞著手指，很怕別人看輕了他去。

李空竹摸摸他的小腦袋，轉眼看著那群小兒問道：「你們可願意陪了他？」

眾小兒你看看我，我看看你，片刻皆齊齊的點頭。

有那大點知事的娃子，更主動過來拉他的手。「走吧！俺領你去拜年，咱們一會兒把兜兜都裝得滿滿的，心疼死那幫大人！」

「對哩！走吧、走吧！」

趙泥鰍聽罷，小臉立刻陰轉晴的笑了出來，點著頭，隨那拉著他的小兒出門去。

于家的在後面送走了這幫淘氣包，回來時是笑得直搖頭。「這幫小娃子，要是天天湊一塊兒的，我那頭非得給吵暈不可！」

李空竹抿嘴輕笑，正逢于小鈴將餃子端上桌。「昨兒個姑娘沒吃到這第一鍋餃子，我留出來了，放今兒早上煮了，吃吃看，這是韭菜餡的哩！」

李空竹點頭，拿著陳醋沾了一個進嘴，立時那韭菜雞蛋香，溢滿了整個口腔。

如今因著生意，好些老闆為了討好，送了不少節禮來，其中最珍貴的，就數這暖冬的青菜。雖說她回禮亦是回得眼淚汪汪，但能在這冬天吃把小青菜，就是再貴的禮，如今看來也值了。

吃過早飯，又收拾了一番後，她正窩在小炕上學著做小兒衣服，那邊麥芽兒卻抱著剛一個來月的兒子上門拜年了。

未進門，笑語先至。「嫂子，俺來了，如今俺有兒子了，非得向妳討個大紅包不可。」

李空竹聽見就丟了手中的小兒肚兜，起身相迎，正好也逢她掀簾進來。

瞋了她一眼，看了眼她那捂成一團，看不出是啥的大被子，就伸手要抱看看。

麥芽兒見狀，趕緊搖頭閃開。「妳這都大肚子了，可得注意著點，這小子雖不沈，可加了抱被這一坨，論下來也有小十斤哩。」

說著的時候，就見她將小兒放在小炕上，打開外面那最厚的一層抱被，立即就露出裡面穿著大紅小衣的粉麵團子來。小兒如今長開不少，大大的眼珠睜著，安安靜靜的在那兒吐著泡泡，十分乖巧不吵不鬧。

麥芽兒將他抱起來，拍著他，嘴裡唱著。「咱們來三孀子家了，可是高興？是不是比咱家暖和啊？」

李空竹在一旁看得手癢，再次伸手問著要。「給我抱抱。」

——未完，待續，請看文創風525《巧婦當家》4（完結篇）

2017 狗屋·果樹 週年慶　5/2(8:30)~6/12(23:59)　love.doghouse.com.tw

找尋妳的羅曼蒂克

42天，專屬於妳的愛情故事

熱搜頭條　當期好康　林白出清特賣

75折

東堂桂
《嬌妻至上》
全四冊

半巧
《巧婦當家》
全四冊

岳微
《吾妻不好馴》
全二冊

夏喬恩
《不只是動心》

莫顏
《福妻不從夫》
【妖簪之二】

熱搜頭條　**當期好康**　林白出清特賣

訂單內包含**兩本週年慶內曼新書**，即可領取福袋一份，
一單一份，數量有限，送完為止。

熱搜頭條　當期好康　**林白出清特賣**

每本20元：午夜場、浪漫經典、浪漫新典、RA001～RA106
每本40元：亦舒、島嶼文庫、推理之最

【林白出清注意事項】

◎ 因為出書年代久遠，雖經擦拭、整理，仍有褪色或整飾痕跡，
故難免不如新書亮麗。除缺頁、倒裝外無法換書，因實在無書可換，
但一定會優先提供書況較良好的書籍給大家。
出清特賣書左側翻書處下方會加蓋一個狗狗圖案小章，以示區別。
◎ 絕版書不包含在此優惠活動內。各書籍庫存量不一，售完為止。
◎ 林白出清不列入滿千免運費及大樂透抽獎之計算，運費依照寄送方式另計。
假如有購買其他狗屋/果樹書籍達到滿千免運，可以一併寄送，以節省運費。

狗屋民調

希望今年大樂透抽獎有哪些獎項？

☑ 華碩平板
☑ 負離子吹風機
☑ 電子鍋
☑ 保溫保冷杯
☑ 紅利金

竟然通通都有！

好優惠～～　快點嘛！！　**更多詳細折扣請見內頁**　附推薦懶人包　期待中！！ wwwwwww　好想要啊～～

寵妻指數★★★★

文創風 518-521《嬌妻至上》全套四冊 5/2陸續出版

撲朔迷離的重生之祕，唯妻是從的愛情守則／東堂桂

她雖是將軍府大小姐、嫡長女，
卻是爹娘不疼，連庶女都爬到她頭上！
要不是她大病一場重生醒來，現在還任人捏圓搓扁、委曲求全，
如今有機會改變命運，她絕不再傻傻等待，
只求能掙脫家的束縛……

池榮嬌這名字，據說是出生時祖父滿心歡喜，說幸得嬌嬌，取名榮嬌……
可為何大病重生之後，記憶裡只有父親不疼、母親憤恨、祖母不喜，
池家大小姐過得比家裡的下人還不如，連庶妹都敢欺負她的人！
病後重生讓她領悟，親情既然求之不得，那便不求了，
加上母親把她的婚事當籌碼，她更不想如從前那般委屈退讓，
總得適時保護自己、掙回嫡女的臉面，可她也是母親親生女兒，
為何三個哥哥都備受疼愛，只有她被冷落，甚至眾人也任她受母親折磨？
再者病癒之後，她腦子裡常冒出一些稀奇古怪的想法，
而夜裡，總有個自由奔放的身影在夢中出現，
彷彿身體裡還有另一個恣意的靈魂，教她嚮往著掙脫牢籠，
但現在的她身無分文也無一技之長，何來本錢離家？
只好先改裝出門瞧瞧有什麼賺錢門道，可錢還沒賺，就先惹禍了……

♥♡ 獨愛限定 ♡♥ 原價250元/本，**週年慶特價188元/本**

真心換深情指數★★★★

文創風 526-527 《吾妻不好馴》 全套二冊 6/6出版

嬌妻不給憐，纏夫偏要黏／岳微

聽聞夫君心中另有所屬？沒關係，她沒打算談情說愛；
老夫人跟大房不待見她？無所謂，她無意當賢良媳婦。
反正她嫁入高門僅是衝著「侯爺夫人」的頭銜，
哪曉得這枕邊人當初指名要娶她，竟是別有隱情……

歐汝知借屍還魂為商賈之女衛茉，
滿心滿眼就是為家族通敵罪狀翻案這等大事，
可從一名習武女將換成這副病秧子皮囊，
猶如虎落平陽，難展拳腳啊……
正當她不知該從何起頭時，
恰逢靖國侯趕著上門提親求娶她，
命運都向她伸出了橄欖枝，
她當然得把握機會，嫁入侯門！
所幸老天爺待她不薄啊，
這丈夫平時總小心翼翼地呵護她，還能替她治療寒毒，
更重要的是，他竟是替歐家翻案的同道中人！
遇上如此義氣相挺的良人，她再冷傲的心也被捂熱了……

♥♡ 獨愛限定 ♡♥ 原價250元/本，**週年慶特價188元/本**

你可能會喜歡

不只是說故事，還教妳過人生的另一種方式

帶妳品嚐愛情的單純美好

一穿越就遇上稀奇事?!

老闆～來一客甜味小品！

先下手為強才是真、男、人！

折扣懶人包

來來來！其他優惠照過來！

6折	75折
文創風001~290、花蝶001~1622 采花001~1264、橘子說001~1176	文創風291~517 橘子說1177~1248

最愛小狗章

5本100元： PUPPY001~354、小情書全系列
4本100元： PUPPY355~474

週年慶大樂透！
限．時．抽．好．禮

抽獎資格 不管大本小本，只要上網訂購且付款完成後，系統會發e-mail給您，附上抽獎專用之流水編號，一本送一組，買愈多本，中獎機率愈高。

中獎公告 6/28(三)會在狗屋官網公布得獎名單，公布完即開始寄送！

抽獎項目

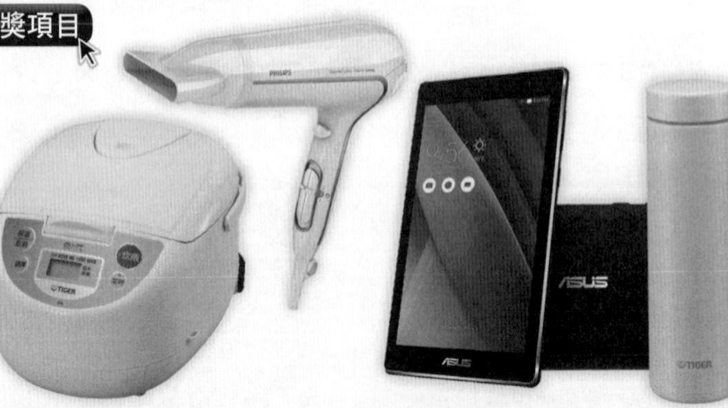

頭獎：【TIGER虎牌】10人份1鍋2享多功能電子鍋 1名
二獎：【ASUS】ZenPad 7吋 4核心WiFi平板電腦（特務黑）........ 3名
三獎：【TIGER虎牌】500cc夢重力不鏽鋼保溫保冷杯（奶油白）... 3名
四獎：【PHILIPS 飛利浦】沙龍級護髮水潤負離子吹風機 1名
五獎：狗屋紅利金200元 10名

搜尋 f 狗屋/果樹天地，限定活動等著你，贈書贈禮大方送

小叮嚀──

(1) 請於訂購後**兩日內**完成付款，最後訂購於2017/6/14前完成付款才算有效訂單喔！
(2) 活動期間親自至本社購買亦享有相同折扣，請先電話聯絡確認欲購書籍，以方便備書。
(3) 購書滿千元(含)以上免郵資，未滿千元郵資65元。
(4) 特賣書籍因出書時間較久，雖經擦拭、整理，仍有褪色或整飾痕跡，故難免不如新書亮麗。除缺頁、倒裝外無法換書，因實在無書可換，但一定會優先提供書況較良好的書給大家。若有個人原因需要換書，需自付來回郵資。
(5) 各書籍庫存不一，若遇缺書情形可選擇換書或退款。
(6) 歡迎海外讀者參與(郵資另計)，請上網訂購或是mail至love小姐信箱(love@doghouse.com.tw)詢問相關訊息。

狗屋．果樹有權修改優惠活動的實施權益及辦法。

2017年4月出版

鳳心不悅

文創風 513～517

他之所以決定娶她，
背後有著說不清的陰謀詭計，
唯獨缺少了一分真心……

純情摯愛 此心不渝／桐心

沒想到新婚後便不告而別的沈懷孝，居然還有臉回來？
對蘇清河而言，有沒有這個丈夫，她壓根兒不在意，
她不過是為了與兩個孩子重逢，不得已才借了他的「種」，
古人嫁雞隨雞、嫁狗隨狗的那一套歪理，可不適用在她身上！
然而他失蹤五年的真相，竟是在京城另娶嬌妻，
如今他一口一個誤會，就想回到他們母子身邊，
當她是三歲小孩那樣好哄的嗎？
彼此各過各的也就罷了，可他卻放任那女人派刺客殺她，
這口窩囊氣，她可吞不下了！
凡事都講究個先來後到，
想要她讓出正妻的位置，還得問問她願不願意！

2017年3月出版

媳婦說得是

文創風 506～508

要嫁就嫁一個——
最疼妳的、最懂妳的、最挺妳的，
永遠把妳說的話當一回事的男人……

有愛就嫁，有妳最好／沐榕雪瀟

才剛產子的她，看著繼母撕下偽善的面具，
將摻有劇毒的「補藥」送到她嘴邊，她已無一絲力氣反抗，
而她的夫君竟還將她剛生下來還沒見上一面的孩子狠狠摔死，
她怨毒絕望，銀牙咬碎，發毒誓化為厲鬼報此生仇怨……
苦心人、天不負！一朝重生，她成了勛貴名門的庶房嫡女，再次掙扎是非中。
儘管庶出的父親備受打壓，夾縫中求生存；出身商家的母親飽受歧視，心灰意冷，
溫潤的兄長懷才不遇，就連她的前身也受盡姊妹欺凌，被害而死……
然而，這些都無法阻撓她的復仇之路，
鳳凰涅槃，死而後生。她相信自己這一世會活出輝煌，把仇人踩在腳下。
攜恨重生，她必要素手翻天、快意恩仇，為自己、為親人爭一份富貴安康……

為流浪貓狗加油 和貓寶貝 狗寶貝

廝守終生(一定要終生喔！)的幸福機會

對人來說，貓寶貝狗寶貝只是生活的一部分，但妳（你）對牠們來說，卻是生活的全部，領養前請一定要考慮清楚——

▲ 喜歡「愛的抱抱」的小女孩　黑美

性　　別：女生
品　　種：米克斯
年　　紀：1歲半
個　　性：溫柔、可愛、親人
健康狀況：身體健康，2016年8月已接種疫苗
目前住所：台中市霧峰區

本期資料來源：台灣認養地圖

『黑美』的故事：

某天，中途看見四隻小黑狗在國道下方路段的車潮間奔跑著，由於太過危險，便下車向路邊攤商詢問，這才知道是被人整箱遺棄的小幼犬。於是，中途將牠們帶回照顧，就這樣，被拋棄的四個孩子有了安身之所，黑美就是其中最溫順的一隻毛寶貝！

黑美的體型在中途的狗園中算是嬌小玲瓏，連頭都只有人掌心般的大小，接近小型犬，所以容易被幾隻調皮的狗兒逗弄。可是這並不影響她樂天派的性格，牠依舊很開朗，天天與其他同伴們在空地上奔跑、嬉戲，或是咬著不知從哪兒來的抹布、湯匙，不是把這些當寶貝一樣護著，就是和其他狗兒玩起你追我跑的搶奪遊戲，令人覺得有趣又可愛。

而每當看到有人接近時，黑美的神色會顯得額外興奮，但是在行動上卻很柔順──兩腳站起，貼在人的身上討抱，若此時你移動幾步，牠的小腳還是會貼在你身上，繼續移動牠的小步伐緊緊相隨，這樣的萌樣讓人都忍不住想多抱牠一會兒。因此，要是黑美非常輕柔的巴在你身上時，就表示牠想抱抱了！

溫和的黑美對人較倚賴，也較不適合狗園裡的群體生活，因此中途希望能替牠找到一個溫暖舒適，又充滿愛的家。如果有拔拔或麻麻願意給黑美一輩子「愛的抱抱」，請來信leader1998@gmail.com（陳小姐），或傳Line：leader1998，或是搜尋臉書專頁：狗狗山。

認養資格：

1. 認養者須年滿20歲，有獨立經濟能力，並獲得全家人的同意。
2. 須同意簽認養寵物切結書，並能讓中途瞭解黑美以後的生活環境。
3. 同意送養人日後之追蹤探訪，對待黑美不離不棄。
4. 同意讓黑美絕育，且不可長期關、綁著黑美，亦不可隨意放養。
5. 為讓中途對您有更深入的瞭解，中途會先有份線上問卷請您填寫。

來信請說明：

a. 個人基本資料：姓名、性別、年齡、家庭狀況、職業與經濟來源等。
b. 想認養黑美的理由。
c. 過去養寵物的經驗，及簡介一下您的飼養環境。
d. 若未來有當兵、結婚、懷孕、畢業、出國或搬家等計劃，將如何安置黑美？

風 文創 524

巧婦當家 3

國家圖書館出版品預行編目資料

巧婦當家 / 半巧著. --
初版. -- 臺北市 : 狗屋, 2017.05
冊 ; 公分. --（文創風）
ISBN 978-986-328-729-2（第3冊 : 平裝）. --

857.7　　106003601

著作者　半巧
編輯　林俐君
校對　黃薇霓　簡郁珊
發行所　狗屋出版社有限公司
地址　台北市104中山區龍江路71巷15號1樓
電話　02-2776-5889～0
發行字號　局版台業字845號
法律顧問　蕭雄淋律師
總經銷　知遠文化事業有限公司
電話　02-2664-8800
初版　2017年5月
國際書碼　ISBN-13　978-986-328-729-2

本著作物由北京黑岩信息技术有限公司授權出版

定價250元

狗屋劃撥帳號：19001626

網址：love.doghouse.com.tw　E-mail：love@doghouse.com.tw